Das Buch

Manche dieser Geschichten erscheinen zunächst ganz harmlos, so etwa, wenn Peter Handke einen Familienbesuch in Ostberlin beschreibt. Erst allmählich werden die beiden Besucher durch Trugbilder und geringfügige Abweichungen vom »Normalen« verunsichert, wird der Leser irritiert. Auch bei Peter Bichsel wird der Horror nur indirekt dargestellt. Man erfährt nur nebenbei, daß eine Frau den Weg zur Arbeit scheut, weil da ein Italiener auf der Straße ist. Die Wirkung ist jedoch eher größer als bei üblichen Horrorgeschichten, die den Schrecken zu etwas literarisch Genießbarem verniedlichen. Andere Autoren dieses Bandes benutzen das Vokabular der Kriminal- und Gruselgeschichten, um deren Machart bloßzulegen. Eine Schreckensgeschichte müsse durchschaubar bleiben für »die finsteren Zustände«, sagt Peter Handke in seinem Vorwort. In der Geschichte von Gerhard Amanshauser passiert Ungewöhnliches, Schreckliches. Aber gerade dadurch wird der alltägliche, selbstverständliche Terror erst bestätigt. Der gewöhnliche Schrecken, das ist der Horror des Banalen, das Grauen der Existenz, das Entsetzen vor dem Angewöhnten.

Die Autoren

Gerhard Amanshauser, H. C. Artmann, Thomas Bernhard, Peter Bichsel, Peter O. Chotjewitz, Gerburg Dieter, Barbara Frischmuth, Peter Handke, Ernst Jandl, Elfriede Jelinek, G. F. Jonke, Gregor Laschen, Friederike Mayröcker, Peter Pongratz, Heinz Riedler, Michael Scharang, Dominik Steiger, Gabriele Wohmann

Der gewöhnliche Schrecken
Horrorgeschichten

Herausgegeben von Peter Handke

Deutscher
Taschenbuch
Verlag

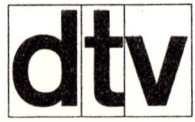

Von Peter Handke
ist im Deutschen Taschenbuch Verlag erschienen:
Begrüßung des Aufsichtsrats (sr 5387)

Ungekürzte Ausgabe
1. Auflage Oktober 1971
6. Auflage August 1977: 56. bis 65. Tausend
Deutscher Taschenbuch Verlag GmbH & Co. KG,
München
© 1969 Residenz Verlag, Salzburg
Umschlaggestaltung: Celestino Piatti
Gesamtherstellung: C. H. Beck'sche Buchdruckerei,
Nördlingen
Printed in Germany . ISBN 3-423-00783-4

Inhalt

Als ich im Sommer 1968 für einige Tage in Salzburg war, besuchte ich den Residenz Verlag. Unter anderem kam das Gespräch auf die klassischen Horror-Geschichten. Es wurde darüber gesprochen, ob das Modell dieser Geschichten anwendbar wäre auf unsere eigenen Zustände. Es fiel auch das Wort »Gruselgeschichten«. Ich erinnere mich, gesagt zu haben, daß ich allein schon die Bezeichnung »Gruselgeschichten« harmlos und niedlich fände; jede Geschichte, die es ernst mit sich und ihren Gegenständen meine, müsse von vornherein eine Schreckensgeschichte sein, Gruselgeschichten aber würden sich selber auf geschmäcklerische Weise nicht ernst nehmen. Jede Geschichte von Thomas Bernhard sei zum Beispiel schon eine Schreckensgeschichte, eine Horror-Geschichte, die aber den Schrecken nicht zu etwas Besonderem, etwas literarisch Genießbarem verniedliche, sondern von ihm als von etwas Gewöhnlichem, Alltäglichem rede. Eine Horror-Geschichte dürfe nichts mit dem schwarzen Humor zu tun haben, der, wenn man die finsteren Zustände betrachte, unleidlich kokett sei, sie müsse sich vielmehr offen und durchschaubar machen für diese finsteren Zustände. Darauf wurde ich gefragt, ob ich einigen Autoren schreiben wolle, damit wenigstens annähernd vielleicht so eine Ansammlung von Geschichten zusammenkäme. Ich sagte zu, und so ist dieses Buch entstanden.

Peter Handke

Das Nicht-Brüllen eines Kindes ist offenbar Zeichen mangelnder Vitalität, denn das Geschrei, schreibt ein bekannter Kinderarzt, ist das sportliche Training des Kindes. Das wußte die protestantische Schwester, doch sagte sie nichts zu der Mutter, die ohnehin argwöhnte, daß irgendeine Abnormität auftreten würde. Die völlige Übereinstimmung ihres Kindes mit dem bekannten, überall angeschlagenen Muster hatte sie eigentlich überrascht. Fehlte denn nirgends ein Finger, eine Zehe? Wenn sie auch keinen regelrechten Versuch der Abtreibung unternommen hatte, so war doch vieles vorgekommen, was den Vorschriften widersprach: Hinunterstürzen scharfer Getränke oder sogar gewisser Chemikalien, vehemente Tanzsprünge, abwegige Phantasien und kindische Beschwörungsformeln – Schwamm drüber! Aber zum Lachen war es doch, wenn man bedachte, wie sich andere so streng an die Regeln hielten, und dann kam manchmal eine Monstrosität ans Tageslicht, als müsse wieder einmal bewiesen werden, was der Kosmos von unseren Gesetzen hält.

Der junge Physiklehrer, der auf dem Maskenball immerfort vom Kosmos zu ihr gesprochen hatte, als könne ihn der Kosmos (was immer das sein mochte) in ihren Augen interessant machen – war das etwa der Vater? Der Tag der Zeugung stand ziemlich fest: es war eben der Tag jenes *Festes* (wie man es gewohnheitsmäßig noch nennt) im aufgelassenen Lagerhaus der Siphonfabrik; doch ein Vater war nach einem derartigen Fest nicht mehr nachzuweisen. Nachher, wenn sich dann die ersten Kennzeichen aus dem stereotypen Säuglingskörper herausarbeiteten, würde bestenfalls ein Rätselraten beginnen.

»Er ist so merkwürdig ruhig«, sagte die junge Mutter zur protestantischen Schwester, die das Kind, vorbei an der Inschrift *Alles was auf Erden erscheint, muß vorher an GOTT vorüber* ins Zimmer trug, »und so merkwürdig gelblich.« Um das benachbarte Bett stand, wie um ein Totenlager, ein ganzer Blumenwald, und darin lag als Kontrast eine zweifach lebendige Dicke, unablässig von ganzen Gruppen besucht, von Wulstarmen betastet, mit Grinsen eingedeckt und von ständig bewegten Kiefern und Zungen umgeben. Während an den Sträußen und Stöcken, wie unter Einwirkung eines Gifthauchs, sich die Blüten zu senken begannen und in den aristokratischen Blattspitzen der erste Ausdruck der Verwesung erschien, lebte die Dicke immer mehr auf, nahm ihr brüllendes und wie wild trinkendes Kind an die Brustkugeln, lachte mit den Schwestern oder mit dem Arzt, bereicherte ihr Vokabular am Fachjargon des Spitals und verweilte mit Stolz bei jedem Detail ihrer Körperfunktionen.

Das schweigsame gelbliche Kind dagegen saugte so schwach und apathisch, daß es künstlich ernährt werden mußte, runzelte greisenhaft die Stirn und ließ sich höchstens ein müdes Zwinkern entlocken. Niemand kam zu dem Bett auf Besuch, wo die junge Mutter sich in ihrem schwarzen Nachthemd kaum bewegte, nur manchmal das weiß gepuderte Gesicht hob, mit spitzen Nägeln die langen Haarsträhnen beiseiteschob, um in die Leere zu blicken. Mißtrauen wehte ihr von allen Seiten entgegen: kein Vater sichtbar, dafür nur allzu deutlich die gestürzte Extravaganz, deren mißliche Lage überall die reinste Schadenfreude hervorruft.

»Schwester, woher kommen denn diese Fasern in den Augenwinkeln? Und auch in den Mundwinkeln hat er immer solche Fasern.«

»Das hat nichts zu bedeuten.«

»Ich bin überzeugt: er sieht! Er folgt meinen Bewegungen mit den Augen.«

»Das ist unmöglich.«

Ging man draußen auf dem Gang spazieren, zwischen dem Totenweiß der Wände, Türen und Schiebebetten, zwischen Gemälden, die ausgestopfte Mütter darstellten, oder Kreuzigungen von Blumen, dann faßte einen das Gefühl, zu lebenslänglichem Zuchthaus verurteilt zu sein. Sie griff nach einem Buch, das dort auf dem Tisch lag, schlug es auf: die Bibel! Sie schleuderte es auf den Tisch zurück, als sei es vergiftet.

Dieses Spital zu verlassen und der Fürsorge der Schwestern zu entkommen war eine Wohltat, denn jede hilfreiche Geste war dort an unausgesprochene Bedingungen geknüpft, die sich in unsichtbaren Hinterkammern zu einem allumfassenden Terror verdichteten. Doch das Vorstadthaus, in das sie mit dem Kind zurückkehrte, war leer. Hier lagerten Dinge, denen man es ansah, daß sie längst nicht mehr verwendet wurden. Im Vorhaus lagen noch immer zwei Koffer, Mäntel und Taschen: Sachen, die man aus dem Autowrack gezogen hatte, in dem ihre Eltern umgekommen waren. Seit Monaten konnte sie sich nicht dazu entschließen, daran zu rühren, die Koffer zu öffnen, oder auch nur den Staub abzuwischen. Sie benötigte nicht einmal ein Drittel der Dinge, die ihre Mutter im Haushalt verwendet hatte. Es war nicht Pietät, wenn sie das Schlafzimmer der Eltern unberührt ließ und es nicht mehr betrat; Schlafzimmer hatte sie niemals leiden können, und all diese Doppelbetten erschienen ihr lächerlich und völlig absurd. So kam es, daß Teile des Hauses und seiner Einrichtung in Vergessenheit gerieten, sich langsam mit Staub überzogen und ihre weniger kompakten Dinge den kleinen unauffälligen Tieren überließen, die schon damit begannen, sie mit Gängen und Löchern zu durchziehen, den Luftraum für Fangnetze auszunützen und ihre Territorien gegeneinander abzustecken.

Das Kind stieß jetzt doch manchmal einige Laute aus, die einem Geschrei ähnelten; sie klangen nur fast eine Oktave zu tief und dadurch merkwürdig hohl. Wenn man dazu noch die Stirnfalten und den kahlen Schädel betrachtete, wirkte das ganze Wesen wie ein geschrumpfter Greis, der in den letzten Zügen lag. Doch der Arzt versicherte, das Herz schlüge ausgezeichnet und von Schwäche könne gar keine Rede sein. Die seltsamen Fasern, die sich in Augen- und Mundwinkeln des Kindes bildeten, schien er nicht recht wahrhaben zu wollen, erklärte sie teils als Ausscheidungen, teils als Milchreste, und lachte die Mutter aus, als sie das Quantum dieser Produktion zu schildern suchte. Auch er versicherte, das Kind könne noch nicht sehen, obwohl die Mutter wiederholt beobachtet hatte, wie die Augen des Kindes unter den Wimpern, die im Gegensatz zur Kahlheit der Kopfhaut außergewöhnlich lang waren, ihr folgten.

»Es gibt Ausnahmen«, sagte sie.

»In diesem Fall nicht«, erklärte der Arzt, dem es zu gelingen schien, immer gerade so am Kind vorbeizublicken, daß er grundsätzlich nichts wahrnahm, was er nicht erklären konnte. Auf den Produkten, die das Kind benötigte, waren nahezu identische, irgendwie mit den Formen junger Schweine verwandte Säuglinge dargestellt, die vielleicht das Bild wiedergaben, das die Leute und folglich auch der Arzt sich zu sehen entschlossen hatten, wenn sie ein Kind anblickten.

Die Mutter dagegen hatte den Eindruck, das Kind entferne sich immer mehr von diesem Schema, und zwar auf beunruhigende Weise. Das Schreien, oder vielmehr die Klagelaute, die es manchmal ausstieß, kamen nicht spontan, sondern das Kind hatte offenbar gelernt, gewisse Zwecke damit zu erreichen. So schien es zum Beispiel den Lärm des Radios zu lieben; wurde dieses abgeschaltet, begann es zu klagen; stellte man das Radio wieder an, schwieg es still. Neben dem lärmenden Apparat konnte es stundenlang liegen ohne zu schlafen. Allerdings hatte es die Augen immer halb geschlossen, so daß man nicht genau sagen konnte, ob es tatsächlich wachte. Einmal lag es so, daß es aus dem Fenster blicken konnte, und die Mutter glaubte zu sehen, wie die Augenbälle unter dem Lidspalt mit den vorbeifahrenden Autos hin- und herglitten.

Aber das war nicht alles. Nachts, wenn das Kind im Nebenzimmer lag, klagte es niemals, wie man erwartet hätte, sondern führte Bewegungen aus, die sofort aufhörten, wenn die Mutter ins Zimmer trat. Manchmal wackelte noch der Korb.

Das Kind, so schien es ihr, entwickelte ein Eigenleben, das es vor ihr zu verbergen suchte. Und wenn man ihm eigene Gedanken noch nicht zutrauen konnte, so hatte es eben fremdartige Instinkte, die es einer unbekannten Existenz entgegenführten. Da der Arzt, was immer sie auch diesbezüglich andeutete, geradezu brutal zurückwies, setzte sich diese, mit niemandem geteilte Vorstellung im Hintergrund ihres Bewußtseins fest, und manchmal lächelte sie mit dem eigensinnigen Hochmut dessen, der unter lauter Blinden, niemals zu Überzeugenden, sich als einziger im Besitz der Wahrheit weiß.

Hatte sie früher das Kind genau beobachtet, so gab sie ihm nun öfters Gelegenheit, seine geheimen Absichten zu verwirklichen, und nickte nur mit dem Kopf, wenn sie nachts im Nebenraum seine Geräusche hörte: zum Beispiel ein schnelles Trippeln, ein Scharren oder Klopfen. Sie hielt es für wahrscheinlich, daß es nun schon so weit war, allein aus dem Korb zu klettern und sich auf allen Vieren umsichtig zu bewegen.

So wie sie sich vor dem Kind zusammennahm und sich nichts merken ließ, wenn auch seiner vorgetäuschten Hilflosigkeit gegenüber eine gewisse Kälte nicht zu vermeiden war, so achtete sie auch auf der Straße und in den Geschäften auf peinliche Korrektheit. Sie, die früher als ausschweifend bekannt war, erreichte darin eine erstaunliche Meisterschaft. Diese Präzision, mit der sie sich durch ihre Umgebung bewegte, übte eine narkotische Wirkung auf sie aus. Sie hörte die erwarteten Sätze aus sich hervorkommen, als würden sie in ihrem Inneren von einer leistungsfähigen Maschine produziert, die man nur ganz leicht antippen mußte. Das Spiel der Anpassung faszinierte sie viel stärker als vorher die Abweichungen. Die Leute schienen den Schluß zu ziehen, sie sei jetzt erst richtig vernünftig geworden.

Zu ihrer Verblüffung kam sie dahinter, daß die Lebensumstände dieser Menschen nur eine beiläufige Fiktion waren, an einzelnen, immer wieder benützten Stellen nachlässig zusammengeknotet. Mit vier oder fünf Äußerungen und zwei Gesichtsausdrücken beherrschte sie das alles spielend. Am Morgen horchte sie auf das Klappen der Autotüren und das Anfahren der Wägen, wenn verschiedene Männer, die sie *flüchtig skizzierte Herren* nannte, aufbrachen, um in chaotisch verstreuten, zusammengestückelten Quartieren ihren Gehältern nachzulaufen, damit sie hier die Fassaden aufrecht erhalten konnten, an denen abends das Fernsehlicht flackerte. Wenn sie Krawatten und Manschettenknöpfe sah, hatte sie Lust herauszulachen, weil sie an die ständig wiederhergestellten Verbindungen dachte, die sich mit tödlichem Ernst reproduzierten. Ebenso erregten Büstenhalter und Strumpfgürtel ihre Heiterkeit, überhaupt alles, was ineinandergehakt oder verknüpft wurde. Im Fernsehen, aus dem sie nun ein ganz neuartiges Vergnügen schöpfte, erschienen diese, fortwährend an denselben Stellen auf- und wieder zugeknöpften Gebilde ein zweites Mal, und hier sah man, daß Leichen daraus hervorstürzten. Das brachte sie immer wieder zum Lachen. Überall hatten diese Leute Leichen versteckt, die sie *Puppen* nannte, und wenn wieder einmal, etwa aus einer aufgeklappten Autotür, eine herauskollerte, rief sie »Puppi!«

Aber auch andere Bilderserien, etwa die *Rätsel des Kosmos* sah sie sich gerne an, denn es faszinierte sie, wenn sich glänzende Gegenstände durch riesige schwarze Räume bewegten. Dabei wurde sie immer an den betrunkenen Physiklehrer erinnert, der ihr auf dem Maskenfest von fremden Sternenwelten vorgeredet hatte, wie um sie aufzufordern, sich aus dieser ungeheuren Leere irgendwelche Komplimente herauszufischen, da doch alle anderen nur mehr lächerlich wirkten. Und wenn man es recht bedachte, war ein Maskenball gar kein ungeeigneter Ort, sich fremdartige Welten und Wesen vorzustellen.

Unangenehm war ihr nur, daß sie im Traum immer an dieselben Orte zurückkehrte und dort dieselben Umstände vorfand, als finge ihr Traumleben damit an, eine ähnliche, zwar flüchtige aber dennoch plausible Konsistenz anzunehmen wie das Tagleben. Seit sie die Fadenscheinigkeit des Taglebens wahrnahm, hatten auch Suggestionen, sofern sie nur wiederkehrten und sich zu gewissen Mustern verschlangen, genügend Kraft, sich in die überall aufklaffenden Spalten des Alltags zu drängen. Diese *schwarzen Flöre* (so nannte sie Nachtgebilde, die den hellen Tag durchwachsen wollten) belästigten sie ein wenig und sie machte oft eine schnelle Handbewegung, um sie zu verscheuchen, und sagte: »Weg da!«

Wenn das Eigenleben des Kindes nach und nach, je kräftiger es wurde, Spuren hinterließ, so war das nicht zu verwundern. Wer hätte aber gedacht, daß die gelblichen Fasern, die der Arzt als belanglose Ausscheidungen bezeichnet hatte, immer mehr den Charakter von kleinen Gewächsen oder Flechten annehmen würden? Ständig war etwas Derartiges wegzuwischen, das etwa am Korbrand hing oder sich neuerdings sogar zu anderen Möbeln hinüberschwang. Im Prinzip hatte sie nichts dagegen, wenn das Kind zu eigenen Produktionen überging; das Fremdartige und Unerklärliche daran störte sie nicht, doch diese Fasern erweckten, auch wenn sie hauchdünn und beinahe substanzlos waren, den Eindruck des Unsauberen. Dabei hatten ohnehin, von den unbetretenen Bezirken des Hauses ausgehend, die Motten überhandgenommen, so daß sich überall an den Stoffen diese weißlichen Strukturen bildeten, an denen dann das Gewebe auseinanderbricht.

Fast täglich machte sie mit dem Kind einen Spaziergang zum sogenannten Luftschutzteich, einem Überrest aus dem letzten Krieg, wo neben leeren Kabelrollen und Teertonnen einige Bänke standen und auch ein wenig Schilf sich gebildet hatte. Das Kind verhielt sich bei solchen Ausfahrten völlig ruhig; sie ließ es einfach im Wagen stehen und hätte stundenlang lesen können, wenn sie nicht in letzter Zeit zwischen den gedruckten Sätzen überall Löcher und Risse entdeckt hätte, die sie sogleich mit eigenen Vorstellungen füllen mußte, bis sie es schließlich sattbekam, diese notdürftigen Konstruktionen auszuflicken.

Einmal, nachdem sie sich ein Stück entfernt hatte und wieder zurückgekommen war, stand der Wagen leer. Sie wandte sich, in völliger Gedankenlosigkeit, dem Hauptplatz zu und rief mit lauter Stimme nach einem Polizisten, der dort auf einem Fahrrad im Kreis fuhr. Welcher Wahnsinn, sich an einen Polizisten zu wenden! Im nächsten Moment hörte sie hinter sich ein Plätschern und Rascheln und sah, herumfahrend, den Kinderwagen wackeln. Das Kind lag wieder im Korb, triefte aber vor Nässe und hatte in den Wimpern Reste von Wasserpflanzen.

Ein Schatten fiel über den Wagen. Der Polizist blickte ihr über die Schulter und starrte auf das Kind.

Sie sagte: »Es ist aus dem Teich geschlüpft und wieder unter die Decke.« Mit halb offenem Mund betrachtete der Polizist die

Zitternde. Langsam, Zug um Zug, verwandelte sich sein berufsmäßiger Stumpfsinn in entsprechende Schläue. Seine Augen, die sich weiteten, begannen weiszusagen. Er roch plötzlich nach Bier. Mit einem Schlag wurde ihr bewußt, daß sie einen entscheidenden Fehler begangen hatte. Die Meisterschaft der Anpassung war ihr verloren gegangen.

Von nun an wurde sie getrieben, geschoben, verhört, verladen, war sie eine Last, die man transportierte. Endstation war eine Anstalt, deren Charakter sie genau erkannte, obwohl ein Arzt, den sie für schwachsinnig hielt, ihr alles mögliche einzureden suchte, insbesondere, daß er nicht mit der Polizei verbündet sei, was sie mit wiederholtem Lächeln beantwortete. Medikamente ließ sie heimlich verschwinden. Sie wußte genau, daß alles vertuscht werden sollte, was sie entdeckt hatte, und daß man sie betäuben wollte, weil sie den *flüchtig skizzierten Herren* auf die Spur gekommen war. Ihr Kind, in dem eine unbekannte Macht sich manifestierte, hatten sie, um es unschädlich zu machen, der debilen protestantischen Schwester übergeben; das gaben sie offen zu.

Doch die Wände, mit denen man sie umgab, waren für sie keine ernstlichen Hindernisse. Fliegen und Ameisen zum Beispiel, das hatte sie längst bemerkt, verlachten mit ihrer ganzen Existenz einen Kerker, der auf so primitive Weise aufgetürmt war; sie waren allgegenwärtige Zeugen, und nur flüchtige Köpfe glaubten, sie seien zu vernachlässigen. Die Anstalten dieser Herren glichen dem Kulissenschloß, das sie einmal im Theater gesehen hatte, und zwar in einem berühmten Stück, von dem sie nichts behielt als das eine: massive Mauerquadern, die bei jedem leichten Luftzug schwankten.

Überdies gab es hier eine Menge von Tauben auf den Fensterblechen: geborene Botschafter. Man suchte sich eine aus, die sich durch nervöses Flattern verriet; diese konnte nicht nur Botschaften, sondern auch ein ganzes Bewußtsein tragen.

So blieb es ihr nicht verborgen, daß Teile der Stadt bereits aufgegeben waren. Natürlich versuchte man in gewissen Plakatstraßen durch besonderen Lärm, Verkehrsstauungen, Zusammenstöße und dergleichen den Anschein von gedrängtem Leben zu erwecken. Leuchtschriften priesen die Vitalität der Stadt, dabei waren verschiedene Vorstädte von fremden Truppen unterminiert oder sogar besetzt und mit Beton ausgegossen, andere dem Verfall preisgegeben. Ganze Häuserblöcke, ganze Viertel waren den Tauben überlassen. Auf Gesimsen, Stukkaturen und eingebeulten Dächern von ausgebrannten oder zerschossenen Wägen hatten sie begonnen, mit ihrem Kot, den sie mit Regen anmischten, die *Rätsel des Kosmos* zu malen.

Die Vorstadt, wo sie gewohnt hatte, war mit einem Nebel oder Smog erfüllt, der so dicht war, daß selbst Ansässige sich in Häusern irrten, die sich nur wenig unterschieden, und achselzuckend auf Rückwärtsgang schalteten, wenn sie an irgendeinem Detail des Vorgartens, etwa an den Guirlanden des Eingangstores oder am fremden Ausdruck eines Zwergs, der ihnen unvermutet entgegenstarrte, plötzlich erkannten, daß sie ein oder zwei Parzellen zu weit vorgefahren waren. Zuschlagende Autotüren, auf- und abrollende Garagentore gaben am Grund des milchigen Bodensatzes verstreute Lebenszeichen, markierten voneinander isolierte Tagesläufe, die zwischen diesen Reihenhäusern und irgendwelchen Arbeitsbuden verdrossen hin- und herpendelten. Abends machte sich das bläuliche Flackern der Fensterzeilen bemerkbar, hinter denen Fernsehgeräte liefen, und erzeugte draußen im Nebel ein bald heller, bald dunkler zitterndes Nachspiel, je nachdem, welchen Schimären die Schauspieler nachstolperten. An einer Stelle nur hing eine heller leuchtende Glocke über der Vorstadt, hervorgerufen vom ewigen Licht der Reklame eines Supermarktes.

Die protestantische Schwester, die das Kind bewachte, blickte jetzt Abend für Abend in den Apparat, und da sie entdeckt hatte, daß die wechselnden Lichter das Kind faszinierten, brachte sie den Korb in eine entsprechende Position. Unter den halbgeschlossenen Lidern schienen sich die Augen des Kindes schwach zu bewegen, wenn es aus dem Flimmern des Schirms Botschaften für sich herauslas, von denen sich die Arrangeure des Fernsehens nichts träumen ließen. Versuchte die Schwester, das Kind ins Dunkel zu stellen, begann es jenes dumpfe Klagen auszustoßen, das so gebieterisch war und erst verstummte, wenn der entsprechende Wunsch erfüllt wurde. Also hatte die Schwester sich daran gewöhnt, das Kind neben sich vor dem Fernsehapparat zu installieren. Am Fenster scharrte manchmal eine Taube. Wachend oder schlafend, verharrten die beiden ungleichen Zuschauer stundenlang mit bläulich angeflackerten Gesichtern, bis schließlich der Schirm erlosch.

Für die Schwester war es das Erlöschen des Lebens, wenn das helle Rechteck sich rapid verkleinerte und in die Schwärze des Kosmos hinaustrieb; doch das Kind schlief jedesmal klaglos ein und wurde in sein Zimmer gerollt. Die Schwester warf sich ins

Bett, allein, wie es ihrer Körper- und Geistesbeschaffenheit am besten entsprach, verbarg sich unter der Tuchent und vergaß niemals jenes Vaterunser zu murmeln, bei dem das Ave Maria fehlt.

Vor der Haustür, am eingelassenen Eisenrost, wo man die Schuhsohlen reinigt, bildeten sich nach und nach, wie die Tage (oder Wochen?) vorbeistrichen, schimmelartige Verwachsungen, und wenn Passanten diese Gebilde mit den Augen verfolgten, erkannten sie strahlenartige, vom Haus radial nach außen reichende, weißliche, an Mauersalpeter erinnernde Strukturen, die so verliefen, als hätte sie irgendeine Explosion im Inneren des Hauses durch die Wände herausgepreßt. An einzelnen Stellen hatten sich ganglienförmige Sterne gebildet, die den feuchten Boden überzogen. »Schwämme?« fragte eine Stimme, und man hörte, wie die Luft mit der Nase geprüft wurde.

Schließlich sammelte sich eine ganze Gruppe. Ein laut vernehmbares Klingeln und dann ein ins Hysterische übergehendes Pochen blieben unbeantwortet. Nur versuchsweise und durchaus nicht mit voller Kraft warf der Polizist sich gegen die Tür. Seltsamerweise gab sie nach, so daß unter einem allgemeinen Schrei der Verblüffung der Inspektor mit der Tür ins Haus stürzte, was jedoch keineswegs einen harten Aufprall verursachte, sondern einen weichen und dumpfen Laut, als fiele er auf Watte. »Licht!« rief jemand.

Einer griff durch die Türöffnung, tastete seitlich an der Mauer, fuhr jedoch sogleich zurück. »Fasern!« schrie er, »lauter Fasern.« Indessen hatte der Polizist sich aufgerafft und seine starke Stablampe eingeschaltet. Ein dumpf ansetzender und schließlich ins Schrille gehender Schrei war die Folge. Bis auf zwei wandten sich alle zur Flucht. Dabei wurden sie durchaus nicht angegriffen. Einzig der Anblick des Stiegenhauses, das mit einem weißlichen Geflecht durchsetzt war und so seiner ursprünglichen Bestimmung völlig entfremdet zu sein schien, brachte diese Wirkung hervor. Wie beim Nest gewisser Schlupfwespen, nur hundertmal vergrößert, zog sich eine runde, umwachsene Röhre ins Innere. Da die Hand, die den Scheinwerfer hielt, schlotterte, huschte das Licht zwischen bizarren Fadensträngen und Knoten hin und her. »Verstärkung«, sagte der Polizist mit einem erstickten Husten, als wehe ihm Giftgas entgegen, »wir brauchen Verstärkung.« Weil aber nicht einzusehen war, was Verstärkung hier nützen konnte, forderte der zweite, der nicht geflohen war, der junge Physiklehrer, den Polizisten auf, ihm die Stablampe zu überlassen. Schon in der Geste, mit der der Inspektor sie ihm förmlich an die Brust warf, drückte sich rapides Zurückweichen aus, und die Worte »Ich hole Verstärkung« versanken bereits halb im Nebelmeer, in dem dann kurz danach, schon in großer Entfernung, eine Trillerpfeife schrillte.

Indessen drang der Physiklehrer durch das Schlupfloch in den Bau. Bald verbreiterte sich das Flechtwerk, und es kamen wieder die alten Umrisse des Stiegenhauses zum Vorschein, wenn auch überall bewachsen oder verschabt, wie bei einer Behausung, die jahrhundertelang in ein fremdes Element versunken war. Unter einem verworrenen Spitzenwerk, das der Lichtkegel der Stablampe zufällig heraushob, verbarg sich vermutlich die Hornsubstanz einer Jagdtrophäe, und an einer anderen Stelle, wo viele Strähnen sich anschlossen, wie um dort Kraft zu holen, befanden sich vielleicht die Zähler des Elektrizitätswerkes. Es hatte den Anschein, dieses Gewächs könne sich alles dienstbar machen, zu Zwecken allerdings, die mit der ursprünglichen Bestimmung der Dinge nichts mehr zu tun hatten.

Über sich hörte der Physiklehrer ein Knattern und Prasseln, das er einem gestörten Fernsehapparat zuschrieb, von dem offenbar noch verworrene Lichtreflexe ausgingen, die durch eine klaffende Tür ins Vorhaus drangen und über die Treppe herunterleuchteten. Als er das Licht im Rankenwerk spielen sah, mußte er an die Dekorationen eines Maskenballes denken, durch die er einst, schon betrunken und wirres Zeug redend, mit einem langhaarigen Mädchen geirrt war. Er stolperte, griff nach einem Halt und schnitt sich an einem scharfen Gegenstand, der unter den Gewächsen verborgen war, tief in den Zeigefinger. Das war ein arabischer Dolch, der einmal als Wanddekoration gedient hatte. Oben angekommen, den blutenden Finger im Taschentuch, sah er durch den Türspalt einen weiß getünchten Lehnsessel, auf dem die Leiche der protestantischen Schwester hing, gleichsam vernäht mit ihrer Umgebung, denn weißliche Strähnen gingen von ihren Gliedern aus oder setzten dort an, ja man hätte glauben können, dieses ganze hängende Ganglienwerk sei aus ihrer abschmelzenden Fleischsubstanz hervorgetrieben. Einzelne Stellen ihres Körpers wirkten wie aufgezehrt, so daß trockene Skelettpartien bloßlagen. Und da das Kind, aus dessen Korb Fäden und Strähnen hervorwuchsen, einen ähnlichen Anblick bot, schien es, als hätte sich, genährt von diesen Körpern, eine Art lose geknüpftes Riesengehirn gebildet, das dieses Haus nach und nach in Besitz nahm und sich sogar anschickte, es durch Ritzen und Sprünge zu verlassen. Die Körper machten nicht den Eindruck der Verwesung oder des Verfalls, vielmehr waren sie, ihrer menschlichen Form entfremdet, wirkende Bestandteile dieses Gangliensystems geworden, in dessen Astwerk das Licht des Fernsehapparats herumkletterte.

Der Physiklehrer, der den Schirm von der Tür aus zunächst nicht sehen konnte, bemerkte bald, daß dieses, zunächst an Störgeräusche erinnernde Knistern einem gewissen Rhythmus folgte. Er schob sich vor, bis er das Bild wahrnahm, und, wie vorhin beim Ton, vermutete er zuerst, der Apparat sei längst gestört, denn was er sah, waren Kaskaden von Lichtfunken, die ununterbrochen über die Scheibe abwärts stürzten. Doch dann nahm er eine bestimmte Ordnung in dieser Strömung wahr, und zu seiner Verblüffung erkannte er die Turbulenz eines Spiralnebels, zusammengefaßt wie mit einem ungeheuren Zeitraffer. Das Knistern und Rauschen schien diesen Prozeß akustisch auszudrücken, als würden die Wellen, die das Sternsystem in den Raum hinausschleuderte, in Töne verwandelt; oder es handelte sich um einen Kommentar, der allerdings mit seinen Sprachchiffren in den Prozessen selbst wurzelte und nur manchmal darüber hinausschoß und auf den Wellenkämmen phantasierte.

Diese Aufnahmen waren in eine Witterung getaucht, die ihnen den Stempel untrüglicher Authentizität aufdrückte, die sie nach menschlichem Ermessen doch nicht haben konnten. Als sei es spielend möglich, sich schneller als Licht zu bewegen, näherte sich die Kamera dem Rand der Sternspirale, tauchte durch Staubwolken, vorbei an rotierenden Doppelsternen, und näherte sich einer explodierenden Sonne, die Wolken glühenden Plasmas ausschleuderte. Gleichzeitig steigerte sich das prasselnde Geräusch bis zur Unerträglichkeit, blendende Lichteruptionen schossen ins Zimmer, flackerten über die zuschauenden *Puppen* und zeichneten scharfe Schatten in verwachsene Brustkörbe und leerstehende Augenhöhlen. Das Licht- und Schattenspiel in den überdimensionalen Ganglienknoten deutete Gedankensprünge an, die niemals im menschlichen Schädelraum Platz finden konnten.

Nun, da er ein Schauspiel mitansah, das jeden Physiker hätte faszinieren müssen, wandte sich der Lehrer zur Flucht, als könnte das Plasma aus dem Apparat hervordringen und seinen Körper verdampfen. Über die Hausschwelle stolpernd, sah er, wie indessen das weißliche Material durch die neu entstandene Türöffnung strahlenförmig ins Freie gewachsen war und nun schon den Zaun erreichte. Das dunkle und feuchte Nebelmeer hielt er für ein schützendes Element, das ihn aufnehmen und verbergen würde. Um die Ecke rennend, stieß er jedoch an den Bauch eines Uniformierten, dessen Arme und Brust mit Asbest überzogen waren. In der Hauptstraße drängten sich Fahrzeuge und feucht glänzende Maschinen. Sein Aufprall löste eine Kettenreaktion metallischer Laute aus, die sich bis weit in den Hintergrund fortsetzte. Offenbar war die Vorstadt von Truppen besetzt.

»Ich habe eine wichtige Meldung«, sagte der Flüchtling. Vor Eifer und Ungeduld wand er sich in den harten Armen des Uniformierten wie ein Fisch. Der aber schien die Landessprache nicht zu verstehen. Mit einem Knopfdruck öffnete er den Laderaum seines Fahrzeugs und kippte, indem er nur leicht die Asbesthand schwenkte, den Lehrer hinein, über dem sich summend ein Stahldeckel schloß.

Vom Lauf der Bordkanone erhob sich flatternd eine Taube, strich über die Dächer und verschwand im Nebel.

Es ist das erste Rennen ohne Jockeis. Stattdessen stellen sich die Pferde in der Reihenfolge ihrer Startnummern auf die Waage. Der Stallgeruch, der des jähen Witterungsumschwungs zufolge in dicken Schwaden über dem gesamten Areal hängt, übt auf den Verlauf des Hauptevents der Herbstsaison keinen wie immer gearteten Einfluß aus.

Im entscheidenden Augenblick werden von unbekannter Hand die Stoppuhren weiter bedient. Der Sieg entscheidet sich erst einige Kopflängen hinter der Zielmarke, was eine ungewohnte Verschiebung in der Rangliste zur Folge hat. Ein nochmaliges Abwiegen ergibt, daß die Pferde ihrer Leistung entsprechend an Gewicht verloren haben.

Die Tribüne der Zuschauer ist fast leer, das Wettgeschehen im Stagnieren begriffen. Schon haben die Buchmacher ihre Geldkoffer gepackt, sie zögern nicht mehr. Der Totalisateur ist noch in Betrieb, die meisten Schalter sind jedoch unbesetzt.

Zur selben Zeit werden auf den Spazierwegen des Praters streunende Ziegen gesichtet, von der hörnerlosen Art, wie sie nervösen Rennpferden als Boxgefährten beigegeben werden. Sie belästigen die Erholungsuchenden und treiben im Verein mit größeren Hunderassen bis in die späte Nacht hinein ihr Unwesen. Die Laute, die dabei ausgestoßen werden, kann man sogar vom Stephansplatz aus hören. Es muß sich um bisher wenig geübte Spiele handeln. Junge, erst im Frühjahr aus den Baumschulen in den Prater verpflanzte Bäume und empfindlichere Rasenflächen sind derart verwüstet, daß an ihrem Aufkommen gezweifelt werden muß. Anderntags hält die Ruhe bis in die Vormittagsstunden an.

Die Trainingsfahrten der Krieauer Traber auf der Prater Hauptallee finden zur gewohnten Zeit statt. Die Tiere sind etwas nachlässig vor die leeren Wagen gespannt, halten aber ihre jogging-Meilen mit dem vorgeschriebenen Tempo auf peinlich genaue Weise ein. Dasselbe ereignet sich bei den Freudenauer Galoppern auf den ihnen zur Verfügung stehenden Übungsbahnen. Im Gesundheitsamt des Magistrats für den II. Wiener Gemeindebezirk gehen Meldungen über vereinzelte Fälle von Tollwut bei Eichkatzen ein. Als Schutzmaßnahme wird der Bevölkerung Nichtfütterung und Nichtanlocken verdächtiger Exemplare geraten. Am besten sei es jedoch, heißt es in einem Aufruf während des Mittagsjournals auf den Sendern Ö 1 und Ö 3, sich in solcherart gefährdeten Gebieten erst gar nicht aufzuhalten.

Eine gute Fünfzigerin, Fleischhauereibesitzerin und eingeschriebenes Mitglied des Zuchtverbandes für Rottweiler, sowie der Oberkellner Leo Lipka, Großmeister im Trabrennfahren, Händler in Reit-, Wagen- und Rennpferden, Raubtieren und Exoten sowie sämtlichen Traberutensilien, sind bereits gebissen und zu den Barmherzigen Brüdern in Quarantäne gebracht worden.

Mehrere Schwärme der jeden Morgen über die Donau her einfliegenden Raben-, Saat- und Nebelkrähen halten den Luftraum zwischen Donau und Donaukanal scharf unter Kontrolle. Ihnen haben sich Scharen von Dohlen, Elstern, vereinzelt auch Häher angeschlossen. Schnarr-, Quarr- und Kiu-Laute, sowie gezieltes Schnabelstoßen, vertreiben einen jeden, der ihnen nahe kommt.

Ein bekannter Wiener Bildhauer aus der Böcklinstraße gibt an, er habe eine, ihm vor kurzem entflogene, ziemlich groß gewachsene Rabenkrähe als Rädelsführer ausmachen können. Das Tier habe aber jede Vertraulichkeit abgelegt und sei, auch auf mehrmaliges Rufen bei seinem Namen hin, nicht mehr ans gewohnte Fensterbrett zurückgekommen, folglich müsse er jede Verantwortung ablehnen.

Was die Gruppen der Wild- und Zierenten betrifft, so haben sie die Herrschaft über sämtliche Parkgewässer an sich gerissen und dulden es nicht mehr, daß diese von Brotresten und minderwertigem Saatgut verunreinigt werden. Die weißen und schwarzen Schwäne finden nach wie vor ihr Auslangen.

Die Möwen, die ihr Terrain von jeher behauptet haben, dehnen nun ihr Revier auch auf die von nächtlichen Regengüssen überschwemmten Tennis- und Fußballplätze des Pratergeländes aus und erschrecken die wenigen noch verbliebenen Sportwarte mit ihrem grausigen Gelächter.

Die Zahl der Caniden, die unaufhaltsam aus allen Stadtgebieten zuziehen, hat auf beängstigende Weise zugenommen. Beobachter schätzen die gesamte Meute auf mehrere tausend Stück, doch ist die Angabe von verläßlichen Zahlen schwierig, da die Rudelbildung zwar schon begonnen hat, aber des laufenden Zustroms wegen noch nicht abgeschlossen ist.

Feliden in der Form der Hauskatze sind im Verhältnis dazu nur recht wenige anzutreffen. Da die meisten unter ihnen, von den

Krieauer und Freudenauer Stallkatzen abgesehen, noch nie zuvor außer Haus waren, sind sie scheu, leiden an Durchfall und drücken sich unentschlossen herum.

In einer der nun folgenden Nächte werden von unbekannter Hand die Käfigschlösser des Prater-Zoos gesprengt, wodurch eine weitere Anzahl von Tieren die Freiheit findet. Lamas, Zwergziegen und Steinböcke, Füchse, Silberlöwen, Nasen- und Braunbären atmen einmal kräftig durch, dann trennen sich ihre Wege. Dasselbe tun japanische Seeschwalben und Kakadus, Aras, Fasane und Pfauen, Adler, Bussarde und Geier. Der Großteil der klimaempfindlichen Tiere, Amphibienartige und tropische Vögel, Chamäleone und daumengroße Pinseläffchen verenden auf dem Weg zum Planetarium. Eine Riesenpython, der Verdauung wegen zur Unbeweglichkeit verurteilt, bleibt in ihrem Käfig.

Die Tiere aus dem Zoo sind, weil zahlenmäßig unterlegen, nicht imstande, eigene Gemeinschaften von Bedeutung zu bilden. Sie müssen sich daher verwandten Gattungen heimischer Tiere anschließen, wenn sie nicht ein Außenseiterdasein führen wollen. Eine Gruppe von acht Pumas, ein älteres Paar mit sechs aus drei aufeinanderfolgenden Würfen stammenden Jungen, stärkt den Feliden gewaltig den Rücken.

Nun tun es auch die letzten im Prater heimischen Berufsgruppen, Huren, Zuhälter und Galeristen, den Langläufern, Pferdeburschen, Schaustellern und Gastwirten gleich und verlassen das Gebiet zwischen Donau und Donaukanal. Wenn sie auch bei den Equiden, Caniden und Corviden, die die mächtigsten Gruppen bilden, mit Schonung rechnen durften, mit den Großkatzen ist nicht zu scherzen. Au contraire, nach so langer Haft sind sie besonders geil darauf, alles, was auf zwei Beinen und aufrecht läuft, zu knicken und zu knacken.

Die Anrainer sind in einer verzwickten Lage. All jene, denen es nicht gelungen ist, rechtzeitig zu Verwandten in einen anderen Teil der Stadt oder überhaupt zu verziehen, sind gezwungen, sich in ihren Wohnungen zu verbarrikadieren, die sie bis auf weiteres nicht mehr verlassen können.

Die Polizei ist machtlos. Sobald ein uniformierter oder geheimer Polizist den Prater betritt, wird er von einem als Schutz- und Gebrauchshund ausgebildeten Dobermann angefallen, gestellt und dann dem Rudel zum Fraß überlassen.

Der Gedanke, von der Waffe Gebrauch zu machen, wurde schon erwogen, aber wieder fallen gelassen. Die Zahl der Tiere hat so überhandgenommen, daß man die Kadaver nicht schnell genug würde beseitigen können, um das Ausbrechen gefährlicher Seuchen zu verhindern.

Einigen der Anrainer, die ja nun viel Zeit haben, da sie, aus Angst die Straße betreten zu müssen, ihren Beschäftigungen außer Haus nicht mehr nachgehen, sind von den Fenstern ihrer Wohnungen aus mit dem Teleobjektiv aufregende Schnappschüsse geglückt, besonders vom Aufeinanderprallen der verschiedenen Arten. Ein Vorwitziger aber, der sich mit seiner Kamera bis auf die Jesuitenwiese vorwagte – er hatte vor, aus den Aufnahmen später Kapital zu schlagen –, wurde von einer Kreuzotter, die das Überwechseln aus dem Terrarium des Prater-Zoos in das schon recht frische Herbstklima überlebt hat, gebissen und, da nicht rechtzeitig ein Arzt zur Stelle war, getötet. Die Lichtung, an der dies geschah, ist, schon von weitem sichtbar, durch eine Ansammlung von Geiern gekennzeichnet.

Immer wieder stockt den Leuten auch tagsüber der Atem. Sei es, daß Pferde im Kampf um die Stellung eines Leithengstes die Fensterscheiben ebenerdiger Wohnungen einschlagen oder daß die Rabenvögel im Flug die Sonne verdunkeln oder daß Braunbären Haus- und Hoftüren eindrücken, an die Mülltonnen gehen, diese umstürzen und darin nach Speiseresten suchen. Die an den Prater unmittelbar angrenzenden Wohngegenden wurden bereits zu Notstandsgebieten erklärt. Man macht sich ernsthaft Gedanken darüber, ob die Tiere nicht nach der ersten Brunft- und Brutzeit auch von anderen Gebieten Besitz ergreifen würden.

Am schlimmsten ist es bei Nacht. Die Zahl der möglichen Geräusche hat sich um ein Vielfaches vermehrt. Auch Tierarten, die ansonsten des Nachts über Ruhe halten, gebärden sich auf eine wilde, unnatürliche Art. An Schlaf ist nicht zu denken. Einige Familien haben den Fehler gemacht, den Tieren durchs Fenster Fressen zuzuwerfen, um sie zu beruhigen. Haben diese aber einmal Fleisch gerochen, geraten sie völlig außer Rand und Band und machen in dem einen oder anderen Fall Anstalten, in die betreffenden Wohnungen einzudringen.

In einem der Häuser fiel nachts eine Krähe durch den Rauchfang in den erkalteten Ofen. Als die Hausfrau am nächsten Morgen Feuer machen will – es geht nun schon eindeutig auf den Winter zu –, stürzt die Krähe, die zuerst für einen vom Wind hervorgeblasenen Rußknäuel gehalten wird, hervor und beginnt wütend um sich zu hacken, wobei sie fast ausschließlich auf die Augen zielt. Als es ihr dann endlich gelingt, durch das während des Einheizens offenstehende Fenster zu entkommen, läßt sie die Hausfrau mit ihrer dreijährigen Tochter als zwei nun langsam Erblindende zurück.

Es war nur mehr eine Frage von Tagen, wann der erste Schnee fallen würde. Heute ist es so weit. Als der Flockenfall einsetzt, macht zuerst einmal ein großes Aufatmen die Runde. Zumindest vor den Giftschlangen würde man jetzt seine Ruhe haben. Und im übrigen vertraut man auf die beruhigende Wirkung des Schnees. Doch sehr bald wird dieses Vertrauen bitter enttäuscht. Von unbekannter Hand wurde dem Schnee ein Futterstoff beigemengt, der seltsame Folgen zeitigt.

Dieser besondere Schnee, der nun ohne Unterlaß schneit, bewirkt, daß die Tiere auf bereits abnorm zu nennende Weise wachsen. Innerhalb von wenigen Tagen erreichen die Caniden, ausgesprochene Schneefresser, die Größe von Schrebergartenhäuschen. Die Equiden, die das Schneewasser trinken, wachsen zusehends aus ihren Ställen. Die Corviden hingegen erreichen die Größe der Geier, während die Geier selbst sich in der Luft oder auf dem Boden aufhalten müssen, es gibt keinen Ast mehr, der ihr Gewicht ertrüge.

Aufgeregt eilen die Anrainer stündlich an ihre Telefone, um die neuesten Beobachtungen durchzugeben. Bald ist aber auch das nicht mehr möglich. Kleinere Vogelarten, die sich um ein Fünf- bis Fünfzehnfaches vergrößert haben, reißen, sobald sie sich auf einen Telefondraht setzen, diesen durch, was zwar unter ihnen einige Opfer fordert, den Lauf der Geschehnisse aber nicht aufhält.

Solange der Schnee fällt, wird auch das Wachstum anhalten. Schon sind die Tiere durch das übermäßige Anschwellen und Aufquellen ihrer Leiber in ihrer Bewegungsfreiheit gehindert. Erst jetzt entschließt man sich, das Heer einzusetzen und international um Hilfe zu bitten. Zu spät. Der tagelange, äußerst dichte Schneefall hat den Einsatz der konventionellen Mittel unmöglich gemacht.

Die Häuser der Anrainer und nicht nur die der Anrainer, stehen bis übers Erdgeschoß im Schnee. Die Leute selbst haben der schlechten Versorgung von außen wegen viel von ihrem Gewicht verloren. In vielen Häusern ist auch das Brennmaterial ausgegangen. Wer noch nicht erfroren oder durch Hunger völlig apathisch geworden ist, versucht als letzten Ausweg im Schutz des argen Schneetreibens unbemerkt über den Kanal zu entkommen. Es gelingt nur den wenigsten. Die Tiere gehen, im Gegensatz zu den Annahmen, durch das lustige Flockengetänzel erst so richtig aus sich heraus, ihre Kampfeslust steigert sich beim gemeinschaftlichen Toben, das durch den immer deutlicher werdenden Platzmangel nicht mehr zur gewohnten Erschöpfung der Muskelkraft führt.

Als nun Schneefall und Wachstum eine Woche lang vorgehalten haben und die Tiere so groß geworden sind, daß sie sich, eingepfercht von Artgenossen, zu einer Fläche formieren, die genau die Ausmaße des Pratergeländes bedeckt, tritt ein, was voraussehende Geister, wenn auch wenig beachtet, schon längst vorhergesagt haben. Die Tiere breiten sich aus. Anfangs sind nur das gesamte Stadtgebiet von Wien und das Bundesland Niederösterreich gefährdet. Aber viele Tiere wollen weiter in die Welt hinaus. Wenn es noch ein paar Tage so schneit, wird ihnen auch das Land Österreich zu klein werden. Wohin diese Entwicklung führt, ist nicht abzusehen.

Eine Schlagzeile über weltweite Schneefälle und das Vordringen riesiger Eismassen von den Polen her geht als letzte um die Erde. Dann wird systematisch eine Nachrichtenagentur um die andere stillgelegt. Bellen, Wiehern, Krächzen, Pfauchen und Trampeln sind die allgegenwärtigen Geräusche, die nun niemand, aber auch wirklich niemand mehr überhören kann.

PETER O. CHOTJEWITZ
Der Ghoul von der Via del'Oca

Es ist wie immer Mitternacht heute und der seltsame junge
Mensch, der seit seinem Wiedererscheinen schon zahllose Be-
wohner der Via del'Oca zu Tode erschreckt hat, erhebt seine
Stimme und spricht:
Wenn der Neumond in Konjunktion mit der Sonne steht, sodaß
seine der Erde abgewandte Seite nicht beleuchtet wird, wenn die
Sonne die Schwelle von West nach Ost überschreitet und wie
immer für einen Augenblick lang unsichtbar ist, wenn die Sterne
in einem unbeobachteten Moment einen Ruck nach hinten
kriegen, der sich im Laufe von Jahrmilliarden als eine Explosion
des Universums darstellt, wenn was die Erde selber betrifft der
Gesang der Vögel verstummt, die Blumen sich schließen, die
Hühner auf ihren Stangen hocken, weil sie glauben, es sei Nacht,
wenn das wilde Phosphoreszieren, das Heulen und Schmatzen
zunimmt, klopfe ich die klumpige braune Erde von meinem
schwarzen Anzug und mache mich auf in das Land zwischen
Schlaf und Traum wo der Mensch seine Tage verbringt und er-
finde die alten Traumsagen wieder. Die Träume von der Unge-
wißheit der Wahrnehmungen, der Unglaubwürdigkeit der Sätze
mit denen unsere Wahrnehmungen und Schlußfolgerungen be-
legt sind und der Unstillbarkeit meiner Lust nach Orgien,
Gefühlen und Spielen in denen das Leben für einen Augenblick
sein eigentliches Wesen und seinen Sinn im Sinnlosen enthüllt,
ich bin hungrig. Ich bin im Rausch unerklärlicher Drogen, be-
rauschender Getränke, tiefgreifender Störungen, die meinen
Nervenplan durcheinander bringen und mir einen Hunger
suggerieren, der mit Brot nicht zu stillen ist.
Dann gehe ich wieder die menschenbelebte Via del'Oca entlang,
die leer ist wie immer und suche die alten Freunde wieder. Ich
spüre, wie der Boden bei jedem Schritt unter mir nachgibt und
nur aufhört in endlose Tiefen zu sinken, wenn ich verharre und
ihn sinken lasse, endlos, bis er zum Stillstand kommt und nur
still ist, wenn ich noch eine längere Zeit verharre und mich seiner
Ruhe versichere. Ich spüre, wie der Baum, an den ich mich lehne,
um meine aufgeschreckten Drüsen zu beruhigen, hinter mir
zurückweicht, ich rücke die Füße näher zum Stamm hin um
nicht zu fallen und warte, bis der Baum aufhört, hinter mir weg-

27

zusinken und zur Ruhe kommt, während ich meinen Blick zu den schwankenden, schwebenden, fallenden Häusern richte, wie stets, wenn ich hier bin, die von oben bis unten mit lebenden Toten vollgepackt sind, die still ihre Arbeit verrichten, bis die Fassaden unter meinem starren, entsetzten Blick wieder stumm wie die mehrstöckigen Schließfachwände auf den römischen Friedhöfen sind, hinter denen in mehreren Etagen übereinandergeschichtet die Toten der letzten Wochen leise schmatzend an ihren Leichtüchern lutschen, sie sind hungrig.

Der Becher, nach dem ich meine Hand ausstrecke, befindet sich in weiter Ferne und entfernt sich weiter von mir, bis meine Finger ihn erst berühren, wenn meine Hand ein fremdartiges Objekt an einem weiten Horizont geworden ist, der Stuhl auf dem ich sitze, schwingt hin und her, bis mein Gesäß und meine Hüften eins geworden sind mit dem Kreisen und Schwingen und ihre Ruhe zu finden glauben, in meinen Ohren dröhnt der Schritt mit dem ich die Straße nach meinen Leuten durchsuche wie der Schritt unzähliger Menschen, die durch diese Straße in fast dreitausend Jahren gegangen sind, das macht, daß ich hungrig oder berauscht oder verrückt bin.

Ich kralle die nackte Hand, deren Rinnen und Rillen mit nackter, feuchter, brauner Erde vollgeschwemmt sind, in die Blumenkästen der Vorgärten und stopfe mir eine Hand voll fetter Blumentopferde in den Speichel gefüllten Mund, ich greife nach jeder toten Fliege, nach jedem nachtblinden Wurm, der seinen farblosen Leib durch den Kot der Pferde, Hunde und Katzen windet, um sie mit Lippen, die vor Lust rauh sind und mit Zähnen, die unter dem Giftpilz meiner irregeleiteten Sinne langsam dahinfaulen, hinunterzuschlingen.

Der Inhalt des Bechers rinnt mir durch die Kehle wie Quecksilber, der Rauch der Zigarette bringt die Hormone bis tief in die feinsten Nervenverästelungen zum Erzittern, die Unebenheit der Sitzfläche des Stuhles auf dem ich sitze, dringt durch das Gesäß, den Darm und die unteren Körperorgane bis tief hinein in die Bauchhöhle als lege ein unsichtbares Lebewesen mir schwer seine Hand auf das Knie, die Spritze, die ich mit fliegenden Fahnen mir in den Arm steche, geht mit dem flatternden Blut durch alle Organe und Glieder, die Bilder beginnen ihre angelernte Form zu verlieren und teilen sich, teilen sich immer wieder, werden das, was unter dem Zwang der gewohnten Anschauungen einmal ein Bild von den Dingen gewesen ist,

Gefühle von schrecklicher Sprachlosigkeit, die mir einprägen, wie entsetzlich hungrig ich bin.

Ich möchte meinen Hunger hassen wie ein Gefangener seine Richter und Wächter hassen kann, ich möchte meinen Hunger besingen bis er verherrlicht ist wie Hadrian, Timburlan, Napoleon, Hitler und die Jungfrau Maria oder das Jesuskind, aber ich bin nicht imstande etwas anderes, als meine rauschbringende Sucht zu empfinden, so wie ich den Wunsch nach Tee, Spritze, Zigarette, Stuhl und schiefhängendem Bild zu empfinden vermag, in denen sich alle meine kleinen Suchtmittel befinden, die mir alle den Weg zu dem Gefühl ebnen, daß das Gift tief in meinem Inneren in allen meinen Blutbahnen, Gefäßen, Adern, Organen und Nervensträngen seine schöpferische Kraft, für die ich nun ein für alle Mal das Wort Hunger einsetzen will, seine zerstörerische Kraft ausübt.

Ich kann kein anderes Gefühl kosten als diesen allesumfassenden, metaphorischen Hunger, der wie ein Gift ist. Dieses Gefühl ist überall in mir und außer mir und es existiert nichts anderes außer ihm und mir und die ganze Welt antwortet nicht mehr mit Gedanken, Worten, Begriffen, Bildern, mit denen jedes Ding, das ein Wort bedeutet und das eines Wortes wegen, das es bedeutet, existiert, mir Antwort gibt, wenn ich es ansehe, anfasse, anhöre, berieche, begreife, bespucke, beschmiere, bekämpfe, sondern es drückt nur aus und bedeutet nur, wie hungrig ich sozusagen bin und dieses Gefühl ist das einzige Gefühl, das es gibt und die einzige Antwort, die mir die Welt gibt und das einzige Wort, das mir nicht nur beschreibt wie eine Sache ist oder aussieht oder sich anfühlt, sondern das einzige Wort, das ich fühle und also das größte und tiefste und wichtigste und allgegenwärtigste und richtigste Wort, das es gibt.

Wenn ich dieses Gefühl lieben oder hassen und das heißt, in Worte kleiden könnte, die nicht dieses Gefühl selbst sind, dann täte ich es, weil es mir eine Tiefe des Liebens oder Hassens und das heißt, des Ausdrucks mit Worten zu geben verspricht, die es sonst, außer den Krankheiten und Geistesstörungen und Giften der schwersten Art wie ich sie zu mir führe nicht gibt. Wenn ich von meinen Zuständen und Aggressionen und Gefühlen der Wut und Stärke und des Genusses beim Vernichten und Fressen und Schlingen und Reißen und Schmatzen und Beißen und Schlürfen, wenn ich von der Welt wie sie wirklich ist auf die Welt wie sie wirklich ist blicken könnte, sehe ich endlose Scharen widerwärtiger kleiner Leichenfledderer in ihren liederlichen, ausgefransten Kleidern aus menschlichen Hautfetzen unter auffallend häßlichen Geräuschen des Schmatzens und Schlingens und Knurrens und Fauchens so, wie eine Katze fauchen wird, der man das Hühnerbein wegnehmen will, das ihr soeben vorgeworfen worden ist, über noch kaum in Verwesung übergegangenen Leichen sitzen, die sie sich vom jüdischen Friedhof ausgebuddelt haben, in unübersichtlichen Straßenecken, wo niemand uns bei dieser wollüstigen Leichenfledderei sieht, mit halb aufgefressenen Leichen, die überall aus den Gräbern in Stadt und Land ausgescharrt worden sind, aus den Präpariersälen der Anatomien und den Sterbezimmern der Krankenhäuser und Bürgerhäuser fortgeschleppt worden sind, ihre grausam lustvollen Orgien des Fleisches und unstillbaren Genusses genießen.

Deshalb stehe ich nun – denn ich empfinde wie sie, weil sie meinem willenlosen Willen entspringen – vor den Haustüren meiner hinterbliebenen Verwandten und einstigen Freunde sowie Freundinnen, Geliebten, Beischläferinnen, Kollegen beim Boccia und Kartenspiel und was der Mensch sonst noch braucht, wenn er die Tatsache seines lebendigen Totseins nicht schon bald nach der Entlassung aus dem Kindergarten spüren will in dieser schönen alten menschenbelebten Straße, wo ich bis vor einigen Tagen wohnhaft gewesen bin, und empfinde in erster Linie Verwunderung, wenn ich sehe, wie sie erblassen, erbleichen, Entsetzen ausdrücken, die Hände vors Gesicht schlagen, laut NEIN schreien oder mich auch nur unter Ausdrücken des ungläubigen Erstaunens sekundenlang anstarren, während die Augenblicke mir in meinem Rausch zu zeitlosen Raumgefühlen gerinnen. Ich sehe sie in unendlich verlangsamten Bewegungen die Haustüren zuwerfen, die Hauseingänge entlang vor mir jahrhundertlang in die Tiefen der Hausflure rennen, ihre verzweifelten Arme und Beine wehen im Wind. Einige stehen still da, während eine ihrer verstörten Schultern in einer schönen und dauerhaften Bewegung gegen den Türstock sinkt, den ich unter ihrem Aufprall einige Zentimeter tief nachgeben fühle, bis er zum Stillstand kommt, weil ich mir Mühe gebe. Sie können den Blick nicht von mir wenden, sie können nicht glauben, daß ich es bin, sie werden den Rest der Welt in sinnloser Andacht verbringen.

Sie sehen vom Kochtopf auf, in dem sie rühren, während ich schon seit Abrahams Zeit auf dem Küchenstuhl sitze, das vergessen sie zeit ihres Lebens lang nicht. Einige verbringen mehrere Abende mit mir und versuchen zu ergründen, warum ich an ihrem Tisch, in ihrem Wohnzimmer, auf ihrem bequemsten Sessel sitze und noch am Leben bin. Sie versuchen, mir den Anzug sauber zu bürsten, aber anderntags ist er wieder mit feuchtbrauner Erde verschmiert. Sie versuchen, mir von ihrem Abendessen anzubieten, während draußen sofort wieder der Neumond tobt oder eine Mondfinsternis die gesamte Natur in derartige Erregung versetzt, daß vor Krach, Sturm, Geschrei, Sturm, Geheul und abgrundtiefem Geschmatze ein ordentliches Gespräch über die Frage des Abendessens nicht möglich ist, aber ich, wenn sie mich einen Moment lang unbeobachtet lassen, in ungezügelter Gier den Kanarienvogel, der seit einer Viertelstunde tot in seinem zierlich verschnörkelten Käfig liegt, verschlinge. Oder sie können vom totgeborenen Wurf ihrer Katze nur noch einige verschieden gefärbte Haare, einige Krallen und Barthaare finden. Oder sie fragen sich, warum ich einen Spaziergang durch ihren Garten machen will, wenn ich doch nicht weiß, daß dort unter Rotbuchen ihr vor drei Tagen unter schrecklichen Schmerzen verstorbener Lieblingshund liegt.

Sie verstehen mich nicht.

Ich habe etwas, das ihnen fehlt.

Ich sehe etwas, das du nicht siehst, ich spüre etwas, das sie nicht spüren.

Was sie nicht selber sehen, hören, riechen, begreifen, fühlen, wofür sie keine Worte haben, wovon sie sich kein Bild machen können, alles was sich ihrer Logik entzieht, gibt es nicht.

So sterben viele von ihnen dahin. Sie werden am dritten Tage begraben und anderntags sind ihre Gräber nicht unberührt. Aber was man nicht sieht, was nur ich sehe, was ihnen nicht begreiflich zu machen ist, sind ihre zerfetzten und zerfressenen Gliedmaßen, die Spuren der Bisse, der Speichel, das Sperma, die ungestillte Befriedigung aller der Vielen, die hungrig sind, zu viele sind hungrig.

Nicht jeder meiner Freunde, Verwandten, Bekannten, stirbt, wenn er mich sieht. Einige bleiben hundert Jahre still und stumm auf dem Sofa sitzen, auf dem sie saßen, als ich erschien und können den Blick nicht von der Stelle wenden, an der ich ihnen erschienen bin. Wer aber sich selbst an diese Stelle stellt, sieht, daß sie durch mich hindurchblicken. Andere glauben nicht, daß sie mich gesehen haben, wenn ich von ihnen gegangen bin und entziehen sich der Einsicht, daß es fast nur unerklärliche Dinge gibt. Wieder andere können sich nicht erklären, daß sie eines Tages minutenlang den Eindruck hatten, mich wieder gesehen zu haben, sie versuchen eine Erklärung, aber sie können es nicht, weil es nicht geht, von mir gewürgt worden zu sein, mir beigewohnt zu haben, wobei die Kälte meiner Liebe, meines Handgriffes, meines Gliedes, mit dem ich sie berühre, meiner Gefühle, sie tief erschütterte, aber sie beginnen ein Bewußtsein dafür zu entwickeln, daß es fast nur unerklärliche Dinge gibt.

Wer kommt, um meinen Hunger zu stillen, wer ahnt, wie hungrig lebendig Begrabene sind, o, wir sind viele, zu viele, die hungrig sind und nur wenige genießen den Schein einer Vorrangstellung, wo das Geschlinge und Geschmatze der scheinbar Begrabenen, der unstillbar Hungrigen eine gewisse Abwechslung bietet. Sie irren umher zwischen Feuer und Wasser und Erde und Himmel und möchten lebendig begraben sein und müssen sich doch in der Welt befinden und das Fleisch sauber geschlachteter Tiere essen, aber in ihren Pupillen sehen wir die Sucht glitzern, während sie in grünem Salat herumstochern wie die Kaninchen und ihre Gier also unbefriedigt ist.

Wenn ich auf dem Wege zu meinen alten Freunden in der Via del'Oca bin, sehe ich sie. Sie sind eine junge hungrige Frau, an deren Haustür ich versehentlich klingele und in deren Augen meine verstörten Blicke, meine glänzenden, gebrochenen Augen den Wunsch nach den zarten Muskeln eines in Verwesung übergegangenen Jünglings zu sehen wünschen. Um ihre triebhaften Lippen, so sehe ich sie, in der tiefen Sexfalte, so scheint es mir, die sich von den Nasenflügeln zu ihren nymphomanischen Mundwinkeln, weil das mein Blick ist, hinzieht, liegt tief begraben der zerstörerische Verzicht, so würde ich fühlen, auf den ersehnten Besitz eines knabenhaften Körpers abends im Bett, der wenigstens sechs Tage lang tot ist, wenn ich je diese riesige Scham zwischen Augen und Kinn küssen könnte und würde und dürfte.

Manche Männer sterben und haben im Augenblick ihres Sterbens ein stark erigiertes Glied. Das sind die jungen Krieger, die sich die junge Frau wünscht, an deren Haustür ich mich verirre, das ist mein fester Wunsch, auf den verzichte ich nicht. Sie wird ihn einen Monat lang mehrere Stunden täglich, wenn die Sonne sinkt bis die Sonne aufgeht, wie eine Kranke lieben, deren Körper und Geist durch die herrlichsten und zerstörerischsten Suchtmittel vergiftet und vernichtet worden ist.

Sie bittet mich zu sich ins Haus, weil sie mich liebt und weil sie sieht, wie nahe sie dem Ziel ihrer Lust gekommen ist, sie versteckt mich vor ihrem Mann, der ihren besessenen Leib mit seinem entsetzlich gesunden, lebenden Körper immer wieder lieben will, obwohl niemand an seinem schrecklich blutdurchpulsten, warmen Leib Geschmack empfindet, wenn er nicht wie sie (und ich) ein Fürst jener traumhaften Gifte und Entbehrungen ist, die diese Gefühle hervorbringen. Sie muß mich in einem aus Korb geflochtenen Koffer in der dunkelsten Ecke ihres Dachbodens verstecken und ihrem Mann Schlafmittel einflößen, um mit mir zwischen Neumond und Neumond ein paar Lichtjahre des Glücks einer neuen, jungen, schmatzenden Liebe ungestört zu genießen, während Himmel und Erde vom Geheule der Hungrigen, die berauscht von Hunger um unser Liebesnest schwirren, erfüllt ist, denn sie riechen und hören und wissen und fühlen und sehen, daß dort eine triebhafte Frau ihre faulig leuchtende Liebe verschlingt, um meinen Hunger zu stillen.

O, nein, sie glauben, wenn ich ihre Häuser betrete, an ihren Haustüren klingele, ihnen den Weg verstelle, wenn sie auf einem nächtlichen Gang sind, ihnen auf den Nacken springe und ihnen im Nacken sitze, so tue ich es, um sie in ihrem Innersten zu erschrecken, sodaß ihre Seele ihnen das Signal zum Sterben gibt, damit sie sterben und begraben werden und ich sie aus ihren Gräbern herauswühlen kann, um ihr Fleisch zu verschlingen. Aber ich hoffe, daß ihre Seele ihnen den altvertrauten Befehl zum Sterben gibt, damit sie begraben werden und auferstehen, wenn der Gesang der Vögel voll Schreck verstummt ist. Ich sehe sie mehr werden und größer, wenn sie herauskommen und vor dem Portal der Friedhofskapelle niedersitzen, mit geilen Blicken.

Ich sehe sie sich mit lüsternen Blicken am ganzen Körper berühren, ich sehe sie ihre Hände tief um ihr fauliges Fleisch schlingen. Ich sehe sie näher und näher zueinanderrücken bis ihre Körper sich ganz berühren, ich sehe und höre sie mit ihren hingabevollen Nasen sich Haare, Hals, Achselhöhlen, Gesäß, sowie Kniekehlen und Schoß beschnüffeln, ich sehe und höre sie, während sie Mund und Nase im Schoß des anderen tief vergraben zu schmatzen beginnen. Sie werden zu zweit einen Körper bilden, sie werden zu dritt einen Körper bilden, sie werden einen einzigen Körper beginnen, sie sind so viele, die hungrig sind.

Sie geraten in immer größere Erregung, sie schleudern große Fetzen Fleisch, das in seiner eitrigen Verwesung grünlich schimmert und wild phosphoresziert, um sich, sie holen mich. Sie holen mich, sie heben mich auf, ich spüre ihre knochigen Finger, von denen Haut und Fleisch schon abgenagt und abgefault sind, tief in mein fauliges Fleisch dringen. Sie legen mich in die Mitte des Kreises, den sie vor der Kapelle unter dem Jesusbild bilden und sehen mich an, mit geilen Blicken. Sie schließen den Kreis, sie verengen den Kreis immer mehr, ich kann ihren gierigen Atem schon spüren.

Sie werden mich alle, alle besitzen, sie werden mich alle, alle lieben und befriedigen und satt machen, bis nur noch mein unstillbarer Hunger von mir übrig ist.

Sie nehmen mich, erst einer, dann viele. Sie berühren wild alle Öffnungen meines Körpers, die für die Liebe bestimmt sind. Ich liebe sie, drei oder vier auf einmal, sie wechseln sich ab in der Liebe. Ich gebe ihnen herrliche Befriedigung, wie der Fisch dem Wasser Befriedigung gibt, es hat nichts zu tun mit Gefühlen, die man erklären könnte, denn was hier geschieht, hat etwas damit zu tun, daß schreckliche Naturgesetze sich erfüllen und uns vor Augen führen, daß die Natur beseitigt werden muß. Ich lege ihnen selbst die schönsten Stücke von mir in die reißenden Finger, ich stecke ihnen meine hellglänzenden Extremitäten in die stinkenden Münder, als ob auch ihr Innerstes schon ganz verfault ist.

Wir feiern bis in die Morgenstunden, bis nur noch ein säuberlich abgenagtes Gerippe und ein weiß schimmernder Schädel ohne Fleisch und Blut übrig ist und meine Liebhaber hungrig und unbefriedigt wie immer in ihren Ruhestätten, in ihren Stadthäusern verschwinden, wo Ehepartner, Geliebte, Eltern, Erzieher, Aufsichtsbeamte und was auch immer zur Belehrung und Schändung eines riesigen Heeres Unterdrückter, das sich schon fast über die ganze unschuldige Erde ausgebreitet hat, tief im Halbschlaf sie nicht vermißt haben und nur in ihren tiefsten Wachträumen ahnen sie, daß die von ihnen Ausgebeuteten ein paar orgiastische Stunden lang auf der abermals vergeblichen Suche gewesen sind, ihren immerwährenden, profunden Hunger zu stillen. Und auch ich werde nun für alle Zeit vergeblich die Befriedigung meines Hungers in rauschhaften Allegorien genießen müssen, denn ich bin nackt bis auf die Knochen und habe nichts mehr, nicht einmal ein fauliges Stück von meinem Gesäß, das vom Verwesungsgeruch meines Körpers verpestet ist.

Doch nun, wie ich meine tägliche Ansprache führe, mich wieder dem zuwende, was einst das Gift im Tee, der Stoff in der Zigarette, das Zeug in der Spritze gewesen ist, für die ich mit flippernden Fingern immer wieder noch einmal einen Fetzen der Vene in meiner Armbeuge finde, mich wieder in die Träume und Halluzinationen der Hungrigen flüchte, geschieht es: ich höre sie wühlen.

Mit heißen Fingern und weichem Geschlecht sucht mich die hungrige junge Frau, die mir kürzlich in einem meiner Wachträume in der alten Via del'Oca an einer Haustür begegnet ist und sucht mich mit fahrigen Fingern, um mich zu lieben und meinen Hunger zu stillen. Ich spüre mit jeder Fiber, mit jedem Nerv, wie sie tiefer und tiefer dringt, sie atmet schwer, sie stöhnt, sie schreit auf, sie winselt, sie stachelt mich auf, JAJA ruft sie, JA, TIEFER, und dann: JA, JA, JA, JA, JA, JAJ, AJAJA, JAJAJAJ, AJAJAJAJA, wenn sie meinen Sargdeckel unter ihren brennenden Fingern fühlt, o, die Lust mit der sie über mein faulendes Fleisch herfällt, verbrennt sie und mich, es war nur ein Traum, daß mich alle jene ekelhaften Ghoule vor der Friedhofskapelle zerrissen, mein Fleisch hängt sicher noch fett und saftig voll schwerem Leichenwasser von mir herab und wartet, daß sie sich daran befriedigt und meinen krankhaften Hunger stillt, der unstillbar ist.

So wird sie jetzt auch zurückgerissen von rohen Händen, die vorgeben, die Tat der Leichenfledderin zu verhindern. Man wird meine schon so nahe herbei gekommene Geliebte mit grauenhafter Brutalität in Handschellen und Zwangsjacke zwingen und sie den unmenschlichen, menschlichen Gesetzen unterwerfen. Sie greifen selber zum kalten Spaten, statt die mich umgebende Erde mit liebevollen Gebärden nach mir zu durchwühlen und ihre Münder in meinen verfallenden Leib zu pressen, wenn sie mich finden. Sie lieben mich nicht, sie können nicht ahnen, was ich empfinde und es wäre ein unerträgliches Gefühl für mich, ihre faden, nichtssagenden, normalen Lippen auf meiner großen Begierde zu fühlen.

Sie lieben die Erde nicht, in der wir voll Sehnsucht und Hunger die Jahrzehntausende verbringen, bis auch die letzte Erinnerung an Fleisch und Lust und Begierde und Schmatzen und Lutschen aus unserem Staub verschwunden ist. Sie werfen die Erde unachtsam hinter sich, obwohl in ihr schon so viele von uns gierig, hungrig und bis zur Unsichtbarkeit unkenntlich geworden und deformiert noch enthalten sind, so daß man nicht weiß, wieviel Begierde von uns in einem Mund voll Erde enthalten ist, sie graben mit der Dummheit von Archäologen bis mein Sargdeckel freiliegt.

Sie lockern mühsam den schweren Deckel und finden mich schon halb verzehrt: Blut, frisches Blut rinnt mir aus den Augen, der Nase und den Mundwinkeln, meine Hände, mein Hals, mein Gesicht sind blutig. Ich habe mein Leichentuch beinahe ganz verzehrt und halte große Fetzen Fleisch aus meinem Gesäß, meinem Bauch und meinen Hüften in beiden Händen, um sie in mich hineinzuschlingen, sobald das entsetzliche Gefühl des unstillbaren, immerwährenden Hungers abermals untragbar wird.

Sie pressen sich die Finger in die Ohren, um mein entsetzlich lautes Schmatzen nicht hören zu müssen und hören es doch. Sie drücken sich die Handballen in die Augen um nicht zusehen zu müssen, wie ich mir ein blutiges Stück Fleisch von meinem eigenen Körper in den Mund schiebe und schlucke und schlinge und sehen es doch und müssen doch den Handteller gegen ihre Lippen drücken, um nicht der Begierde nachzugeben, sich auf mein fauliges Fleisch zu stürzen, denn ich bin nicht einer von jenen Menschen, die das verwesende Fleisch anderer, toter Menschen begehren, ich begehre mich selbst, einen Toten und fresse mich. Ich begehre mich selbst und ich fresse mich. Ich fresse mich. Ich fresse mich. Ich fresse mich.

Sobald aber das geschehen ist, senkt der seltsame junge Mensch, der seit seinem Wiedererscheinen vor mehreren Tagen schon einige Menschen, die die Via del'Oca bewohnen, zu Tode erschreckt hat, seine Stimme, beendet seine entsetzliche Geschichte, verschließt den Lügen den Mund und schweigt stille, wie immer.

GABRIELE WOHMANN
Die Segelregatta

Der Punkt, den es zu treffen gilt, liegt mitten im Gehirn. Von Herz oder Seele versprechen sich nur noch Reaktionäre mehr oder weniger viel. Die Zukunft ist da. Was war denn noch? Jetzt ist der Doktor Holland ja schon seit zwei Tagen verschollen. Es sind ungefähr insgesamt 15 Personen, die sich mit dem Verschollensein des Doktors beschäftigen. Fast ist es zu schwül, um dranzudenken. Was war denn am Montag noch? Am Montag war das Fest. Wer am Fest des Montags beteiligt war, geht nicht davon ab, das mysteriöse Verschwinden des Doktors mit dem Fest des Montags zusammenzubringen. Am darauffolgenden Dienstag hat er allerdings wie üblich praktiziert. Er hat die Zeitung gelesen. Im Nachthemd durch Europa. Zankteufel im Nacken. Kaffeemaschine gefährdet Moral. Vielleicht wurde der Doktor Holland das Opfer einer Bluttat. Am Mittwoch ist sein hellblauer Morris zum letzten Mal hier auf dem Gelände gesehen worden und zwar vor dem Portal der Villa, denn er wurde dorthin gebeten, um nach der Zunge des Säuglings zu sehen. Hat er was gesagt? Wie sah er aus? Wie sieht er überhaupt aus? Hat er die Mittwochszeitung auch noch gelesen, oder befand er sich schon in Aufbruchsstimmung? Weiß er, daß der Herr keine Brandopfer will? So mancher lebt in den Tag hinein und fragt überhaupt nicht, was mit alten Flugzeugen geschieht. Das ist mal ein schwüler Tag heute. Niemand will so recht was damit zu tun haben. Wo steckt denn der Doktor bloß. Beschloß er auf Grund ungeklärter Einwirkung einer nicht zu ermittelnden Person, nunmehr sein viertes Leben zu beginnen? Die Feuerwehr von Hueytown/Alabama rettet in Zukunft keine Katzen mehr. Der Doktor Holland ist auf und davon. Er ist über alle Berge. Er hat sich in einer der Dolinen lang ausgestreckt und ertränkt. Wächter mußte mit Gangster fliehen. Zwei Kugeln im Leib und nichts gemerkt. Wir stehen in der Schwüle herum, wir können eigentlich nichts damit anfangen. Johann Wolfgang von Goethe, Dichter, erzielte bei einer Autographenauktion für ein Gedicht den ersten, hochdotierten Preis. Was war denn überhaupt? Rekonstruieren wir: gehen wir zum Beispiel wie in der Nacht vom Montag auf den Dienstag den Weg hinüber vom Portal der Villa in Richtung auf den Sarkophag, also los jetzt, die paar Schritte durch den Park rüber ans kalte Buffet. Feste, welche im Freien stattfinden, mag der Doktor Holland noch lieber als normale Feste und vorzugsweise in so windstillen Nächten wie der, die wir verantwortlich machen. Warum denn? War das denn ein Beckettscher Moment? Hatte es denn beinah den Anschein, als seien wir dem Reich des Möglichen wieder anheimgegeben? Und dann ging es vorbei und wir waren wieder weit weg. Oder wie?

Das Altflugzeugproblem wird sich wohl auf natürliche Weise erledigen, denkt der oberflächliche Zeitgenosse. Doch in Wahrheit stürzen nur wenige Maschinen an unzugänglichen, verschneiten Gebirgshängen ab. Und was ist mit dem Doktor Holland los? Hat er seine Patienten abgeschrieben? Ist ihm nun alles egal? Keiner hat in jener Parknacht das geheimnisvolle Ticken im Weltall gehört. Über weiße Zwerge und kleine grüne Männchen, die im Weltall das rhythmische Ticken besorgen, womit sie die Forscher nachdenklich stimmen, hat keiner spekuliert. Über Gefahren der Milch hat keiner nachgedacht. Weißwein war etwas knapper als Rotwein und andere Getränke. Was war weiter. Weiter am steinernen Buffet. Die ersten Druckknopfmenschen, überwiegend Schizophrene, fühlen sich mittlerweile besser. Mach doch weiter. Vor der mit weißen Tischtüchern bedeckten Grabstätte mit ihrem großzügigen Angebot an Getränken und Häppchen versammelten wir uns um den Doktor herum nur kurz. Wir wollten wieder zurückkehren auf den Teppich im Gobelinsaal. Dies ist das schönste Fest, das wir hier im Bereich dieser Villa erleben, es schließt allerdings ab. Es liegt auch schon zurück. Es kommt mehr und mehr abhanden. Mit jeder Minute ist der Doktor um jede Minute länger verschollen. In die Erinnerung an das Fest gerät fast ein rhythmisches Ticken der Verzweiflung. Oder wie? Es ist noch immer so heiß. Hier ist der Sommer so lang. Wir reden nicht das Richtige. Wir reden neben den Sätzen her, die wir reden möchten. Die richtigen Sätze laufen parallel davon. Holland ist ein schöner Name. Holland ist ein schönes Land. Es ist deshalb schön, Holland zu heißen. Holland ist überhaupt mein Lieblingsland, nein nein nicht Italien. Was darf der Doktor daraus für sich schließen, was wagt er daraufhin nicht zu hoffen, was habe ich geantwortet, was hat er nicht glauben wollen, was war weiter. Das kalte Buffet, der Steintisch, der Sarg. Andere Leute. Ein ziseliertes silbernes Zigarettenetui mit Initialen befindet sich jetzt noch im rechtmäßigen Besitz und wird bald darauf gestohlen oder verloren. Hinter dem appetitlichen Sarg die drei Kellner, eigentlich emsig. Ist es nicht peinlich auch für seine Frau, ja besonders für die Frau des Doktors, denn die dauernden Anrufe der Patienten und der nur freundschaftlich Besorgten zwingen sie zur Indiskretion und sie gibt ihre eigene Besorgnis zu. Die Opfer, die Gott gefallen, sind ein geängsteter Geist; ein geängstetes, zerschlagenes Herz wirst du, Gott, nicht verachten. Ein Psalm Davids, vorzusingen. Was war denn noch? Für religiös halte ich den Doktor schon mal nicht, beziehungsweise kaum. Und weiter, nachdem wir wieder mit vollen Gläsern zu unserm Platz am Teppich zurückdrängelten. Das nennt man Seelentaubheit. Die Seele erblindet auch. Es wird gehört und gesehen, bei genügender Hörfähigkeit, bei ausreichendem Lichtsinn und gut erhaltener Sehschärfe; das Geräusch (etwa Klirren eines Schlüsselbundes, eine Stimme) und das Bild (etwa die verrutschte Socke des Doktors, Lächeln und dergleichen) können aber ihrer Herkunft nach nicht mehr bestimmt werden. Was hat er denn noch gesagt, was wies denn darauf hin? Oder wies nichts darauf hin?

Schon ist Freitag. Die Reproduktionsfähigkeit pickt sich Einzelnes heraus und findet den Zusammenhang nicht. Lag überhaupt eine abgerutschte Haarsträhne schräg über der Stirn des Doktor Holland? Was für ein wirklich schöner Name. Ich beneide Sie um diesen Namen, den mein Lieblingsland trägt. Der Doktor Holland hat gesagt, mit ihm verheiratet zu sein, sei gar nicht so leicht. Ich habe gesagt, warum denn das bloß, er hat gesagt, sowieso nicht mit einem Arzt, ich habe gesagt, aber wenn man Holland heißt, er hat nur noch gelacht, ich habe gesagt, Ihre Frau ist undankbar. Hat das was damit zu tun? Der Doktor Holland ist unglaublich schnell in einem Kratersee ertrunken. Das Abwracken besorgen Kinder. Sie nennen es Verreisen-Spielen und üben es aus an Oldtimer-Flugzeugen wie ehemals Kinder um die Jahrhundertwende in der Remise mit der Sonntagskutsche des Großvaters.

Wir haben alle, wie wir auf dem Teppich um den Doktor Holland herumsitzen, zu niedrigen Blutdruck, aber der Doktor hat selbst in der Zeit seiner größten sportlichen Leistungsfähigkeit noch niedrigeren Blutdruck gehabt. Wir haben beispielsweise venöse Stauungen, Halsentzündungen, Konjunktivitis, denn hier ist das Licht zu hell, wir haben maulbeerförmige Kalkbildungen im rechten Nierenbereich, unsere Nieren sind vermutlich im Embryonalstadium unvollkommen rotiert, unsere Blase entleert sich fast vollständig bei spontaner Miktion, wir werden demnächst sterben. Chirurgen haben begonnen, Elektriker zu spielen. Der Doktor Holland spielt nicht Elektriker und ist außerdem Facharzt für Inneres. Aber die Assistenz im OP als Zweitarzt ist, so kann er es ruhig nennen, sein hobby, zumeist bei Blinddarmentfernungen und außer Käfersammeln. Nicht nur Schizophrene sind unfähig, klare Gedanken zu fassen. Ähnlich ergeht es auch einem Menschen, der von panischer Angst übermannt wird. Der hellblaue Morris des Doktor Holland stürzt von der unasphaltierten abruzzesischen Kurvenstraße in den Abgrund. Auf dem Todessitz befand sich keiner. Der Doktor wurde vom Steuerrad eingeklemmt. Ist er sofort tot? Wann tritt sein Tod ein, sein wahrer Tod, welcher im Gehirn stattfindet? Auch andere Emotionen, nicht nur die Angst, können panisch entarten. Obwohl der Befund Panik unter Seelenregung, das heißt deren Übersteigerung rangiert, richtet jegliche Behandlung sich aufs Gehirn. Das Loch in der puddingweichen Masse Hirn – bestellen Sie sich gelegentlich Hirn, ein ortsübliches Gericht, zumeist mit Erbsen und reichlich Öl? – dies Loch im Enzephalon siehe Cerebrum braucht nur die Größe einer Saubohne (Puffbohne) zu haben, um schon einen neuen Menschen zu machen. Wie ging es weiter? Was hat er denn lachend abgestritten und gern gehört, mit Staunen vernommen, was verschlug ihm die Sprache, wie fand er die Sprache wieder, was war das eine, das das andere ergab, wie lautete der Kontext, der stumm nebenherlief, weiter und weiter mit dem konspirativen Unsinn, was hat er nun nicht hoffen dürfen, nicht zu denken vermocht, dann aber doch oder wie? Warum kehrte er noch einmal zurück? Er hat Gäste, seine Freunde, nach Haus gebracht. Seine Frau, die ihn wegen Müdigkeit nicht auf das Fest begleiten konnte, hat ihn längst erwartet. Er aber kehrte aufs Fest zurück. Wie viel Uhr war es überhaupt? Was hat er beteuert, was habe ich sehr anerkannt, was hat er erneut bezweifelt? Und dann? Der Doktor Holland hat zu einem Zeitpunkt, der jetzt nicht mehr festgestellt werden kann, einen Stipendiaten, welcher ebenfalls auf dem Teppich saß, gebeten, Du und Hartmut zu ihm zu sagen. Bitte, rekapitulieren Sie doch. Er hat sich in einem Hotel gegenüber heimlich eingemietet und dort in ein Zimmer mit guter Aussicht auf den Park eingesperrt. Ein anderer Stipendiat und der Doktor Holland waren die letzten und berauschtesten Gäste des Festes. Sie haben mehrere Male gemeinsam den gesamten Park durchwandelt. Worüber wurde denn gesprochen?

Die Spaziergänge durch den Park fanden in der ungeeignetsten Gedächtnisphase des Stipendiaten statt. Somit reicht nichts, was er halbwegs weiß, für einen Anhaltspunkt. Der Pförtner sagt aus: Doktor Holland war der Letzte, den ich rausließ, und zwar nach drei Uhr. Trägt der Doktor überhaupt eine Brille? Weiß noch einer von uns über die Farbe seiner Augen, seiner Haare Bescheid? Besser weiß man über Gehirnsonden Bescheid. Sie verwandeln Lebewesen in steuerbare Marionetten. Durch elektrische Impulse stimulieren sich Ratten in einen Lustrausch, Mäuse überfressen sich, Mäuse verhungern auf Funkbefehl. Katzen fliehen vor Mäusen, Affen paaren sich exzessiv oder veröden in sexuellem Desinteresse. Stiere stürmen wütend durch die Arena, Stiere trollen gleichgültig in der Arena herum. Und weiter? Was hat er denn angehabt. So was im tropic style. Das ist jetzt zerfetzt, blutdurchtränkt, aufgeweicht in Meer- oder Dolinenwasser, zerschnitten.

Zwei Personen von uns 15, so viel sind wir ungefähr hier im Park, erwarten den Doktor immerhin auch in seiner dienstlichen Funktion. Immerhin sagt die Frau des Doktors aus: Am Donnerstag morgen fuhr er weg und wohin er fuhr, weiß ich nicht, und er vereinbarte mit mir nur: entweder rufe ich an oder ich komme zurück. Nichts von beidem geschah.

Weiter, gehen wir zu diesem Kellner dort, denn er vermittelt uns den knappen Weißwein, er hat einen speziellen Platz für uns unter den weißen Tüchern. Schon beim ersten Schluck wieder krank. Der trockengelegte Alkoholiker ist nie gesund. Die sogenannte Fahne ist übrigens mehr ein Symbol als ein Symptom. Alkoholiker der gehobenen Schichten führen Mundspray mit sich. Wer mit Fahne die Arztpraxis betritt, befindet sich in puncto Alkohol eher in einem seligen als unseligen Zustand.

Jetzt ist Freitag morgen schon um, jetzt ist Freitag mittag, dann Freitag nachmittag und nicht weniger schwül. Es will da keiner so recht ran. Wir stehen im Park herum. Es ist auch unter den Bäumen nicht kühler. Der Doktor Holland liegt mit einem Projektil im Kopf, das unterhalb des rechten Ohrs in die puddingförmige unansehnliche Hirnmasse eindrang, tödlich getroffen in seiner dazu passenden Blutlache. Das ganze Drama irgendwo in einem unauffälligen Hotel am Meer, Zimmer im ersten Stock, nicht unbedingt Seeblick. Warum sollte er es aber getan haben oder warum sollte ein anderer es getan haben? Wie schön, in Italien Holland zu heißen. Wie schön, daß der gelähmte Polizist in ein gespendetes Haus ziehen konnte. Wie schön, daß der

Priester die Nonne heiratete, daß die Häftlinge ihre Geiseln frei-
lassen, daß ein geängsteter Geist, ein geängstetes und zerschlagenes Herz die Opfer sind, die dem Herrn gefallen. Der Doktor
Holland hat sich im Fluß Dora vor den Augen vieler untätig
bleibender Passanten ertränkt.

Aber Finkel wird ebenfalls gesucht. Er ist vom Mittagessen nicht
wieder zurückgekehrt. Finkel allerdings ist ein Verbrecher, nach
ihm fahndet die Polizei. Das ziselierte, mit Initialen des Besitzers
versehene Zigarettenetui wird inzwischen ebenfalls gesucht. Der
Doktor Holland ist bereits außer Landes. Das Unheimliche an
einer solchen Zwangsneurose ist, daß die Patienten selber wissen: es ist Unsinn, so oder so zu handeln. Denken wir an den
Buchstaben- oder Zahlenzwang. Denken wir an den Ingenieur
mit dem Achtertick. Immer, wenn er die Zahl 8 niederschrieb,
was nicht selten vorkam, mußte er seine Berechnung beenden
und erneut beginnen, jeweils bis zur nächsten 8. Diese Krankheit
hat ihn arbeitslos gemacht. Gehirne sind nicht Doktor Hollands
hobby. Die Brennsonde trifft in der puddingzarten Masse die 8
des arbeitslosen Ingenieurs, nicht etwa die benachbarte 7 oder
die 9. Die 8 wird erledigt. Nichts erledigt sich von selbst, auch
nicht das Problem der Altflugzeuge.

Jetzt erwartet man den Doktor Holland immer dringender.
Seine Frau wagt sich kaum noch ans Telefon, denn sie geniert
sich vor den Fragestellern. Das Kind mit dem Ekzem wimmert
leicht, denn leichtes Fieber trat hinzu. Über das Ekzem weiß der
Doktor Holland auch nichts Genaues, ist es eine Pilzerkran-
kung, eine infizierte Wunde, ein infizierter Insektenstich, drum-
herum ein Sprenkelmuster kleiner Blutergüsse. Jedoch übt
selbstverständlich seine Kontrolle eine beruhigende Wirkung
aus, zudem kann er Suppositorien verschreiben und den Ver-
band erneuern. Er ist kein Dermatologe. Er ist verschollen. Ein
kleiner Hirnreiz genügt und eine Seite des Gesichts lächelt.

Man hat dem Doktor Holland einen Strick um den Hals gebunden, an dem Strick befand sich ein Wackerstein. Von einem Pier
herunter ließ man ihn ins Meer. Der Wackerstein bewirkte seinen
unverzüglichen Untergang. Wer hat denn alles mit ihm auf dem
Teppich gesessen? Werden die bösartigen Triebe künftig auf die
gleiche Weise abgeschaltet, also mit Silberdraht und Speziallöt-
kolben? Erzählt man denn einfach sein ganzes Leben? Das
erste Leben des Doktor Holland: als Offizier. Warum denn das?
Er scheut sich gar nicht, er datiert das so, es bedeutet für ihn
dieses oder jenes, vergessen wir es. Das zweite Leben des Doktor

Holland: in diplomatischem Dienst. Muß er ausgerechnet in Südafrika geboren sein? Wirklich bloß weil er so gut Italienisch konnte, aber woher denn, aber wirklich nur aus diesem Grund, erschien er täglich im Hauptquartier von Mussolini. Der Doktor Holland führte in jener Zeit Tagebuch, das als zeitgeschichtliches Dokument deklariert wurde und sich nun in Washington befindet. Also kann er nicht an sich selber von damals heran, aber die Historie geht vor. Daß man ihn auf diesem Teppich ausfragen werde, hat er nicht ahnen können, denn er kam arglos. Er wollte daher zum Beispiel zwischendurch wissen: Nehmen Sie mich auch nicht auf den Arm? Aus purem Idealismus begann der Doktor Holland ein weiteres Leben und studierte Medizin, damals, laut eigener Aussage, schon nicht mehr der Jüngste. Was war denn noch? Dann stößt er kurz zu. Weich verschwindet die Nadel in dem puddingzarten Gewebe Cerebrum siehe Enzephalon, tiefer und tiefer schiebt sie sich. Wie geht es Ihnen, fragt der Arzt, denn freundlich wie er ist, nimmt er sich Zeit für diesen menschlichen Kontakt. Immerhin befindet man sich auf wissenschaftlichem Neuland. Der Patient lächelt wie eh und je und erwidert mit normaler Stimme: Gut, ist die Nadel schon drin? Also bohrt der Arzt weiter im kostbarsten aller menschlichen Besitztümer. Hirnmasse ist unempfindlich. Mein Herz ist schwer, singt der Dichter, dessen Ruhe hin ist, auch nur synonymisch. Im schockierendsten Teil der insgesamt schockierenden Prozedur trifft die stromgespeiste Brennsonde auf die 8 oder auf eine sonstige Obsession.

Und vorher? Nochmals zum Sarg. Kosten wir die Schnittchen, zumeist rätselhaft delikat zubereitete Mäuse. Sichten wir unter den festlichen weißen Tischtüchern unser Versteck, trinken wir weiter den knappen Weißwein. Ringsum im Steinrondell züngeln diese ideologischen kleinen Lichter, die man Fackeln nennt. Nett ausgedacht von den Gastgebern. Das ist vorbei. Immer näher rückt die Nacht von Freitag auf Samstag, was bedeutet, daß der Doktor Holland seit immer längerer Zeit verschollen ist. Das wimmernde Kind war am Tag nach dem Fest, also am Dienstag, bei den andern Kindern, die alle Fackeln einsammelten und in die Brunnen des Parks warfen, während die Erwachsenen noch ihren Rausch ausschliefen. Bleiben wir ein bißchen draußen? Sitzen Pärchen auf den Bänken im Park? Man sieht nur gesellschaftsfähige Gruppierungen, die Gästeliste hat wiederum keine Paarungen vorgesehen, also ist es in jedem Gebüsch einwandfrei. Und dann? Und weiter? Immer mehr Gäste verabschieden sich. Die noch kultivierteren Leute sind sowieso längst weg, weil sie ja wissen, was sich gehört. Aber wir im Gobelinsaal sind noch da, aber was war noch? Warum blieb so viel übrig, wenn doch nichts war? Die Merkfähigkeit in jener Nacht reichte nur für jeden einzelnen Moment aus. Womit es hapert, das ist die Reproduktionsfähigkeit. Wir hatten ein ganz ausgewachsenes Beeinträchtigungserlebnis. Wir hatten eine ganz hübsche Gedächtnisstörung. Unser Beziehungssyndrom kann sich sehen lassen. Die Neurophysiologen zerstören alles Gewohnte. Ihr Schaltbrett und darauf ihre Druckknöpfe erbringen Seelenvorgänge. Mit dem Geschlechtstrieb, altes Pioniergebiet der Forschung, fingen sie selbstverständlich an. Künstlich übererregte Kater suchten sich die befremdlichsten Geschlechtsobjekte aus, unter anderm Schäferhunde. Was hat denn der Doktor für eine Krawatte angehabt? Wie sieht er überhaupt aus? Hat er eine eher schmale Kopfform? Ist er eigentlich untersetzt, stellt man in seinem Bekanntenkreis fest, er habe etwas zugenommen? Leidet auch er unter dem Klima, unter Schlaflosigkeit, unter was sonst, unter Hypotonie, unter was sonst nicht, glaubt er sich durch die Umwelt vernachlässigt, betrogen, ruiniert, steigert er bis zum Wahn diese Vorstellungen, unter denen er vermutlich ganz gewiß nicht leidet. Obwohl er an alle Medikamente rankönnte, ist sein Organismus noch kein pharmazeutischer Teich. Abgesehen davon gehört er nicht zu den Mißtrauischen, Gereizten, Psychopathen, Depressiven, Schizophrenen, Paranoiden. Sie wissen ja auf einmal so viel über den Doktor Holland? O ja, das stimmt, denn ich habe soeben mit ihm telefoniert. Der Hund ist treuer als die Katze. Der Doktor Holland ist zurückgekehrt und rief mich an, also ehe die Nacht von Freitag auf Samstag einbrach. Er besitzt das seinem Beruf unentbehrliche Verantwortungsbewußtsein jetzt zunächst mal wieder. Er wird noch hier aufkreuzen. Dem kranken Kind geht es dummerweise eigentlich schon besser, zum Beispiel hat es das eindrucksvolle Wimmern eingestellt. Im Gehirn gibt es sogenannte Strafbezirke. Das sind die Lustzonen. Diese können, obschon stets bei sexueller Reizung mitbeteiligt, auch für sich allein stimuliert werden. Einige Forscher sprechen auch von Glücksregionen. Einer beneidenswerten Ratte baute man eine Apparatur, durch die sie sich ihr Glück aus der Leitung selber anschalten konnte. Ein Stromstoß verschaffte ihr kaum zu ermessende Lustorgien. Zumindest sah es danach aus. Mit kaum zu ermessender Geschwindigkeit und kaum faßbarer Ausdauer bediente hinfort die Ratte den Glückshebel und brachte es auf 20 000 mal in der Stunde. Der Doktor Holland kreuzt soeben hier auf. Er steigt aus seinem hellblauen Kleinwagen. Er ist ja unheimlich braun gebrannt. Er nahm nämlich an einer unheimlich netten Segelregatta teil. Das hat er sich schon unheimlich lang gewünscht. Weil er das unwiderstehliche Bedürfnis hatte, einen Menschen zu töten, tötete ein 19jähriger in Nanao, Japan, seinen Vater und gab hierzu folgende Erklärung ab: Wenn ich einen Fremden getötet hätte, würde das meinem Vater Schmerz bereitet haben. Ein prähistorisches Pferd wurde bei Gruben-arbeiten in Nordsibirien entdeckt. In 10 Meter Tiefe hatte das Tier sich durch ständigen Bodenfrost gut erhalten. Der Doktor Holland sieht unheimlich gut aus, auf der Segelregatta ging es unheimlich rasant zu. Es hat ihn unheimlich erfrischt. Es war überhaupt unheimlich schön. Es war unheimlich. Dem Men-schen fehlt vieles, aber einiges fehlt ihm beinah nie. Das Fehlen der Zunge kommt unheimlich selten vor.

Herr Künstel weiß, was er kann, weiß, was er will, geht einem geregelten Beruf nach, Politik auf fester christlicher Basis, Atlas schoß donnernd in die Lüfte, ein Block wie noch nie, gerüstet auf kommende Entscheidungen, nicht Worte sondern Taten zählen, werden die Zukunft entscheiden, zurück blieb ohrenbetäubender Lärm. Wir mußten nicht nur um das gleiche Recht sondern auch um die gleiche Bezahlung, nicht nur um jeden Quadratmeter sondern auch um jede Subvention kämpfen, während Herr Künstel über Volksaktien einen Schritt zur Schaffung echten Miteigentums gewagt hat, doch sagten seine Widersacher und Konkurrenten noch immer »nein« dazu und horteten insgeheim gut ausgestattete Volksaktien in ihren Tresoren. Herr Künstel hat das Recht stets respektiert und ist der Rechtsprechung niemals anheimgefallen. Er hat die Unabhängigkeit der Gerichte *niemals* wiederholt auf das schwerste gefährdet, seine Widersacher und Konkurrenten haben die Unabhängigkeit der Gerichte *wiederholt auf das schwerste gefährdet* und erst jüngst im Fall »Künstel & Co« die Gerechtigkeit mißachtet. Herr Künstel verteidigte sich durch nachstehende Ausführungen, die grundlegende Feststellungen enthalten, sodaß wir ihnen leitenden Platz einräumen: »Wir müssen allen gutgesinnten Mitarbeitern klarmachen, daß es nicht mehr dafür steht, in den Zug der gegnerischen Partei umzusteigen; unsere Gegner sind am Ende, sie haben nichts mehr zu bieten, ihnen zerrinnt ihre eigene Substanz; unser Programm ist älter und doch viel zeitgemäßer, es ist gerade in der heutigen Zeit das einzig Richtige und daher auch das einzig Gültige; wir müssen auch mit allen Kräften dafür sorgen, daß die Jugend in viel stärkerem Maße als bisher im öffentlichen Leben aktiv mitwirkt; auch der beste Glaube versagt und scheitert, wenn er nicht durch eine entsprechende Praxis erprobt und immer wieder aufs neue bewahrt wird; wir lehnen es ab, von irgendwelchen besonders vermögenden Leuten Geld anzunehmen, um uns damit zu verkaufen oder auch nur mehr oder weniger zu binden.«
Die bisherigen Ergebnisse Künstels beweisen, daß Künstel sich im Vormarsch befindet. Es ist daher begreiflich, daß seine Gegner sich zu besonderen Abwehrmaßnahmen bemüßigt fühlen,

um seine Position zu erschüttern, Trümmerstädte, verkommene Dörfer und verwahrloste Höfe, es ist darüber schon viel berichtet worden, man erfuhr Einzelheiten aus dieser oder jener Stadt; was hat man getan, um ein menschenwürdiges Dasein zu schaffen? Künstel konnte sich frei bewegen und seine Eindrücke ungehindert aufzeichnen, als die Gegner die Zügel etwas lockerer ließen und die Menschen im Land wieder etwas Hoffnung schöpften. Was Künstel sah und hörte, beschrieb er auf mehreren hundert Textseiten mit 163 eigenen Aufnahmen: verödet, versandet, versteppt, von Trümmerstadt zu Trümmerstadt, von verkommenen Dörfern und verwahrlosten Höfen zu menschenunwürdigen »Hotels«. Fast nichts ist in diesen weiten Gebieten geschehen, verändert oder gebaut worden, wenn man von einzelnen Versuchen der Restauration absieht.

Herr Künstel weiß, was er kann, weiß, was er will, geht einem geregelten Beruf nach, fällt niemandem zur Last, dem Wunder auf der Spur, in Wahrheit, es ist eine schöne Zeit, wenn das Fest vor der Tür steht und man die Tage zählt, bis es eintritt und uns allen Freude beschert, uns die Herzen öffnet, daß sie empfänglich für erwiesene Liebe werden und das Wort verstehen lernen, daß Geben seliger denn Nehmen sei und auch danach handeln. Um die Freude des Schenkens umso reiner zu genießen, indem man sich dem Dank des Beschenkten entzieht, hat Künstel die Rolle des Schenkenden übernommen und die Mär von »Künstel« erdacht, der, beladen mit Geschenken, von Haus zu Haus zieht. Heute ist das Wunder des Wunderbaren entkleidet, und wir wissen, woher Künstel das alles weiß und wo seine Bezugsquellen sind.

Wenn die Rede auf Künstel kommt, dann erzählt man nicht selten eine Geschichte, die man glauben muß, so sehr wird Künstel mit ihr in wenigen Augenblicken eins: Künstel verbrachte einige Jahre in einem Lager in Texas, wo er gefangen gewesen war; man muß wissen, »Künstel« ist ein Spitzname und kommt von »Künstel«, damit hat man auch ein Bild von ihm, er hätte gar nicht anders heißen können. Man kann ihn übrigens in keiner Weise verdammen, er war dort in Texas, wo er die Geschichte erlebt hat, ja noch Soldat, aus der letzten von einigen dutzend Schlachten herausgefangen, über das große Meer gebracht, Transporteure von Baumaterialien und Kies, die im Streik standen, führten ihre Protestbewegungen weiter, durch ihre Demonstration versuchten sie, die Aufmerksamkeit der Baubehörden auf sich zu lenken, die außerkontinentalen Transporteure führ-

ten Transporte zu niedrigeren Preisen durch, schwerer West-
sturm über der Nordsee, die 58jährige Prostituierte Juliana
Emsenhuber in einem Zimmer in ihrer Wohnung in der Schleif-
mühlgasse tot aufgefunden, Rätselraten um geflüchteten Ballon,
die Betriebsleitung warnte vor Explosion bei Auffindung, zum
erstenmal seit seiner Gründung mußte sich der internationale
Gerichtshof mit dem Schicksal eines Kindes befassen, verschie-
dentlich erklärte man, das Vorgehen verletze den internatio-
nalen Vormundschaftsvertrag, eine neue Saison begann, ein
großer Gast für die Rolle der Carmen, auch Oskar Werner und
Paula Wessely gastierten.

Künstel wie gesagt über das große Meer gebracht und hinter
Stacheldraht gesetzt mit einem Haufen anderer Kameraden. Sie
hatten ihr gutes Essen, ein regendichtes Dach über dem Kopf,
eine anständige Behandlung, nur daß sie eben gefangen und be-
wacht waren; und das bekommt solchen Kerlen, wie Künstel
einer ist, auf die Dauer nun einmal schlecht.

Der Krieg war noch nicht aus, BMW erzeugte jährlich 30.000
Kleinwagen, Stapellauf zwischen den Feiertagen, Überschuß für
Forschungszwecke, außerdem war es zehn Jahre seit eines ganz
gewissen Ereignisses, das hier nicht erwähnt werden darf, her,
nur noch 9000 Schuhmacherbetriebe, mehr als zwei drittel der
geschiedenen Ehen dauerten bestenfalls zehn Jahre, es wurde allgemein bekannt, daß man die Idee des Miteigentums mittels
einer Volksaktie in die Tat umzusetzen begann, das Schuh-
macherhandwerk stark überaltet war, in den Wirtschaftsförde-
rungsinstituten der Handelskammern die Kurstätigkeiten für
das Hotel- und Gastgewerbe mit Eröffnungen von Koch- und
Servierkursen begonnen hatten, die Verwendung von Gummi-
besohlungen und Gummischuhen, die rationale Massenherstel-
lung und die damit erzielte Verbilligung der Fabrikswaren das
Arbeitsgebiet des Schuhmacherhandwerks derart eingeschränkt
hatten, daß nicht einmal für die noch vorhandenen Schuhmacherbetriebe eine ausreichende Beschäftigungsmöglichkeit gegeben war, die 3. Novelle zum ASVG Leistungsverbesserungen
im Bereiche der Pensionsversicherungen enthielt, Details aus der
Ehescheidungsstatistik bewiesen, daß geschiedene Ehen kurz
und kinderlos waren, der Krieg noch nicht aus war, der Himmel
noch nicht wissen mochte, wie lange er dauern sollte, also Herr
Künstel nicht nach Hause, wohin er eigentlich wollte, fahren
konnte.

Aber aus dem verfluchten Lager wollten Künstel und seine

Kameraden einmal ausbrechen, sich in der nahen Stadt Sacho Paso ein wenig umtun wie freie Kavaliere. Nach ein paar Stunden, dachte Künstel, würden sie sowieso wieder geschnappt, das war ohnedies sonnenklar, aber sie hätten dann doch wenigstens ein Stück Freiheit geschmeckt. Die sieben, die sich insgeheim verschworen hatten, malten sich flüsternd aus, wie sie die Stadt Sacho Paso zu überfallen gedachten. Sie wollten über sie kommen wie ein Hurrikan, wie der Stein der Weisen, wie die unsicheren Geschäfte mit dem Osten, wie die Erfüllung der Wünsche, wie die städtische Versicherungsanstalt, wie der Rubel, der so gefährlich ist wie Raketen, wie der große Irrtum, wie der kleinste Teil des Welthandels, wie die von Washington erzwungenen Handelssperren, wie die Zündschnur im Inselreich glimmt, wie der Ausbau eines Flughafens, wie es besser ist, daß man nichts sagt, wie der Nordpol immer wärmer wird, wie

bis zur letzten Minute, die Flaschenpost, der Stellvertreter, die Haushälterin, die Effektenbörse, zweierlei Maß, Trauerglocken, Nachruf und Lebensgeschichten im versiegelten Sarg, Maugham und Saroyan ein Theater machen, sowjetische Spione überall, wie

40% des Volkseinkommens, ein Haus voll Glorie schauet, sich ein zweijähriger Knabe verlaufen hat, das neue bunte Buch, ein Diktator jammert, Angst vor Touristenkarten, die weiße Maus, christliche Gewerkschafter für Stabilität der Preise, wie

ein elf-Kilo-Hecht, ein illusionsloser Auftakt, ein Opfer der Sportfliegerei, ein moderner Ikaros, wie

ein Hurrikan wollten sie über die Stadt kommen, freilich nicht etwa wie ein großer Haufen, sondern jeder einzeln für sich allein, damit sie dem Kommando, das sie wieder einfangen mußte, möglichst viel zu schaffen machten.

Sie suchten für ihr Unternehmen eine Stunde aus, in der ein gewisser Jimmy Tweed die Wache hatte; er war ein junger bequemer Fettwanst, ihn brauchten sie nicht zu überrumpeln, er schlief; da sprühten sie wie aus einer Brause, wie ein Sabotageakt im Operationssaal, wie ein Selbstmordversuch nach Polizeihaft, wie ein gefälschter Text, der eine Todesnachricht auslöst, wie Zirkus, Mond und Sternverschmelzung, wie tausendfacher Vogelmord in Thüringen, wie der Unterrichtsminister, der sich um schwerverletzte Schüler kümmert, wie aus einer Brause sprühten sie in den Abend hinein auf den Lichtschein von Sacho Paso zu. Weit vor der Stadt zerstreuten sie sich, sagten sich lachend *ade*, und jeder ging auf eigene Faust los auf dem heimlichen Weg in das wiedergewonnene Leben. Als die sechs Schatten in die Dunkelheit fortgehuscht waren, reckte Künstel die Arme in unbändiger Kraft und Lust hoch in die Nacht. Was sollte er in seinem Glück, so kurz befristet es auch war, anfangen?, was sollten die Sträflinge in der Medizin?, was sollte man mit der sprunghaften Aufwärtsentwicklung?, was jenseits des grünen Bambusvorhanges?, was mit der Kehrseite der Südseeromantik?, was gibt es heute und morgen?, was mit der Sängergemeinschaft von 12 bis 60 Jahren?, was mit den Jagdhunden, die noch immer unentbehrlich sind?, was mit den Veranstaltungen des katholischen Bildungswerkes?, was mit der Stimme der Heimatvertriebenen?, was mit der vor dem Standesbeamten vollzogenen Trauung des Herrn Matthias Karl Kapeller, des ältesten Sohnes des bekannten Tischlermeisters M. Kapeller mit Fräulein Gatterer?,

was

mit der eröffneten Weltausstellung, der in Berlin ausgetauschten Spione, der fallenden Entscheidung, der Drogen für Rußlandbesucher, der Führungskontroverse innerhalb des Streiks in den Konsumbetrieben, der fragwürdigen Konvertierung der Prinzessin, der Gendarmerie, die zu viel zu tun hat, der Wahrheit über die Ministerpension?,

was

mit dem pensionierten Brückenbauer, dem Brand im Haus Theatergasse 4, dem *Seerösl*, der Neuorientierung des Beitrags- und Leistungswesens bei den Meisterkrankenkassen?,

was

mit der Fleckviehversteigerung?,

was

sollte also Künstel in seinem Glück, so kurz es auch befristet war, anfangen?

Sacho Paso ist eine mittlere Stadt in Texas, sie hat viele Wirtschaften, wo man saufen kann, Lokale, wo man tanzen kann, Frauenzimmer zum Lieben und Kumpane zum Verdreschen. Irgendetwas muß geschehen, dachte Künstel in einer verrückten Laune, als er sich so reckte, daß die Gelenke krachten. Künstel kam auf seinem Weg zu einem der Genüsse, die ihm da in einer der Wirtschaften aufgetischt sein könnten, an einem offenen Fenster vorüber.

Es waren zu dieser Jahreszeit viele Fenster offen, ohne Haarpflege ging es nicht, die Taschenmode war streng, die Jagdhunde der Lüfte im Kampf gegen Krähen, Gedenkschießen schon durchgeführt, Sonderausstellung im Landesmuseum, höheres Gehalt für den Bürgermeister, aber vor der Gemeindezusammenlegung und während der Gemeinderatswahl sprach man anders, Laien stellten Totenscheine aus, Arbeitnehmer baufreudig, die Schule wurde zum Massengrab, Dank und Abschied für Hartmann, China schaltete wieder auf englisch, nach der Lourdes-Fahrt begann das Glück,

es waren zu dieser Jahreszeit viele Fenster offen, aber Künstel hatte sich um sie nicht gekümmert. Doch an diesem einen Fenster war der Vorhang nicht vorgezogen; Künstel blieb natürlich stehen, nicht nur wegen des merkwürdigen Anblicks, sondern auch wegen der lauten Stimme eines kleinen rosigen Fleischbrockens: eine junge Frauensperson konnte nämlich einen krähenden Säugling nicht beruhigen, das Jahr neigte nicht sein Haupt, die Stille stieg nicht abwärts, der Teil eines jeden war nicht so bald verbraucht, das Herz wurde nicht groß, die Welt machte sich nicht klein, 1000 Worte wurden nicht verschwiegen, ungenügende Rüstung und Ausbildung bedeuteten kein Todesurteil, 5000 Züge fielen nicht aus,

eine junge Frauensperson konnte einen krähenden Säugling nicht beruhigen,

in Europa ging es zu dieser Stunde einer jungen Frau namens Elisabeth vielleicht ebenso mit einem Kind, das Künstel noch gar nicht gesehen hatte; und diese Elisabeth hatte auch einmal solch eine schottisch gemusterte Bluse angehabt wie diese Frauensperson da drinnen in der nett eingerichteten ebenerdigen Küche. Künstel stieg kurzerhand durchs Fenster; was könnte nach ein paar Minuten Erinnerung natürlicher sein als das? Er nahm der erschrockenen Mutter mit ein paar unbeholfenen Worten die Angst, redete ein wenig mit dem Schreihals mit den nassen blauen Augen, und plötzlich schrie das Kind *nicht mehr*, die tiefe Stimme von Künstel hatte eine ausgesprochen beruhigende Wirkung. Künstel stellte sich wie ein ordentliches Kindermädel an, für Spittaler Wohnungssuchende bestand Hoffnung, in der Studienbibliothek verzeichnete man Neuerwerbungen, der Stern, den die Gendarmerie verfolgte, stand über Seebach, das Unterrichtsministerium gewährte der Landesregierung für die Fortführung der Ausgrabungsarbeiten eine Subvention von 20.000 Schilling, im Künstlerhaus wurde die Herbstausstellung der Berufsvereinigung der bildenden Künstler eröffnet, ›Taiga‹ hieß ein teilweise sehr unecht geratener Kriegsfilm, ein junger Eisenbahner verlor seine Beine, während der Aufklärung der Ursache von Bränden stellte sich heraus, daß es sich bei dem 44jährigen Landarbeiter um einen geistesgeschwächten Pyromanen handelte, die Jahreshauptversammlung fand endlich statt,

Künstel stellte sich als richtiges Kindermädel an, als habe er das Geschäft gelernt, *man muß nämlich so ein winziges Wesen halten können*, das vergaß Künstel nie, seine Zuhörer zu belehren, und zwischendurch erfuhr er, Künstel, wohin er mit seinem Sprung durchs Fenster geraten war: *da mühte sich eine Kathleen Sawsend allein in einem armen Haushalt; ihr, der Kathleen Sawsend, Jack war bei der Armee in Europa, und für ihn, Jack, legte Künstel das Kindlein ins warme Wasser und trocknete es behutsam ab!!* Der fünfmillionste Volkswagen lief vom Band, der Zwiebelgeruch verschwand aus Bratpfannen, wenn etwas Essig darin erhitzt wurde, in Blumenvasen füllte man eine dicke Schicht Sand, so daß sie nicht so leicht umfielen und die Gefäße sicher und fest standen, seltsame Geschäfte waren gefährlicher als Klapperschlangen, Wachstücher blieben elastisch und besonders haltbar, wenn man sie mit Milch reinigte, der erste Schnee fiel, Nägel ließen sich in hartes Holz leichter einschlagen, wenn man sie vorher in zerlassenes Wachs getaucht hatte, Kalkschichten, die sich am Tauchsieder ansetzten, konnte man mit einem Brei aus Salz und verdünntem Essig abreiben.

Herr Künstel weiß, was er kann, weiß, was er will, geht einem geregelten Beruf nach, verdient sich ehrlich seinen Lebensunterhalt, fällt niemandem zur Last, herzliche Begrüßung bei eisigem Wetter, Wahltrick führte zu Verfassungsbruch, Typhus breitete sich aus, zweimal Stimmenbewertung, Erleichterung im Reiseverkehr, Land, das nicht singt, ist ein Baum ohne Blühen, der junge Mensch im modernen Betrieb, glanzvolles Bridgeturnier dank der umsichtigen Leitung der Turnierleiterin, so, jetzt ist die Pistole entsichert, man kann auch einmal darüber reden, der Mann wird erst im Rausch stark, Zinkhütte rettet Bergbau, Gruppenwasserversorgung und Abstellung verschiedener Mißstände gefordert, im kleinen Festsaal der Arbeiterkammer hält Sepp Ortner den Lichtbildervortrag ›Südafrika heute‹, die nächste Blutspendeaktion findet am 13. Dezember von 14 bis 17 Uhr im Gebäude der Schule statt, die Bevölkerung wird eingeladen, sich an dieser freiwilligen Blutabnahme recht zahlreich zu beteiligen,

Herr Künstel weiß, was er will, die bisherigen Ergebnisse beweisen, daß sich seine Auffassung im Vormarsch befindet, es ist daher begreiflich, daß sich seine Gegner zu besonderen Abwehrmaßnahmen bemüßigt fühlen, wir mußten nicht nur um jeden Quadratmeter sondern auch um jede Subvention kämpfen, während Herr Künstel über Volksaktien einen Schritt zur Schaffung echten Miteigentums gewagt hat, doch sagten seine Widersacher noch immer »nein« dazu, kleine Schäden in Nylon- und Perlonstrümpfen stopfte man nahezu unsichtbar mit einem Haar, Reißverschlüsse rieb man von Zeit zu Zeit mit einem Kerzenstummel ein, sportlicher Schnitt und die Leuchtkraft gesunder Farben waren der Grundton der Schimode gewesen, das Erholungsheim »Schloß Hubertus« wurde eröffnet, das Heimkehrergesetz befriedigte,

Herrn Künstels Widersacher sagten »nein« und horteten insgeheim gut ausgestattete Volksaktien in ihren Tresoren.

Herr Künstel hat das Recht stets respektiert und ist der Rechtsprechung niemals anheimgefallen. Er hat die Unabhängigkeit der Gerichte *niemals* wiederholt auf das schwerste gefährdet, seine Widersacher und Konkurrenten haben die Unabhängigkeit der Gerichte *wiederholt auf das schwerste gefährdet* und erst jüngst im Fall »Künstel & Co« die Gerechtigkeit mißachtet. Herr Künstel verteidigte sich durch nachstehende Ausführungen, mit Musik in den Tag, Generalprobe im Taxi, die alte Stadt (Gedichte von Hugo Maria Pachleitner), man muß auch den Mut zur Verantwortung haben, Schulmädchen gehören nicht in Kasernen, wenig Geld, dafür Kulturdirigismus, Erntekindergarten statt Maschinenhof, Dunkelkammer oder Landeslichtbildstelle, Hochsaison für Langfinger, Kleinbauernehepaar beklagt in einem Vierteljahr den Verlust von zwei fast erwachsenen *Rindern*, Besserstellung für Anfänger bei der Post, mehr Mittel zur Förderung der Landwirtschaft,

das war eine Überraschung, Herr Künstel verteidigte sich durch nachstehende Ausführungen, die grundlegende Feststellungen enthalten, sodaß wir ihnen leitenden Platz einräumen:

»Wir müssen allen gutgesinnten Mitarbeitern klarmachen, daß es nicht mehr dafür steht, in den Zug der gegnerischen Partei umzusteigen, unsere Gegner sind am Ende, sie haben nichts mehr zu bieten, ihnen zerrinnt die eigene Substanz; wir müssen in viel stärkerem Maße dafür sorgen, daß auch die Jugend mit größerer Kraft als bisher im öffentlichen Leben aktiv mitwirkt; auch der beste Glaube versagt und scheitert, wenn er nicht durch eine entsprechende Praxis erprobt und immer wieder aufs neue bewahrt wird.«

Die bisherigen Ergebnisse Künstels beweisen, daß Künstel sich im Vormarsch befindet, der Streik noch nicht stattgefunden hat, Kulturbeiräte und Förderungsordnungen eingeführt werden, gesorgt wird, daß Landesarchive nicht verwaisen, seit Jahren hierfür der Betrag von 190.000 Schilling vorgesehen und diesmal nicht einmal zur Gänze flüssig gemacht wurde, während der Turnübungen gestohlen wurde, böse Enden bei Namenstagsfeiern, weitere Bergbauerngebiete erschlossen werden, das Beschlagen von Fensterscheiben am einfachsten durch Ventilatoren verhindert wird, wozu aber nur Kaltluft verwendet werden darf, wodurch auch befrorene Scheiben wieder klarsichtig werden,

die bisherigen Ergebnisse beweisen, daß Künstel sich im Vormarsch befindet, es ist daher begreiflich, daß seine Gegner sich zu besonderen Abwehrmaßnahmen bemüßigt fühlen, um seine Position zu erschüttern, Trümmerstädte, verkommene Dörfer und verwahrloste Höfe, auf keinen Fall darf das Eis am Fenster mit warmem Wasser oder einer Heizsonne entfernt werden, weil dann das Glas unweigerlich springt (für einen solchen Fall würde auch nicht die nach den Versicherungsbedingungen vorsorglich abgeschlossene Glasversicherung einspringen können, da der Schaden grob fahrlässig herbeigeführt wurde), es ist darüber schon viel berichtet worden, man erfuhr Einzelheiten aus dieser oder jener Stadt, was hat man getan, um ein menschenwürdiges Dasein zu schaffen?,

Künstel konnte sich frei bewegen und seine Eindrücke ungehindert aufzeichnen; was Künstel sah und hörte, beschrieb er auf mehreren hundert Textseiten mit 163 eigenen Aufnahmen: verödet, versandet, versteppt, von Trümmerstadt zu Trümmerstadt, von verkommenen Dörfern zu menschenunwürdigen »Hotels«; fast nichts ist in diesen weiten Gebieten verändert worden, wenn man von einzelnen Versuchen der Restauration absieht.

Herr Künstel weiß, was er kann, weiß, was er will, geht einem geregelten Beruf nach, fällt niemandem zur Last, beleidigt niemanden, stört niemanden, geht niemandem auf die Nerven, wird niemandem gefährlich, kreuzigt seine Schwägerin nicht mit Stacheldraht, empört nicht die Öffentlichkeit, verdient keine

Prügelstrafe, erschießt sich nicht vor den Augen seiner Freunde im Kaffeehaus, geht nicht mit dem Moped baden, versetzt seiner Lebensgefährtin keinen Fausthieb auf den Kopf, macht keinen zerknirschten Eindruck, fliegt nicht 20 Meter über die Fahrbahn, hantiert nicht mit einer Mauserpistole, nützt seinen Vertrauensposten nicht aus, fälscht keine Rezepte, ergattert keine widerrechtlichen Beträge, hat es nicht nötig, Betrügereien in Abrede zu stellen, hat keine Vorliebe für Landstreicherei, fällt niemandem zur Last, geht einem geregelten Beruf nach.

Herr Künstel weiß, was er kann und was er will.

Wenn einmal zufällig die Rede auf Künstel kommt, überbringt Dr. Urschitz die Glückwünsche der IV. Sektion des Ministeriums, werden Glashäuser durch Rußbelag zu Dunkelkammern, kommen sieben große Lkw's mit Material, geschehen hinter den Bambusvorhängen Dinge, die alle Vorstellungen übertreffen, spricht man von drohendem Wetterleuchten, erscheinen Mitglieder einer Einbrecherbande, umstellen das Haus und machen so jede Flucht unmöglich, streift ein vom Kraftfahrer Matthias Stupnig gelenkter Pkw auf dem Gemeindeweg den Schweinestall des Landwirtes Werner Kofler, werden 14 Schweine unter Stalltrümmern begraben, werden das Mutterschwein und ein Ferkel verletzt, beträgt der Schaden cirka 10.000 Schilling,

kommt einmal zufällig die Rede auf Herrn Künstel, dann erzählt man nicht selten eine Geschichte, die man glauben muß, nämlich die Geschichte vom Herrn Künstel, die mit dieser hier vorliegenden Geschichte ›Künstel‹ oder ›Horror der Idylle‹ identisch ist.

Am späten Nachmittag hört Feuerbach auf, sich mit seinen Puppen und dem Puppengeschirr zu beschäftigen.

Wenn er sich mit seinen Sachen nicht mehr beschäftigt, läßt er sie einfach fallen, wo er sie zuletzt in der Hand gehabt hat. Wenn er das Interesse daran verloren hat.

Eine der Puppen ist von der Fensterbank unter den Tisch gefallen und dort wird sie sicherlich liegen bleiben, wenn ich sie nicht aufhebe, die Schreibmaschine hat er den ganzen Tag nicht angeschaut. Die Schreibmaschine überhaupt nicht. Jetzt ist er gegangen, um sich etwas anzuziehen, einen Pullover, es ist nicht mehr gar so warm draußen am Abend, er will noch spazieren gehen bis zum Essen, er macht das sehr häufig, ich glaube, er braucht es als Ausgleich.

Manchmal, wenn er nicht spazieren geht vor dem Abendessen, bei Regenwetter oder im Winter, sieht er sich auch meine Zeichnungen an, ich zeige ihm immer, was ich so zeichne, er hat ein recht vernünftiges Urteil. Es ist ja auch nicht so, daß ich zeichnen kann oder was von Kunst verstehe, aber manchmal zeichne ich eben. Es bereitet mir nicht einmal besonderes Vergnügen zu zeichnen, ich habe nur das Gefühl, daß es für mich notwendig ist. Sein Interesse an den Zeichnungen schmeichelt außerdem meiner Eitelkeit.

Ich hebe die heruntergefallene Puppe auf und lege sie ins Regal zu seinen anderen Sachen. Ich muß auf ihn achtgeben, er ist ein bißchen unordentlich, aber das macht mir nichts aus, es müßte mir gelingen, ihn mit der Zeit ein wenig an Ordnung zu gewöhnen. Ich werde ihn öfter bitten, seine Sachen wegzuräumen, er hat ja das Regal, in das er alles legen kann. Das Regal gehört ihm ganz allein, ich würde mir nie erlauben, etwa meine Bleistifte in sein Regal zu legen. Wahrscheinlich haben ihn seine Eltern nie richtig zur Ordnung angehalten. Deshalb werfe ich ihm seinen mangelhaften Ordnungssinn auch nicht vor.

Ich finde, wir kommen trotz allem besser miteinander aus als ich es erwartet hätte. Zwar verstehe ich einige seiner Verhaltensweisen überhaupt nicht, aber es gibt Momente, in denen ich genau weiß, auf was er hinaus will. Ich glaube, ich weiß, auf was er hinaus will.

Wir werden noch ein bißchen spazieren gehen, auf seinen Vorschlag, schauen, wie die Sonne untergeht. Ich bin sicher, daß ihn Sonnenuntergänge überhaupt nicht interessieren, aber mich interessieren Sonnenuntergänge sehr. Schon als Kind wollte ich immer wissen, was mit der Sonnenscheibe geschieht, wenn sie hinter dem Rand der Welt verschwindet. Mit dreieinhalb oder vier Jahren versuchte ich, auf die untergehende Sonne zuzulaufen, um sie aus der Nähe betrachten zu können, weil sie der Erde in dem Augenblick so nahe war, daß man nicht einmal die Hand zwischen die Sonne und die höchsten Erhebungen in der Landschaft hätte schieben können.

Vielleicht geht mir Feuerbachs Unordnung doch ein wenig auf die Nerven, vielleicht sollte man sagen, Feuerbach ist ein klein wenig schlampig, nicht besonders, nicht gerade übertrieben, aber es stört mich hin und wieder, wenn ich zeichne. Wenn ich zeichne, muß ich mich konzentrieren. Heute habe ich die Madonna gezeichnet, wie sie auf einer Wolke schwebt, meines Erachtens ist mir die Zeichnung ganz gut gelungen. Ich habe sie gezeichnet, wie sie über dem Meer schwebt auf der Wolke, Feuerbach hat die Zeichnung schon gesehen, er findet sie nicht übel, er sagt, sie könnte besser sein. Natürlich könnte sie besser sein, aber es ist nicht leicht für mich, die Madonna zu zeichnen, wenn ich mich nicht ganz konzentrieren kann, ich kann mich wegen seiner Unordnung nicht richtig konzentrieren. Mir schmeichelt sein starkes Interesse an meinen Zeichnungen, er müßte nur viel ordentlicher sein.

Feuerbach ist ziemlich schlampig, überall liegen seine Sachen herum, er räumt selten etwas weg, er müßte unter den Umständen, unter denen wir hier leben, viel ordentlicher sein, ich werde besser auf ihn achtgeben, ich würde mir nie erlauben, meine Sachen so herumliegen zu lassen, wie er es tut. Sicher waren seine Eltern zu wenig streng mit ihm. Wenn man nicht alleine ist, muß man sich ein bißchen zusammennehmen und Rücksicht üben. Ich lege meine Buntstifte und das Papier immer ordentlich auf meinen Tisch. Das Papier in drei kleine Stöße, die Buntstifte in eine Blechschachtel, damit alles gleich bei der Hand ist, wenn ich zeichnen muß.

Den ganzen Tag über versuchte ich, die Madonna zu zeichnen, die Hl. Jungfrau Maria auf einer Wolke schwebend über dem Meer. Die Sonne geht gerade unter und der Sonnenuntergang spiegelt sich im Meer. Die Zeichnung könnte viel besser sein, sie ist bei weitem nicht gut genug. Sie ist nicht gut, weil mich Feuerbachs Unordnung und Schlamperei nervös machen und ablenken.

Jetzt ist er voraus gegangen, er wartet draußen auf mich, er sagte, ich solle mich beeilen, die Sonne ginge bald unter, aber ich lasse ihn warten, es muß nicht immer alles nach seinem Kopf gehen. Ich habe gerade Zeit genug, um ein bißchen zusammenzuräumen, ich lege das Puppengeschirr in die Schachtel zurück. Dann lege ich die beiden kleineren Puppen in sein Regal neben die Schreibmaschine, es wundert mich, daß ihm seine Schlamperei nicht selbst auf die Nerven geht. Seine Schlamperei geht mir ziemlich auf die Nerven. Ich habe natürlich zu wenig auf ihn achtgegeben. Ich muß besser auf ihn aufpassen.

Feuerbach ist schon ungeduldig, er ruft mich, er schreit nach mir, er schreit.

Aber ich beeile mich nicht besonders, ehe ich hinaus gehe, rolle ich noch den Puppenwagen, der mitten im Raum steht, in seine Ecke, ich lasse mir absichtlich etwas Zeit, ich muß mich nicht immer nach ihm richten.

Als ich aus der Tür trete, steht er schon an der Straße und sieht sich die Sonne an, die bald untergehen wird. Ich murmle etwas von Händewaschen, als Entschuldigung für mein langes Ausbleiben, weil ich nicht möchte, daß er ungehalten wird. Er wird schnell ungehalten, wenn sich nicht alles nach seinem Willen richtet, er regt sich dann ziemlich auf und das ist nicht gut für ihn. Ich will ihn nicht aufregen, ich achte nur auf ihn. Ich fürchte, daß Aufregung sehr schlecht für mich ist.

Er zeigt auf die untergehende Sonne und fragt mich, wie es mir gefällt, mir gefällt es, es sieht ungewöhnlich aus, aufregend und ungewöhnlich.

Die Sonne steht schon nahe am Horizont, es wird nicht mehr lange dauern, dann geht sie unter. Es kann nicht mehr lange dauern. Die Strahlen der Sonne werden breiter, je höher sie in den Himmel reichen. Die Farbe der Strahlen variiert zwischen hellorange an ihrer dünnsten Stelle und einem seltenen grüngelb, wo sie sich im Himmel auflösen. Die Strahlen der Sonne bilden einen riesigen Fächer über dem Himmel, es wird bald soweit sein. Alles sieht so aus, wie ich es heute zeichnen wollte, nur viel größer und ohne die Hl. Jungfrau Maria. Am Horizont stehen ein paar Wolken.

Es ist merkwürdig, darauf zu warten, daß die Sonne untergeht, noch nie habe ich einen so aufregenden Sonnenuntergang gesehen. Ich bin ziemlich nervös, Sonnenuntergänge regen mich auf. Die Straße scheint ein Stück lang direkt darauf zuzuführen, direkt auf die Sonne zu, unheimlich und riesengroß, wir gehen jetzt auf die Sonne zu.

Gestern und heute versuchte ich, die Hl. Jungfrau zu zeichnen, im Himmel schwebend über den Wolken. Die Zeichnung ist schlecht geworden, ich bin zu nervös und aufgeregt, ich bitte die Hl. Jungfrau, mich zu trösten, wenn ich wieder nervös und aufgeregt bin, aber Feuerbach soll sie nicht trösten, weil er sein Puppengeschirr nie wegräumt und mich mit seiner schrecklichen Unordnung und Schlamperei beim Zeichnen stört.

Wenn ich die Madonna zeichne, stört er, macht mich aufgeregt und böse und räumt nie auf. Ich muß seine Puppen ins Regal legen, immer muß ich zusammenräumen, sonst werde ich böse, ich kann mich nicht konzentrieren, er räumt nie zusammen, räumt nie zusammen, die Unordnung ist groß, ich muß seine Puppen und sein Puppengeschirr zusammenräumen und in sein Regal legen neben die Schreibmaschine, vertrödelt den ganzen Tag, spielt kochen und mit der Schreibmaschine und mit dem Puppenwagen und sieht meine Zeichnungen an und lacht, und schreit, wenn ich nichts herzeige, ich zeige meine Zeichnungen aber nicht gerne her, es ist mir nicht gelungen die Madonna zu zeichnen, ich will nicht, daß er meine Zeichnungen ansieht, ich zeige meine Zeichnungen nicht her, ich bin heute sehr aufgeregt und unkonzentriert, es regt mich auf, wenn jemand unbedingt meine Zeichnungen sehen will. Mein Konzentrationsvermögen läßt durch die dauernde Unordnung nach, mein Konzentrationsvermögen läßt nach in letzter Zeit und auch sonst fühle ich mich nicht besonders wohl, möglicherweise bin ich nicht ganz gesund in letzter Zeit. Ein feiner, seltsamer Geruch liegt in der Luft.

Die Straße hat eine Biegung gemacht, wir gehen jetzt über eine Wiese auf die untergehende Sonne zu, sie ist noch größer geworden, sie ist riesengroß, ihre Strahlen reichen bis hoch in den Himmel hinauf. Die letzten Sonnenstrahlen sind riesengroß und verschwinden in den Wolken, hoch oben im Himmel. Die Wolken haben Formen, die an Figuren und Tiere erinnern. Die letzten Sonnenstrahlen krümmen sich ein wenig um die Wolken. Je weiter wir über die Wiese gehen, je weiter die Sonne herunter sinkt, desto mehr krümmen und biegen sich die Strahlen, die letzten Sonnenstrahlen beginnen sich zu biegen, nach oben zu biegen. Die Sonne berührt schon fast die Kuppen der Hügel, auf die wir zugehen, wir gehen jetzt schneller, die Strahlen krümmen sich und biegen und bewegen sich, ich habe den Eindruck, wir nähern uns der Sonne, wir sind jetzt schon viel näher als früher. Es wird auch viel wärmer. Ein seltsamer Geruch liegt in der Luft, wir sind schon ganz nah, es ist warm. Feuerbach geht immer weiter auf die untergehende Sonne zu, wir sind über die Wiese und einen Kleeacker gegangen, wir gehen immer schneller, ich muß mich anstrengen, um mit ihm auf gleicher Höhe zu bleiben, wir haben noch einmal die Straße gekreuzt, dann beginnen wir, einen Hügel hinaufzugehen, wir gehen sehr schnell. Nun wird es auch Feuerbach zu warm.

Mir scheint es hier sehr warm zu sein. Feuerbach zieht sich den Pullover aus und knüpft ihn schlampig um den Hals. Er ist so schlampig und unordentlich. Die Hitze macht mir ungewöhnlich zu schaffen, vielleicht bin ich krank. Seine Unordnung macht mich krank, aber ich sage lieber nichts, ich gebe nur auf ihn acht, es geht mich ja nichts an, nicht solange ich nicht persönlich davon betroffen werde.

Nicht hier im Freien, nicht, wenn es sich um seinen eigenen Pullover handelt, aber im Haus, wenn er mit den Puppen spielt und mit dem Puppengeschirr und für die Puppen kocht und die Puppen streichelt und küßt. Den ganzen Tag küßt und mich nicht in Ruhe läßt, ich kann nichts dagegen tun. Was soll ich dagegen tun. Dann fährt er mit dem Puppenwagen spazieren und läßt ihn einfach mitten im Zimmer stehen, wenn er das Interesse daran verliert, um mir beim Zeichnen zuzuschauen, mir dreinzureden, er schreit, wenn ich ihn nicht zuschauen lasse, er tobt und schreit und wirft seine Sachen herum, wirft alles über den Haufen und macht eine schreckliche Unordnung. Es regt mich sehr auf, wenn er tobt und schreit, ich bin sehr empfindlich, ich bin hochgradig nervös, ich darf mich nicht aufregen, das ist nicht gut für mich, ich beginne zu schreien, werfe meine Farbstifte herum, zerknülle mein Papier, nehme ihm seine Puppen weg, zerreiße sie, werfe sie zu Boden, trete auf ihnen herum. Ich zertrete alles und richte eine schreckliche Verwüstung an, danach bin ich zu aufgeregt, um die Hl. Jungfrau Maria zu zeichnen, in diesem Zustand kann ich unmöglich zeichnen. In der schrecklichen Verwüstung, die Feuerbach anrichtet. Aber ich sage nichts, er würde sich zu sehr aufregen, er darf sich nicht aufregen, ich will nicht, daß er sich aufregt, wo wir doch Freunde sind. .

Der Geruch beginnt mir ziemlich unangenehm zu werden, er beginnt sehr stark zu werden, es ist heiß hier und es riecht unangenehm. Die Sonne berührt den höchsten Punkt des Hügels, auf den wir klettern. Wir haben nur mehr ein kleines Stück bis zur höchsten Erhebung.

Die Strahlen der Sonne bewegen und krümmen sich, sie biegen sich zueinander, sie bilden jetzt ein längliches Oval, aber man kann nur die obere Hälfte des Ovals sehen. Wir laufen jetzt den flachen, oberen Teil des Hügels entlang, wir schwitzen beide und sind außer Atem. Feuerbach atmet schwer, keucht und zittert. Es könnte sein, daß auch er nicht ganz gesund ist, vielleicht ist er krank, vielleicht sind wir beide krank. In letzter Zeit geht es mir sehr schlecht.

Die Sonne sieht aus wie eine feurige Öffnung inmitten eines großen Ovals, von dem man nur die obere Hälfte sieht, der obere Teil der oberen Hälfte verliert sich im dämmrigen Himmel. Rote Wolken ziehen über der roten Sonnenöffnung vorbei, eine der Wolken sieht aus wie die Hl. Jungfrau Maria, die ich heute zeichnen wollte. Die Sonne sieht aus wie eine feurige Öffnung in der Mitte eines strahlenden Ovals, das wie ein riesenhaftes Tor in der Landschaft steht. Das Licht wird immer schwächer, die Strahlen bewegen und krümmen sich, die riesenhafte längliche ovale Form wirkt organisch, sie scheint zu leben und bewegt sich. Wir kommen immer näher. Wir kommen immer näher an die riesige, feurige Öffnung, über der eine Wolke schwebt, die aussieht wie die Jungfrau Maria. Wir sind jetzt so nahe, daß ich die obere Hälfte nicht mehr sehen kann, der Geruch ist schrecklich unangenehm, die feuchte Hitze und der unangenehme Geruch machen mich krank, ich fühle mich krank. Die feuchtheiße Luft zieht auf die rote Sonne zu. Mir ist, als würde ich eine leicht saugende Bewegung spüren, die von dem riesigen Organ ausgeht, über dem die Wolke mit der Madonna schwebt. Ich fühle deutlich eine saugende Bewegung aus der Richtung des leuchtenden Ovals. Ich versuche, nur auf die Madonna zu sehen. Mir ist heiß, der Schweiß rinnt mir in Strömen über meinen Körper. Der roten Öffnung entströmt ein scheußlicher Geruch. Ich zittere am ganzen Körper. Ich bin erschöpft und krank. Ich muß mich anstrengen, um auf gleicher Höhe mit Feuerbach zu bleiben. Die Hl. Jungfrau ist fast nicht mehr zu sehen, ich sehe nur noch das rote, riesige Loch. Das leuchtende, saugende Organ überdeckt den halben Himmel. Wir sind ihm ganz nahe. Jetzt ist Feuerbach vor mir, einige Schritte vor mir läuft er das letzte Stück auf das wahnsinnig große, zuckende Loch zu, er läuft sehr schnell, obwohl er schwer krank ist, das Organ scheint ihn anzusaugen. Das schmatzende riesige, feurige Organ saugt Feuerbach und mich an. Die Hl. Jungfrau ist verschwunden. Je näher ich an das Loch komme, desto mehr scheint es zu verschwinden, ich weiß, daß wir nicht mehr viel Zeit haben. Ich laufe schneller, sonst erreiche ich es nicht mehr. Meine Kraft ist aufgebraucht, ich keuche, sauge die kochend heiße Luft ein und nehme keine Rücksicht auf meine Krankheit. Ich renne, so schnell ich kann, und hole Feuerbach ein. Es ist ganz dunkel. Wir rennen auf das wahnsinnig große, rotleuchtende Loch zu und das Loch saugt uns an und schmatzt und zuckt, es wird so groß, daß man den oberen Rand am Himmel gar nicht mehr erkennen kann. Wir rennen wie wahnsinnig auf das fürchterlich schmatzende Organ zu. Das Organ saugt uns in sich hinein. Ich höre, wie Feuerbach zur Madonna betet, Feuerbach bittet die Mutter Gottes um Beistand, er betet laut, während er rennt. Er keucht und schreit. Wir sind nur noch ein paar Schritte von dem scheußlichen Loch entfernt, ein unerträglicher Gestank umgibt uns. Ich höre, wie Feuerbach schreit und betet. Ich höre Feuerbach schreiend zur Madonna beten, im Laufen beten wir brüllend zur Madonna. Die Hitze versengt uns, zur Jungfrau Maria brüllen wir um Gnade und Vergebung und rennen brüllend in das feurige, zuckende, riesenhafte, wahnsinnige, heilige Maria Mutter Gottes bitte für uns, rote, saugende, feuchte, Jesus, Herr Jesus, steh mir bei steh meiner armen Seele bei o Herr Jesus, schmatzende . . . .

Am Morgen des 23. September 1968 fand der Oberlehrer Josef Zöttel aus Kirchberg an der Raab auf seinem täglichen Weg in die Hauptschule nach Jennersdorf den aus der Heil- und Pflegeanstalt Kirchberg an der Raab entflohenen, 27-jährigen Johann Feuerbach knieend, weinend und betend vor der Leiche des ebenfalls aus der Heil- und Pflegeanstalt K. a. d. R. entflohenen, 28-jährigen Peter Pongratz, ungefähr sechshundert Meter vom Haupttor der Heil- und Pflegeanstalt entfernt auf einer Wiese, nahe der Straße.

Die Todesursache des geistesgestörten Pongratz ist noch unge-
klärt, doch dürfte er, den Anstrengungen einer Flucht aus der
Anstalt nicht gewachsen, einem Herzschlag erlegen sein.

Beide, sowohl Pongratz als auch Feuerbach, waren an Gesicht,
Händen und Kleidung von einer stark klebrigen, schleimigen
Substanz bedeckt, über deren Herkunft weder das Anstalts-
personal noch die Gendarmerie Auskunft zu erteilen in der
Lage war.

Feuerbach, der voraussichtlich Anfang Oktober in heimatliche
Pflege entlassen worden wäre, hat durch den Tod von Pongratz
einen Schock erlitten, die Ärzte der Heil- und Pflegeanstalt
Kirchberg a. d. Raab erwarten bei ihm den Eintritt eines schweren katatonischen Schubes, er halluziniert und befindet sich im
Delir. Er wurde wieder in die Anstalt überführt und dort isoliert untergebracht.

Lieber Peter Handke,   13.11.68

Jetzt ist etwas Schreckliches passiert;ich habe mir mit
einem ~~eisenbeschlagenen~~ Schnitzelklopfer unabsichtlich
auf die linke Hand gehaut.~~Ich~~ weiß noch nicht,wie schwer
die Hand beschädigt ist,aber es schaut sehr schlimm aus.
Vielleicht werde ich nie mehr damit schreiben können.
Mir ist ~~jetzt~~ auch die Lust vergangen.Vielleicht sattle ich
auf einen anderen Beruf um.
Ich diktiere jemädem jetzt diese Zeilen,damit Du weißt,
daß ich die versprochene Horrorgeschichte <u>nicht</u> bis zum
März <u>schreiben kann</u>.Ich habe jetzt einfach nicht den Kopf für
sowas;meine Hand schmerzt fürchterlich und schaut wie ein
Fleischklumpen aus.Du bist mir deswegen doch sicherlich
<u>nicht böse</u>!Vielleicht klappt es das nächste Mal.
                         Herzlich Dein
                            Dominik

MICHAEL SCHARANG
Kürzung und Erhöhung der Ausgaben

> Ich gestehe, daß es Leute gibt, die eine
> Menge Blut aus dem Volk heraussaugen,
> aber diese Herren sind überhaupt nicht tot,
> allerdings ziemlich angefault. Diese wahren
> Sauger wohnen nicht auf Friedhöfen, son-
> dern in wesentlich angenehmeren Palästen.
>
> Voltaire
> über Vampir- und Horrorgeschichten.

Die Ausgaben werden gekürzt:

Einer gibt eine Anzeige auf.
Einer kürzt seine Ausgaben für Kino.
Die Anzeige wird veröffentlicht.
Einer wartet auf eine Zuschrift.
Einer kürzt seine Ausgaben für Rauchen.
Die Anzeige hat Erfolg.
Einer wartet auf das Öffnen des Postamts.
Einer kürzt seine Ausgaben für Trinken.
Der Brief wird eingeschrieben aufgegeben.
Einer wartet auf den Briefträger.
Einer kürzt seine Ausgaben für Essen.
Der Briefträger stöbert in seiner Tasche.
Einer borgt sich von einem anderen Geld.
Einer kürzt seine Ausgaben für Schallplatten.
Der Absender läßt sich mit dem Absenden Zeit.
Einer dreht sich während des Spaziergangs ständig um.
Einer kürzt seine Ausgaben für Wäsche.
Die zweite Zuschrift erfüllt die Hoffnungen die die erste Zu-
schrift geweckt hat.
Einer bürstet seinen Anzug aus.
Einer kürzt seine Ausgaben für Vogelfutter.
Das Telephonat dauert eine Viertelstunde.
Einer stellt einen Topf Wasser auf den Herd.
Einer kürzt seine Ausgaben für Schuhreparaturen.
Seifenreste lassen sich zu einem Stück Seife kneten.
Einer macht während des Gehens einen Wechselschritt.
Einer kürzt seine Ausgaben für Kaugummi.
Die Anstellung wird mit Vertragsabschluß wirksam.

Einer löst eine Wochenkarte.
Einer erhöht seine Ausgaben für Schuhpasta.
Die Sessellehne ist verstellbar.
Einer schaut auf seine Uhr.
Einer erhöht seine Ausgaben für Zeitungen.
Der Einfallswinkel des Tageslichts ist verstellbar.
Einer wirft die Arme empor.
Einer erhöht seine Ausgaben für Hühneraugenpflaster.
Die Wand ist verstellbar sie darf aber nicht verstellt werden.
Einer wählt von zehn Kugelschreibern einen aus.
Einer erhöht seine Ausgaben für Manschettenknöpfe.
Der Kalender ist drehbar.
Einer schlägt ein Bein über das andere.
Einer erhöht seine Ausgaben für Kaffee.
Der Aschenbecher ist drehbar.
Einer vergleicht die verschiedenen Preise in den verschiedenen Geschäften.
Einer erhöht seine Ausgaben für Mittel die den Schweißgeruch neutralisieren.
Der Knopf am Safe ist drehbar er darf aber nicht gedreht werden.
Einer geht zum Friseur.
Einer erhöht seine Ausgaben für verstellbare Beleuchtungskörper.
Die Kopiermaschine ist handlich.
Einer vermißt den Reinigungsdienst in der Fußgängerpassage.
Einer erhöht seine Ausgaben für Mitgliedsbeiträge.
Die Wasserspülung ist handlich.
Einer will Ordnung in sein Sexualleben bringen.
Einer erhöht seine Ausgaben für Fortbildungskurse.
Die Alarmanlage ist handlich sie darf aber nicht gehandhabt werden.
Der Kollege ist umgänglich.
Einer beherzigt die Ratschläge eines Zeitungsartikels und pflegt seine Gesichtshaut.
Einer erhöht seine Ausgaben für Duftkerzen.
Die Kollegin ist umgänglich.
Einer sucht für den benützten Fahrschein einen Papierkorb.
Einer erhöht seine Ausgaben für Freizeithemden.
Der vorgesetzte Kollege ist umgänglich er darf aber nicht umgangen werden.

Einer bleibt vor Häusern stehen in denen er wohnen möchte.
Einer erhöht seine Ausgaben für Brillenfassungen.

Die Ausgaben werden gekürzt:

Die Folge davon ist daß die begonnenen Unternehmungen nur mit halber Kraft fortgesetzt werden können. Wenn eine Unternehmung nur mit halber Kraft fortgesetzt werden kann werden zwei Unternehmungen zu einer zusammengeschlossen. Diese eine müßte theoretisch mit ganzer Kraft fortgesetzt werden. Praktisch sieht das anders aus:

Einer gibt eine Anzeige auf und einer löst eine Wochenkarte.
Einer kürzt seine Ausgaben für Kino und einer erhöht seine Ausgaben für Schuhpasta.
Die Anzeige wird veröffentlicht und die Sessellehne ist verstellbar.
Einer wartet auf eine Zuschrift und einer schaut auf die Uhr.
Einer kürzt seine Ausgaben für Rauchen und einer erhöht seine Ausgaben für Zeitungen.
Die Anzeige hat Erfolg und der Einfallswinkel des Tageslichts ist verstellbar.
Einer wartet auf das Öffnen des Postamts und einer wirft die Arme empor.
Einer kürzt seine Ausgaben für Trinken und einer erhöht seine Ausgaben für Hühneraugenpflaster.
Der Brief wird eingeschrieben aufgegeben und die Wand ist verstellbar sie darf aber nicht verstellt werden.
Einer wartet auf den Briefträger und einer wählt von zehn Kugelschreibern einen aus.
Einer kürzt seine Ausgaben für Essen und einer erhöht seine Ausgaben für Manschettenknöpfe.
Der Briefträger stöbert in seiner Tasche und der Kalender ist drehbar.
Einer borgt von einem anderen Geld und einer schlägt ein Bein über das andere.
Einer kürzt seine Ausgaben für Schallplatten und einer erhöht seine Ausgaben für Kaffee.
Der Absender läßt sich mit dem Absenden Zeit und der Aschenbecher ist drehbar.

Einer dreht sich während eines Spaziergangs ständig um und einer vergleicht die verschiedenen Preise in den verschiedenen Geschäften.

Einer kürzt seine Ausgaben für Wäsche und einer erhöht seine Ausgaben für Mittel die den Schweißgeruch neutralisieren.

Die zweite Zuschrift erfüllt die Hoffnungen die die erste Zuschrift geweckt hat und der Knopf am Safe ist drehbar er darf aber nicht gedreht werden.

Einer bürstet seinen Anzug aus und einer geht zum Friseur.

Einer kürzt seine Ausgaben für Vogelfutter und einer erhöht seine Ausgaben für verstellbare Beleuchtungskörper.

Das Telephonat dauert eine Viertelstunde und die Kopiermaschine ist handlich.

Einer stellt einen Topf Wasser auf den Herd und einer vermißt den Reinigungsdienst in der Fußgängerpassage.

Einer kürzt seine Ausgaben für Schuhreparaturen und einer seine Ausgaben für Mitgliedsbeiträge.

Seifenreste lassen sich zu einem Stück Seife kneten und die Wasserspülung ist handlich.

Einer macht während des Gehens einen Wechselschritt und einer will Ordnung in sein Sexualleben bringen.

Einer kürzt seine Ausgaben für Kaugummi und einer erhöht seine Ausgaben für Fortbildungskurse.

Die Anstellung wird mit Vertragsabschluß wirksam und die Alarmanlage ist handlich sie darf aber nicht gehandhabt werden.

Die Ausgaben werden erhöht:

Die Folge davon ist daß die begonnenen Unternehmungen mit erhöhter Kraft fortgesetzt werden können. Ehe sie fortgesetzt werden können muß der Rückstand aufgeholt werden in den die Unternehmungen gerieten als die Ausgaben gekürzt wurden. Zwar wurde in dieser Periode versucht durch Zusammenschluß zweier Unternehmungen die daraus entstandene e i n e mit ganzer Kraft fortzusetzen. Praktisch sah das aber anders aus. Da jede der beiden Unternehmungen von der anderen verschieden war wirkte sich beim Zusammenschluß diese Verschiedenheit aus:

Der Kollege ist umgänglich und die Kollegin ist umgänglich und der vorgesetzte Kollege ist umgänglich er darf aber nicht umgangen werden.

Einer beherzigt die Ratschläge eines Zeitungsartikels und pflegt seine Gesichtshaut und einer sucht für den benützten Fahrschein einen Papierkorb und einer bleibt vor Häusern stehen in denen er wohnen möchte.
Einer erhöht seine Ausgaben für Duftkerzen und einer erhöht seine Ausgaben für Freizeithemden und einer erhöht seine Ausgaben für Brillenfassungen.

Die Verschiedenheit die sich beim Zusammenschluß auswirkte bedingte einen Rückstand der nun aufgeholt werden muß und der in einem Aufwaschen aufgeholt wird:

Eine Unterschrift genügt und es empfiehlt sich einen Kleiderbügel zu verwenden der von zu Hause mitzubringen ist und das Klima das in dieser Abteilung herrscht kann mit Geld nicht aufgewogen werden.
Einer der sich vorgenommen hat vor der Tür einen tiefen Atemzug zu machen wenn alles gut gegangen ist vergißt darauf und einer macht dem Portier ein Kompliment und einer streift im Vorbeigehen mit dem Finger über die Chromleisten der parkenden Autos.
Einer kürzt seine Ausgaben für Briefmarken und einer kürzt seine Ausgaben für Burenwurst und einer kürzt seine Ausgaben für Hosenträger.

Der Rückstand ist aufgeholt und die begonnenen Unternehmungen werden mit erhöhter Kraft fortgesetzt die sich durch die Erhöhung der Ausgaben einstellt. Die Fortsetzung beginnt damit die Kürzung der Ausgaben für null und nichtig zu erklären. Die Erhöhung der Ausgaben muß sich zuerst dort auswirken wo die Kürzung der Ausgaben sich am krassesten ausgewirkt hat. Folglich werden zuerst die Ausgaben

für Kino
für Rauchen
für Trinken
für Essen
für Schallplatten
für Wäsche
für Vogelfutter
für Schuhreparaturen
für Kaugummi

erhöht aber auch die Ausgaben

für Briefmarken
für Burenwurst
für Hosenträger.

werden erhöht.
Da die Ausgaben dafür erhöht wurden ist darauf zu hoffen

daß keine Anzeige veröffentlicht zu werden braucht
daß keine Anzeige Erfolg zu haben braucht
daß kein Brief eingeschrieben aufgegeben zu werden braucht
daß kein Briefträger in seiner Tasche zu stöbern braucht
daß kein Absender sich mit dem Absenden Zeit zu lassen braucht
daß keine zweite Zuschrift die Hoffnungen zu erfüllen braucht
die die erste Zuschrift geweckt hat
daß kein Telephonat eine Viertelstunde zu dauern braucht
daß keine Seifenreste sich zu einem Stück Seife kneten lassen
brauchen
daß keine Anstellung mit Vertragsabschluß wirksam zu werden
braucht

auch ist darauf zu hoffen

daß eine Unterschrift nicht zu genügen braucht
daß es sich nicht zu empfehlen braucht einen Kleiderbügel zu
verwenden der von zu Hause mitzubringen ist
daß das Klima das mit Geld nicht aufgewogen werden kann in
dieser Abteilung nicht zu herrschen braucht

Wenn sich die Verwirklichung dieser Hoffnungen abzeichnet zeichnet
sich auch die Verwirklichung anderer Hoffnungen ab:

Mag einer eine Anzeige aufgeben aber er wird nicht auf eine
Zuschrift warten.
Mag einer auf das Öffnen des Postamts warten aber er wird nicht
auf den Briefträger warten.
Mag einer von einem anderen Geld borgen aber er wird sich
nicht während eines Spaziergangs ständig umdrehen.
Mag einer seinen Anzug ausbürsten aber er wird nicht einen
Topf Wasser auf den Herd stellen.
Mag einer während des Gehens einen Wechselschritt machen

aber er wird nicht darauf vergessen wie er sich vorgenommen hat vor der Tür einen tiefen Atemzug zu machen wenn alles gut gegangen ist.

Mag einer dem Portier ein Kompliment machen aber er wird nicht im Vorbeigehen mit dem Finger über die Chromleisten der parkenden Autos streifen.

Die Fortsetzung der begonnenen Unternehmungen mit erhöhter Kraft hat begonnen. Die Verwirklichung dieser und jener Hoffnungen zeichnet sich ab. Sobald sich das abzeichnet muß um einen Schritt weitergegangen werden. Der Bereich der Hoffnungen muß erweitert werden. Er läßt sich am besten dort erweitern wo Hoffnungen schon verwirklicht wurden. Das heißt wo Ausgaben schon erhöht werden konnten. Wo Ausgaben für etwas erhöht wurden sollen sie weiter erhöht werden. Die weiter erhöhten Ausgaben sollen aber für etwas anderes ausgegeben werden. Würden sie für dasselbe ausgegeben werden wie vorher würde es zu keiner Erweiterung des Bereichs der Hoffnungen kommen:

Hat einer seine Ausgaben für Schuhpasta erhöht soll eine Erhöhung seiner Ausgaben zur Erhöhung seiner Ausgaben für Schuhe führen.

Hat einer seine Ausgaben für Zeitungen erhöht soll eine Erhöhung seiner Ausgaben zur Erhöhung seiner Ausgaben für Gute Bücher führen.

Hat einer seine Ausgaben für Hühneraugenpflaster erhöht soll eine Erhöhung seiner Ausgaben zur Erhöhung seiner Ausgaben für die regelmäßige Anwendung von Hühneraugenpräparaten unter ärztlicher Kontrolle führen.

Hat einer seine Ausgaben für Manschettenknöpfe erhöht soll eine Erhöhung seiner Ausgaben zur Erhöhung seiner Ausgaben für Krawattennadeln führen.

Hat einer seine Ausgaben für Kaffee erhöht soll eine Erhöhung seiner Ausgaben zur Erhöhung seiner Ausgaben für Spirituosen führen.

Hat einer seine Ausgaben für Mittel die den Schweißgeruch neutralisieren erhöht soll eine Erhöhung seiner Ausgaben zur Erhöhung seiner Ausgaben für Mittel führen die den Schweiß nicht ausbrechen lassen.

Hat einer seine Ausgaben für verstellbare Beleuchtungskörper erhöht soll eine Erhöhung seiner Ausgaben zur Erhöhung seiner Ausgaben für Beleuchtungskörper führen die in Einrichtungsgegenständen und in Gegenständen die auf den Einrichtungsgegenständen stehen angebracht werden.

Hat einer seine Ausgaben für Mitgliedsbeiträge erhöht soll eine Erhöhung seiner Ausgaben zur Erhöhung seiner Ausgaben für die Unterstützung der Wahlkämpfe führen.

Hat einer seine Ausgaben für Fortbildungskurse erhöht soll eine Erhöhung seiner Ausgaben zur Erhöhung seiner Ausgaben für berufliche Fortbildungskurse führen.

Hat einer seine Ausgaben für Duftkerzen erhöht soll eine Erhöhung seiner Ausgaben zur Erhöhung seiner Ausgaben für Raumspray führen der neben der Wirkung die die Duftkerze hat auch insektenvernichtende Wirkung hat.

Hat einer seine Ausgaben für Freizeithemden erhöht soll eine Erhöhung seiner Ausgaben zur Erhöhung seiner Ausgaben für die allmähliche Beschaffung einer kompletten Freizeitausrüstung führen.

Hat einer seine Ausgaben für Brillenfassungen erhöht soll eine Erhöhung seiner Ausgaben zur Erhöhung seiner Ausgaben für die Korrektur seines Nasenrückens führen auf dem die Brillenfassungen sitzen müssen.

Die Erweiterung des Bereichs der Hoffnungen durch die Erhöhung der Ausgaben zur Erhöhung der Ausgaben bringt eine Anreicherung des Bereichs mit ideellen Momenten mit sich. Die Anreicherung wird gefördert indem innerhalb des Bereichs der Hoffnungen größtmögliche Bewegungsfreiheit geschaffen wird. Sie wird geschaffen indem die Freiheit eingeräumt wird daß etwas sich nicht nur allein bewegen oder allein eine Eigenschaft annehmen kann sondern sich gleichzeitig oder zur gleichen Zeit mit etwas anderem bewegen oder mit etwas anderem eine Eigenschaft annehmen kann:

Die Sessellehne und der Einfallswinkel des Tageslichts sind gleichzeitig verstellbar.

Die verstellbare Wand die aber nicht verstellt werden darf und der Kalender sind gleichzeitig drehbar.

Der Aschenbecher und der drehbare Knopf am Safe der aber nicht gedreht werden darf sind gleichzeitig drehbar.

Die Kopiermaschine ist zur gleichen Zeit handlich wie die Wasserspülung.

Die handliche Alarmanlage die aber nicht gehandhabt werden darf ist zur gleichen Zeit umgänglich wie der Kollege.

Die Kollegin ist zur gleichen Zeit umgänglich wie der vorgesetzte umgängliche Kollege der aber nicht umgangen werden darf.

Wo es sich ausschließlich um Personen und ausschließlich um deren Privatleben handelt wird eine Bewegungsfreiheit gefördert die bis an die äußerste Grenze gehen kann. Aber nicht nur die Freiheit der Bewegungen auch deren Gleichzeitigkeit wird gefördert:

Einer löst eine Wochenkarte während einer auf seine Uhr schaut.
Einer wirft die Arme empor während einer von zehn Kugelschreibern einen auswählt.
Einer schlägt ein Bein über das andere während einer die verschiedenen Preise in den verschiedenen Geschäften vergleicht.
Einer geht zum Friseur während einer den Reinigungsdienst in der Fußgängerpassage vermißt.
Einer will Ordnung in sein Sexualleben bringen während einer die Ratschläge eines Zeitungsartikels beherzigt und seine Gesichtshaut pflegt.
Einer sucht für den benützten Fahrschein einen Papierkorb während einer vor den Häusern stehen bleibt in denen er wohnen möchte.

Die Ausgaben werden gekürzt:

Wenn der Bereich der Hoffnungen genügend erweitert und mit ideellen Momenten angereichert worden ist muß an eine Kürzung der Ausgaben gedacht werden da ansonsten der Bereich der Hoffnungen überdehnt wird und dessen zu starke Anreicherung mit ideellen Momenten zu einem leichtfertigen Umgang mit diesen führt. Ehe die Ausgaben gekürzt werden wird an eine Kürzung der Ausgaben gedacht:

Es wird gedacht daß er wenn er seine Ausgaben für Schuhe kürzt nicht mehr überall hinläuft um seine Nase hineinzustecken.
Es wird gedacht daß er wenn er seine Ausgaben für Gute Bücher kürzt nicht mehr so viel Papier unerlaubterweise in den Mülleimer wirft.
Es wird gedacht daß er wenn er seine Ausgaben für die Anwendung von Hühneraugenpräparaten unter ärztlicher Kontrolle kürzt nicht mehr so viele Vorwände zum Fernbleiben vom Arbeitsplatz hat.

Es wird gedacht daß er wenn er seine Ausgaben für Krawattennadeln kürzt nicht mehr so viele Gegenstände zum Verschlucken hat um den Zeitpunkt des Verhörs hinauszuzögern.

Es wird gedacht daß er wenn er seine Ausgaben für Spirituosen kürzt nicht mehr so oft auf den Hauptplatz kotzt.

Es wird gedacht daß er wenn er seine Ausgaben für Mittel die den Schweiß nicht ausbrechen lassen kürzt nicht mehr so häufig Nägel beißt.

Es wird gedacht daß er wenn er seine Ausgaben für Beleuchtungskörper die in Einrichtungsgegenständen und in Gegenständen die auf den Einrichtungsgegenständen stehen angebracht werden kürzt bei öffentlichen Veranstaltungen dem bezahlten Fragesteller nicht mehr so unbezahlbare Antworten gibt.

Es wird gedacht daß er wenn er seine Ausgaben für die Unterstützung der Wahlkämpfe kürzt sich nicht mehr so laut als Wähler aufspielt der seine Stimme abgegeben hat.

Es wird gedacht daß er wenn er seine Ausgaben für berufliche Fortbildungskurse kürzt nicht mehr hinter dem Rücken seiner Vorgesetzten so geringschätzig über diese spricht.

Es wird gedacht daß er wenn er seine Ausgaben für Raumspray der neben der Wirkung die die Duftkerze hat auch insektenvernichtende Wirkung hat kürzt seine Neigung zu Fahrten ins Blaue stärker wächst.

Es wird gedacht daß er wenn er seine Ausgaben für die allmähliche Beschaffung einer kompletten Freizeitausrüstung kürzt seine bisher beschaffte Freizeitausrüstung besser nützt.

Es wird gedacht daß er wenn er seine Ausgaben für die Korrektur seines Naşenrückens kürzt ein schärferes Auge für das was die Natur geschaffen hat bekommt.

Nachdem an die Kürzung der Ausgaben gedacht worden ist werden die Ausgaben gekürzt. Die begonnenen Unternehmungen werden aber nicht mit verminderter Kraft fortgesetzt sondern mit normaler. Die normale Kraft ergibt sich aus der Verminderung der erhöhten Kraft. Die Kürzung der Ausgaben bringt keine Verminderung der Ausgaben mit sich sondern eine Herabsetzung der erhöhten Ausgaben auf eine normale Höhe:

Einer sieht im Kino eine Anzeige.
Einer raucht beim Lesen der Zuschrift.
Einer trinkt bevor das Postamt öffnet.
Einer ißt während er auf den Briefträger wartet.

Einer borgt sich Geld für Schallplatten.
Einer dreht während eines Spaziergangs seine Wäsche um.
Einer bürstet das Vogelfutter von seinem Anzug.
Einer stellt nachdem er die Schuhe repariert hat einen Topf Wasser auf und wäscht sich die Hände.
Einer macht während des Gehens einen Wechselschritt wenn er einen Kaugummi im Mund hat.

Einem fällt die Wahl zwischen einer Wochenkarte und einer Schuhpasta nicht schwer.
Einem fällt die Wahl zwischen seiner Uhr und Zeitungen nicht schwer.
Einem fällt die Wahl zwischen Armen und einem Hühneraugenpflaster nicht schwer.
Einem fällt die Wahl zwischen Kugelschreibern und Manschettenknöpfen nicht schwer.
Einem fällt die Wahl zwischen einem Bein und Kaffee nicht schwer.
Einem fällt die Wahl zwischen Preisen und Geschäften und Mitteln die den Schweißgeruch neutralisieren nicht schwer.
Einem fällt die Wahl zwischen dem Reinigungsdienst in der Fußgängerpassage und Mitgliedsbeiträgen nicht schwer.
Einem fällt die Wahl zwischen seinem Sexualleben und Fortbildungskursen nicht schwer.
Einem fällt die Wahl zwischen den Ratschlägen eines Zeitungsartikels und Duftkerzen nicht schwer.
Einem fällt die Wahl zwischen einem benützten Fahrschein und Freizeithemden nicht schwer.
Einem fällt die Wahl zwischen Häusern in denen er wohnen möchte und Brillenfassungen nicht schwer.

Einer der sich vorgenommen hat vor der Tür einen tiefen Atemzug zu machen wenn alles gut gegangen ist vergißt darauf weil er eine Briefmarke aufklebt.
Einer macht dem Portier ein Kompliment über die Burenwurst.
Einer streift im Vorbeigehen mit dem Finger über die Chromleisten der parkenden Autos ohne mit dem Hosenträger hängenzubleiben.

Wenn die Ausgaben einmal erhöht und einmal gekürzt werden führt das zu Schwankungen in den Ausgaben. Ausgaben haben aber nicht die Aufgabe zu schwanken sondern die gleichzubleiben. Schwankende Aus-

gaben bedingen Unruhe. Gleichbleibende Ausgaben bedingen Ruhe. Der Übergang von schwankenden Ausgaben zu gleichbleibenden durch Herabsetzung der überhöhten Ausgaben bildet den Übergang von der Unruhe zur Ruhe. Der Übergang ist leicht zu bewerkstelligen. Denn von den überhöhten Ausgaben zu den normalen ist es nur ein Schritt. Denn von der Unruhe zur Ruhe ist es nur ein Schritt. Denn:

Von der Nase zum Mülleimer ist es nur ein Schritt.

Von den Vorwänden zum Fernbleiben vom Arbeitsplatz zum Verschlucken von Gegenständen um den Zeitpunkt des Verhörs hinauszuzögern ist es nur ein Schritt.

Vom Kotzen auf den Hauptplatz zum Nägelbeißen ist es nur ein Schritt.

Vom Abgeben unbezahlbarer Antworten an den bezahlten Fragesteller bei öffentlichen Veranstaltungen zum sich Aufspielen als Wähler der seine Stimme abgegeben hat ist es nur ein Schritt.

Vom geringschätzigen Sprechen über Vorgesetzte hinter deren Rücken zum Wachsen der Neigung zu Fahrten ins Blaue ist es nur ein Schritt.

Vom besseren Nützen der bisher beschafften Freizeitausrüstung zum Schärfen des Auges für das was die Natur geschaffen hat ist es nur ein Schritt.

PETER BICHSEL
Viel eher als an Regentage oder
Das Verhalten von Frau Leuenberger

I

Wir wohnten seit einer Woche hier, da stand sie vor dem Haus
und sagte, sie sei Frau Leuenberger.

Daran zweifelten wir nicht.

Sie ist immer noch unsere Nachbarin, und wir bezeichnen sie
auch als Frau Leuenberger, ohne je ein amtliches Dokument
gesehen zu haben, das darüber Aufschluß gegeben hätte, daß sie
– geborene so und so – einen gewissen Herrn Leuenberger
geehelicht hätte.

Jedenfalls hat sie Kinder, und ihre Kinder sind mit unseren Kindern befreundet.

Ihren Mann kennen wir nicht, aber wir wissen von unsern Kindern, daß es ihn gibt, und daß er zu Hause mit seiner Frau und
seinen Kindern lebt.

Wir haben keinen Anlaß, irgendeinen Verdacht zu haben.

Mit Frau Leuenberger ist alles in Ordnung.

Schluß der Geschichte.

II

Wir wohnten seit kurzer Zeit hier. Als ich die Tür öffnete, sah
ich sie erst nicht. Es gibt Leute, die die Angewohnheit haben,
nach dem Betätigen der Hausglocke einige Schritte zurückzutreten. Sie trat mehrere Schritte zurück und rief mich dann, als
ich die Tür schon wieder schließen wollte, beim Namen. Ich
reagierte freundlich und sie sagte, sie sei Frau Leuenberger.

Als ich es meiner Frau erzählte, erklärte meine Tochter, daß das
die Mutter von Angelika sei und Angelika eine ihrer Schulkameradinnen.

Damit war die Sache erledigt.

Daß meine Tochter sofort behauptete, Frau Leuenberger sei die
Mutter Angelikas, ließ darauf schließen, daß Angelika ebenfalls
Leuenberger hieß, jedenfalls diesen Namen trug und unter ihm
im Register des Lehrers figurierte.

Schluß der Geschichte.

III

Am 19. Juni ist der Sonnenuntergang um 20 Uhr 24. Es muß einige Zeit nach halb neun gewesen sein. Sie stand jedenfalls in der Dämmerung, und als ich die Tür wieder zuziehen wollte, rief sie mich beim Namen.

So weit ist die erste Begegnung mit Frau Leuenberger klar. Sicher ist, daß sie mehr gesagt haben muß. Aber weil sie bald darauf ein zweites und einige Zeit später ein drittes Mal vor der Türe stand, kann ich nicht mehr auseinanderhalten, was sie zum ersten Mal, was zum zweiten und was zum dritten Mal sagte. Um es zeitlich zum mindesten einigermaßen zu ordnen, beschränke ich mich auf zwei Begegnungen: auf die erste und auf die dritte und verteile die Aussagen der zweiten Begegnung auf die beiden andern Begegnungen.

IV

Das Verhalten von Frau Leuenberger ist normal.

V

Sie fragte, ob sie das Fahrrad meiner Tochter benützen dürfe, und ich hätte ihr das gern zugestanden, aber meine Tochter war mit ihrem Fahrrad bei der Großmutter zu Besuch, oder, um es genau zu sagen, meine Tochter war schon wieder zurück, aber sie kam, weil es regnete, mit dem Autobus und ließ das Fahrrad bei der Großmutter.

Jedenfalls sagte Frau Leuenberger, daß sie nicht mehr zu Fuß zur Arbeit gehe, daß aber ihr Rad in Reparatur sei und daß sie Gründe habe, nicht mehr zu Fuß zu gehen.

Weil ein Italiener um sechs Uhr auf der Straße sei.

Schluß der Geschichte.

VI

Wir hätten ihr das Fahrrad ohne weiteres geliehen.

VII
Wir haben unser Bedauern ausgesprochen.

VIII
Frau Leuenberger hat auffallend kurze Zähne. Sie sehen aus wie abgeschliffen. Als Kind muß sie Sommersprossen gehabt haben.

IX
Wochen später stand sie wieder da, ich kannte sie jetzt, und wie sie sagen wollte: »Ich bin Frau Leuenberger«, kam ich ihr zuvor und sagte: »Guten Abend, Frau Leuenberger.« Sie machte einen normalen Eindruck.
Sie sagte (etwas hastig vielleicht): »Sie haben ihn, zwei haben ihn geholt.«
»Dann ist es ja gut«, sagte ich, aber sie mußte bemerkt haben, daß ich nicht ahnte, worum es ging, und sie sagte: »Zwei Polizisten haben ihn verhaftet.«
»Gut«, sagte ich.
»Den Italiener, wissen Sie«, sagte sie.

X
Andern Tags – daran erinnere ich mich – war es regnerisch. Eigenartig, daß man sich an gewisse regnerische Tage ohne jeden Grund erinnert.
Viel eher jedenfalls als an Regentage.

XI
Dann kam sie nicht mehr.
Schluß der Geschichte.

(Arsenal des Mörders):

1 Stirnbeil mit Eisenhenkel
1 Reiterdegen mit scholler Damenring sowie draht H. mit Knauf 66 cm besch.
1 Oriental Pistole   messing
1 Pulverhorn   Motor
1 Österr. Infanterieoffizier in Scheide mit leicht gewölbtem Staatsbeamten
1 Handjar   tausch Rück Beiszgriff und Bein Mundstück leicht
1 Pulverflasche   hier fehlen die kleinen Teile
1 Jagdschwert   Papier Hirsch
2 Pistolen
1 Nachbildung Hans Brust Rücken Arm Bein und Finger Glied Schutz
3 Doppelterzerolen mit gerisznem Hähnchen
1 Russische Streitaxt rosig (rostig)
1 Extrabajonett   Krone
5 Kriegsflegel himmelblau Eisen Rock und Hose besch.
1 Em Ge   zimmermanns enger Hals Kalliber 3,8
1 Luger Pistole alt
1 Luger Pistole sehr alt

(Was es da alles so gibt wenn von Horror die Rede ist):

völlig nackt intakt zwei Nieten links rechts abgegriffene Bartspitzen beschädigter Nadelflusz Hals gebrochen Hand mumifiziert hänge öse bösbusig aufklappbar vierpissig Kittel gekittelt gekitzelt & griff Frau Schenkel mit putti Wandung rosa! darin putti bei Garten Zarge an Zunge perforiert Laffe gebuckelt Mundrand achtlappig verzogen radial gegratet gegrillt gerillter gepunzter Fusz Rippe Glocke Speise: Ohren & Augen in adorierender Haltung Einwurfschlitz bis zu 9,5 cm starker Stöszel flatternd Lendenschurz geschwärter Arm an Wand: Wandarm frivol roszhaarig beschauen tulpenförmige Öffnungen Ausguszschnabel kolorierte Pissenburg immer selbst seine ruhende Gemahlin? mit Respekt! kleine Einrisse gewundene Falten in Felder geteilt steif mit reichen Bein Einlagen bei Fusz 6 Damen im daimyo Zug eine zu-e tü-e abgetreppt seitlich bauchig als alpenländisch

(Szene mit kleiner Dame im Horror Ablauf):

fuszte äste händete äugte öhrte fugte fügte füllte deckte merkte nützte stemmte watete flüsterte schmalte zwängte zeigte öffnete stelzte zitterte flüchtete reinigte mützte raste wankte winkte rückte schluckte schluchzte . .

(Spannungsmoment):

. . gerade als ich den Riegel der Gartenpforte Gartenpforte berührte hörte ich das Knirschen eines einzelnen Schrittes Schrittes auf dem braunen Kies hinter mir hinter mir ich wollte mich schnell umdrehen schnell umdrehen aber im gleichen Moment traf mich ein harter Schlag harter Schlag dicht hinter meinem rechten Ohr: der war nicht dazu bestimmt mich bewusztlos zu schlagen bewusztlos zu schlagen er hatte vielmehr genau die Wirkung die beabsichtigt war: während die ersten feurigen Kreise in meinem Hirn explodierten Hirn explodierten stolperte ich gegen die Pforte zurück: das Stemmeisen fiel das Stemmeisen fiel auf den Kies diese Art von Schlag auf den Schädel erzeugt Übelkeit die auf und abschwillt auf und abschwillt und langsam schwächer wird während sich der Blick wieder klärt Blick wieder klärt im helleren Licht sah ich wie der Bursche eigentlich aussah eigentlich aussah seine Augen waren klein von greller Sonne am Strand am Strand er stand in sicherer Entfernung da und hielt eine der zuverlässigsten und tödlichsten Handfeuerwaffen lässig auf meine Brust lässig auf meine Brust gerichtet: eine Luger Pistole eine Luger Pistole . .

(Verhör):

der rudolf engel sagt SIE HÄTTEN IHN VERRENKT
der rudolf engel sagt SIE HÄTTEN IHN GEMÄSTET
der rudolf engel sagt SIE HÄTTEN IHN GEKÜSZT
der rudolf engel sagt SIE HÄTTEN IHN VERSPEIST
der rudolf engel sagt SIE HÄTTEN IHN GEWORFEN
der rudolf engel sagt SIE HÄTTEN IHN VERBRAUCHT
der rudolf engel sagt SIE HÄTTEN SICH VERHÖRT
ich freu mich aufs inquisitenspital DA KRIEG ICH WAS ZU
ESSEN
ich freu mich
ich freu mich
DA KRIEG ICH WAS ZU ESSEN
der kahn er kräht die küh sie mühen
DA KRIEG ICH WAS ZU ESSEN
DA KRIEG ICH WAS ZU ESSEN

(Verteidigung):

im rot stöszt er tiefer in den Leib erregt das Blut die Willens-
sphäre wie jeder von ihnen weisz im blau wendet er sich nach der
andern Seite da hebt er sich heraus hauptwärts sozusagen wo
wir im ruhigen Vorstellungsbild den Gegenpol zur Willens-
sphäre schaffen: so entschwindet ihm der eigentliche Willens-
vorgang in der Finsternis! und wir begleiten ihn wieder mit
unseren farbigen Gefühlen indem er zwischen den Polaritäten
schwingt atmet er im röten und bläuen ein und aus: MAN
MUSZ IHN ERLÖSEN UND ERKENNEN! innerlich fühlt
er sich auf der Erde stehend auf dem grün steht er also auf dem
grün fühlt er sich über dem Himmel unter sich die Erde grün
ist die dichteste Farbe auf der sich ruhig stehen läszt rot würde
ihn abstoszen in blau würde er versinken und ertrinken: nun
soll er das rot durchtauchen das rot vortreiben das treibt gelb
und grün vor ins blau grün gelb verschwinden violett entsteht
aber indigo ist seine durchsichtige Finsternis: so werdet ihr in
jeder Lampe brennen!

(Gegenbeweise & Überführungen):

als SIE mit lotte waren
als SIE rosalin trafen
als SIE sie auf den Berg Rücken legten
als SIE ihr den
als SIE ihr das
als SIE lotte ins Konzert
als SIE dahintersteckten
als SIE damit zu tun bekamen
als SIE mit rosalin waren
als SIE sich anschlossen
als SIE in Verlegenheit
als SIE das wesentliche
als SIE auf lotte und rosalin

(Fiktive Horror Einschübe):

kling klang so risz mich ihre Stimme hin
zipf zapf das ist der Winter
wenn ich in die Seife greife
ich werf mich in den Kugelfrack
Verkürzung eines Klaviers durch Klavierhobel
raukkken! raukken! raukkken! verraukkkkkkkkt!
DER IM HOFF KOMMT
ab 6 alle bewaffnen
gegen Fliegenplage jeden mit Fliegenkappe adjustieren
Schnoferl & Proferl ein österreichisches Schicksal
der infektiöse Bluseninhalt

(Wer Horror liebt musz Horror reimen):

der Kusz	der Schusz
der Pfiff	das Riff
das Krachen	das Lachen
die Säge	die Schläge
die Schritte	der Dritte
das Klopfen	der Tropfen

das Gift	der Lift
das Beil	der Keil
das Gespenst	das Fenst-
die Wasserspülung	die Unterkühlung
die Schere	die Gewehre
das Blut	die Wut
das Blutbad	das Mühlrad

(Kasperl Vernissage):

OPA RAUCHT

MAMA WO IST DAS MESSER
            MIMI NIMM DEN MOND
                        DER KOPF IST SO ROT

MEIN DEIN SEIN
            EIN SCHÖNER ELEFANT
                        SO HOCH WIE DU SO HOCH WIE ICH

OPA RAUCHT

OTTO NIMM ANNA MIT
            TONI NIMM MONI MIT
                        OSSI NIMM NETTI MIT
                                    TONI NIMM OSSI MIT

MAMA WO IST DAS MESSER
            TONI WO IST DIE SCHERE
                        MIMI WO IST DIE NADEL

MIA WO IST DIE ZANGE
                        PEPI WO SIND DIE ALPEN
                        PEPI WO IST DER BESEN

OPA RAUCHT

OMI WO IST DER SCHLAGRING
            SUSI WO SIND DIE STRÜMPFE
                        TONI WO IST DIE KETTE

JA! OMI WARTET AUF IHRE HELFERSHELFER
IST ES NOCH NICHT FINSTER
NEIN ES DAUERT NOCH EINE WEILE
HORCH!

ES KNISTERT UND RASCHELT
       ES SCHALLT UND HALLT
          ES RAUCHT UND FAUCHT

ES KNALLT UND SAUST
       ES SCHLÄGT UND BUMST
          ES RÜTTELT UND SCHÜTTELT

ES RUMPELT UND PUMPELT
       ES TICKT UND TACKT
          ES BIMELT UND BAMELT

DIE TÜR ÖFFNET SICH:
AH! DAS CHRISTKIND IST DA!

       OPA RAUCHT

OMI WO IST DAS EM GE
       MIMI WO IST DIE SCHERE
          OSSI WO IST DAS MESSER

KINDER MACHT KEINE BRÖSEL
       AUS IHR
          SONST BIN ICH BÖSE!

NACH DER JAUSE WIRD GEKILLT!
NACH DER JAUSE WIRD GEKILLT!
NACH DER JAUSE WIRD GEKILLT!
HURRAA!
HURRAA!
HURRAA!
SITZEN: SCHNITZEN!
SITZEN: SPRITZEN!
SITZEN: SPITZEN!
SITZEN: SCHNITZEN!
SITZEN: SCHWITZEN!
SITZEN: SITZEN!

WIR WOLLEN UNS VERTRAGEN

NICHT SCHIMPFEN UND NICHT SCHLAGEN

OPA RAUCHT
OPA RAUCHT
OPA RAUCHT

(Schluszwort oder Anti Horror):

wir eilten wir eilten zu Losey's Grab wir eilten & eilten zu Losey's Grab da drehte er sich katzenköpfig herum und kam auf uns
zu   da eilten wir da eilten wir zu Losey's Grab den Hügel
hinauf zu Losey's Grab   da drehte er sich zu uns herum
schmiegsam katzenköpfig   eben als wir zu Losey's Grab wollten zu Losey's Grab eben als wir zu Losey's Grab wollten drehte
er sich herum und kam auf uns zu wir eilten eilten zu Losey's Grab
den Hang aufwärts hinauf dort wo die Sonne die Raben da drehte
er sich zu uns & DIE SONNE KRACHTE IN ALLEN FUGEN

Marreen und die Zwischenzeit

> Die gewöhnlichen Umstände bringen die
> Möglichkeit hervor.
>
> Denis Diderot

> Noch ein Schuhwrack, von einer Frau
> diesmal, . . .
>
> Daniel Spoerri

Mal sehen, was draus wird, was ist: Marreen.

Was das da ist: der langanhaltende, der unglaublich in die Länge
verzogene Schrei, auf einen einzigen Ton reduziert, gleichsam
tonlos, bleibt schon im Kehlkopf stecken, im Hals, in der Ge-
gend da, von den Neonröhren voll ausgeleuchtet bis hin zum
Steilhang, an dem sich die Ablagerung langsam in die Höhe
schiebt, sich verselbständigt, wuchert, bald ist es soweit.
Wie spät ist es denn? Ist es schon so spät? Dann ist es höchste
Zeit. Das ist Marreen. Das kann nur Marreen gewesen sein nach
dem zu urteilen (– »urteilen!« –) was ich über Marreen bis jetzt
weiß, jetzt, hier, was man von so einem wie Marreen, da, da vorn,
(oder?) wissen kann in dieser Zeit.
Mit quietschenden Reifen biegt ein Auto um die Straßenecke,
während im gleichen Augenblick der Motor aufheult und in
einem Haus genau an der Ecke eine Tür ins Schloß fällt und weiter unten in der Straße, in die der Wagen eingebogen ist, die
Ampel von rot über gelb auf grün springt und das Antiquitäten-
geschäft gegenüber (gegenüber?) auf die Minute pünktlich
schließt und in diesem Augenblick die ankommende Straßenbahn in der Mitte der Straße hält, während die Stadt schon unter
einer dichten Nebeldecke ächzt, die am Morgen in den Nachrichten angekündigt worden war. Inzwischen ist Marreen natürlich
längst wieder unterwegs. Das färbt ab.
Ich bin mit der Straßenbahn gekommen, sagt der Referendar,
nachdem er ins Zimmer getreten ist und die Tür fest hinter sich
geschlossen hat. Ich habe den Rotwein mitgebracht, sagt der
Referendar. Das Fenster ist zugezogen, beim Aufstehen erscheint der Schatten, den ich werfe, neben seinem, der seit seinem Eintreten auf dem Vorhang sichtbar ist: die Schatten stehen sich gegenüber (gegenüber?), ein wenig zitternd. Ich habe

gerade an Marreen gedacht, sage ich. Ich sage langsam: ich habe gerade in dem Augenblick, in dem du eingetreten bist, überlegt, wie spät es ist. – Dann ist es höchste Zeit, sagt der Referendar, unsicher wie ich. Hinter dem Vorhang, weiter unten, fährt die Straßenbahn quietschend an.

Da fehlt etwas.

Also so: kaum ist Marreen angekommen, kaum hat man ihm Platz gemacht, einen Stuhl mit vier Beinen hingerückt, eben noch abgestaubt, was wollen Sie trinken, es ist alles da, fast alles sozusagen, erzählen Sie doch schon, was gibt es Neues draußen, es ist aber noch keine Minute rum, der Referendar bietet ihm eine Zigarette an, während die Lehrerin ein Glas vor ihn hinstellt und ich bereits ein Streichholz anreiße und die anderen dasitzen, schon zappelt Marreen, der soeben erst angekommen ist, es hat keiner damit gerechnet, er sitzt ja noch gar nicht, während wir uns schon erwartungsvoll vorbeugen auf diesen Stühlen, WIEDER hoch als sei ihm ein Nadelkissen, aus Versehen natürlich, angeboten worden, bricht der angestiegenen Erwartung hopp-hopp den Kamm ab, jetzt ist überhaupt keine Beschwichtigung mehr möglich, er hat das Heft in der Hand, er ist es, der fragt: wie spät ist es denn? Ist es schon so spät? Dann ist es höchste Zeit! Kein Wort mehr –

Eine Tür klappt zu. Ein Fenster muß offengeblieben sein, der Wind von der Straße ballt sich in den Vorhängen, aber die Kerze brennt weiter, es geht kein Wind wie sich sofort, auf der Stelle herausstellt als wir wie auf Kommando unsere nassen Finger in die Luft halten, der Raum hat gar kein Fenster.

Da liegt ein Brief. Da ist ein Brief auf dem Tisch liegen geblieben.

.. der Tag geht ... Johnnie Walker kommt

Aber, aber einmal kam als zweiter Satz, ganz unauffällig, ganz schön raffiniert: was, so spät ist es schon? Da wußten wir alle, hier, gleich, das ist nicht Marreen, das kann er gar nicht sein, das ist einer, der Marreen darstellt. Der ist dann auch nicht wiedergekommen, so daß wir dieses Kapitel schließen konnten. (Später dann, später hat sich allerdings herausgestellt, mehr zufällig wie immer wenn sich etwas herausstellt, wenn es keiner gewesen sein will und die Sache trotzdem ans Licht kommt, daß es doch Marreen gewesen ist, der – und mit durchschlagendem Erfolg – den Versuch unternommen hatte, als Marreen aufzutreten. Betroffen wie wir waren, da, in diesem Licht, redeten wir gleich von Skrupellosigkeit, hinters Licht führen, böswilliger Täuschung und solchen Sachen. Jetzt, und bei Lichte besehen, aus der Distanz, die man gewinnt, wenn man glaubt, daß eine Sache abgeschlossen ist, müssen wir wohl vorsichtiger sein, sagen wir lieber Irrtum, Mißverständnis unsererseits. Immerhin hat unsere Verwirrung – ich glaube, das ist das Wort [das Wort?] – bewirkt, daß Marreen nie wieder als Selbstdarsteller aufgetreten ist.)

Als ich die Treppe, schon innerhalb der Räumlichkeit, die ihrerseits wiederum in nahezu hundert kleinere, aber gleich große Einheiten unterteilt ist und in deren einer der Referendar Franz wohnt, heraufsteige, mache ich ihn, der direkt neben mir geht (neben mir?) darauf aufmerksam, daß eine Stufe in idealer Weise dafür geeignet ist, vor unliebsamen Besuchern zu warnen, falls sie über diesen Aufgang kommen. Dies ist kein Ort für Mädchen, für sanfte Gemüter, für Frauen. Bahnhöfe sind Stufenereignisse, hat der Besucher gesagt, ist gegangen, kein Bahnhof nah und fern, aber ein auf einer bestimmten Seite aufgeschlagenes und liegengelassenes Buch, nicht wahr?

Da unten liegt die Stadt.

Dieses Auto steht direkt neben der Bordkante, tadellos parkiert, fünf Zentimeter neben dem Abhang, an dem die Ablagerung hochwächst, die Scheinwerfer gelöscht, mit leise und gleichmäßig brummendem Motor.

Es liegt nun schon auf der Hand, es ist ja eigentlich klar, es ist vorstellbar, ja: immerhin deutet es sich an. War es das? Ja, das – das war es wohl, wenn es überhaupt etwas war, ♥ Unterwegs, in Bewegung, in spürbarer Bewegung – da – da – dadada – – Manchmal sehen wir ihn jetzt auf seiner blau angestrichenen, von eigener Hand gegossenen Zeitglocke –

auf dem mit Phosphorfarben gestrichenen Fahrrad, schikanös –

hinterm Steuer des unlängst erworbenen Motorboots, eine Annonce hilft immer, schafft den background Öffentlichkeit, auf den es in diesem Fall wie nirgends sonst ankommt, sehen ihn in der notwendigen Entfernung vorüberfahren. Wir erheben uns dann von unseren Plätzen, auf denen wir eben noch unbeschwert gesessen haben, wenn auch vorbereitet, und eine gewisse Mechanik unserer Bewegungen läßt sich nicht leugnen, so etwas Dreh- und Lehrbuchhaftes, wir grüßen ihn wie man alte Bekannte, die schon lange nicht mehr vorbeigekom-

men sind, zu grüßen pflegt, etwas überschwenglich so als ob die
eben erfolgte Entlassung aus dem Irrenhaus ein Glücksfall sei,
etwas devot, etwas verlegen so als ob die begangenen Irrtümer
wirklich ins Gewicht fielen –

„Ich möchte so viel Schokoladentorte mit Erdbeeren, daß mir eine ganze Woche lang schlecht ist."

–, letztenendes doch
erfreut so als ob: mit schlechtem Gewissen auf alle Fälle. Man
habe ja diesem Augenblick förmlich entgegengefiebert, endlich
sei es soweit, aber: aber faktisch, in Wirklichkeit (   )
natürlich nichts dafür getan, bloß abgewartet, bloß gehofft, daß
endlich etwas in diesem Sinne passiert, passiert, passiert, passiert...
Trotz aller unbewußt getroffenen Vorkehrungen hat man dann
etwas außer Acht gelassen, wird man (man) überrascht. Und
Marreen? Marreen schmeißt natürlich alles wieder um, beweist
schlankweg das Gegenteil vom Gegenteil. Er ist immer noch der
Alte, sagen wir dann, ein Filou ist das. Er grüßt zurück, indem
er eilig die Hand hebt, meistens ist es die linke, an der der Ring-
finger fehlt, die eilig, aber nicht übereilt, im Grunde nämlich
absichtslos, wenn auch bestimmt in die Höhe zuckt: Marreen
grüßt also zurück, erwidert unsern Gruß, als habe er erst am
Vormittag desselben Tages, der gerade beschrieben wird, seine
Aufwartung gemacht, kaum erkennbar nickt er mit dem
Kopf, während er vielsagend lächelt. Wir nicken mit den Köpfen, die noch dran sind, und sagen, noch nicht ganz aufgerich-
tet, aber auch nicht mehr sitzend: das ist typisch Marreen; während die Zeitungen vom Tisch rutschen, auf den Boden fallen,
im Aschenbecher verglimmen die angerauchten Zigaretten,
lautlos, lautlos, das ist wichtig. Ein Neuling tut sich hervor:
Jajaaa, das ist er, das ist er... Der Rest ist Schweigen. So ist
das.
Man muß die Hand über die Augen legen zum Schutz gegen die
tief stehende Sonne. Man muß auf die sich bewegenden Lippen

achten, da die Entfernung sehr groß ist. Man muß die Entfernungen, die sich inzwischen eingestellt haben, sehr genau berechnen, da es auf Bruchteile von Sekunden ankommen wird. Man muß nachsehen, ob man die Tür hinter sich fest verschlossen hat und man muß darauf achten, daß noch alle Tassen im Schrank sind: schon das könnte eine Falle sein, ein Bild.

Manchmal aber, wenn wir Marreen ganz weit hinten, so weit hinten wie gerade noch möglich auf der Kante des Horizontes vorüberbalancieren sehen, es sieht sehr gekonnt aus, es verrät langjährige Erfahrung, wenn den Gegebenheiten entsprechend auch noch Nebelfelder zwischen uns und ihm angekündigt werden und tatsächlich auftreten und er nur an den wenigen, vorausgesagten Klarstellen sichtbar ins Bild kommt, während wir, hier, wie angegossen auf unseren Stühlen sitzen, wieder wie nach langanhaltender Erschöpfung, während er bereits wieder verschwindet: es treten Bedenken auf, ob das in der Tat Marreen gewesen sein kann.

Inzwischen: . . . .
. . . .
. . . . Ja und nein.

Unausweichlich bleibt nun, aus diesem Grund, das Gespräch bei der Person Marreens, um ihn dreht sich alles, wenn es soweit ist, ist das der Mittelpunkt. Über kurz oder lang sind wir beim Dreitakt, ohne den Marreen bisher und schon jetzt erst recht nicht mehr vorstellbar ist und der einen jeden von uns berechtigt, ein gewisses Vertrautsein mit den Lebensgewohnheiten Marreens für sich zu beanspruchen. Wir sprechen dann sozusagen, natürlich in der gebotenen Distanz, in aller Bescheidenheit, aber längst nicht, nicht annähernd so gut wie er selbst: seine Sprache. Die Abwesenheit Marreens, was soviel bedeutet wie seine durchgehende Anwesenheit, verbietet jede Simplifizierung bei der Erkenntnis der Lage. Das wurde sogleich deutlich, als einer, der sich forsch auf Aussagesätze berief, einer der in solchen Fällen also immer Betroffenen, eigenmächtig Nachforschungen anstellte, und zwar – naiv wie das junge Glück – bei den besonders dafür zuständigen Behörden. Er brachte nichts heraus, lediglich großes Unglück über zwei Familien, die des befragten Beamten und seine eigene. Der Beamte erlitt – als er in dem von ihm selbst erstellten Katalog der Nachnamen, die mit M beginnen, nachforschte und dabei feststellte, daß Marreen nicht katalogisiert war, obwohl es keinen Zweifel geben konnte, daß er gerade hier hätte aufgeführt sein müssen – einen Kollaps und verstarb noch im Amt. Der Fragesteller, dem hierauf schlagartig klar wurde, in welch ungebührlicher und ausnehmend sinnloser Weise er vorgegangen war, verstummte auf der Stelle, biß sich stracks die Zunge ab, was allgemeine Anerkennung fand, ja sogar von den Hinterbliebenen des Beamten ausdrücklich gewürdigt wurde. Darüberhinaus waren sich alle unmittelbar Beteiligten auch darin einig, daß der am schwersten Betroffene Marreen sein mußte. Sie versicherten ihn telegrafisch ihres Mitgefühls, ihrer uneingeschränkten Solidarität und baten ihn mit eindringlichen Worten, den ganzen Vorfall doch von der heitersten Seite zu nehmen. Ein solches Geschehen, wenn es eines ist, verdeutlicht nachdrücklich die ständige Gefährdung Marreens.

Während ich neben ihm den nur schwach beleuchteten Korridor durchschreite und darauf die sich anschließenden Treppen (frei im Wind) neben ihm emporsteige, zieht der Referendar Franz ein Taschentuch aus der Hose und schneuzt sich, daß es nur so durch die Räumlichkeit, die ihrerseits von nahezu hundert kleineren, immer gleich großen Einheiten gebildet wird, hallt: ein einziger, langanhaltender Ton, der so lange zu hören ist, bis wir vor der weißlackierten Tür der Einheit, die er bewohnt, stehen und er den Schlüssel zum Öffnen der Tür aus der Tasche seiner Hose zieht, ihn ruckartig, es kommt ganz plötzlich, ins Schlüsselloch stößt und stößt und stößt mit aller Härte, der ein Einwohner dieser Räumlichkeit fähig ist und öffnet und öffnet:

Marreen stand auf der Rolltreppe. Kaum hat er mich gesehen, während ich ja noch hastig durch das Gewimmel davor auf ihn zueile, reißt er beide Arme in die Höhe, ruft mir etwas zu, fährt abwärts ins Kellergeschoß. Als ich die Rolltreppe endlich erreiche – sie ist inzwischen außer Betrieb – und abwärts laufe, sehe ich Marreen auf der direkt gegenüberliegenden, ins Erdgeschoß zurückführenden Rolltreppe stehen und mich beobachten. Er hat die Arme emporgerissen, den Gegensatz hat er formuliert, das dauert, bis wir einander aus den Augen verlieren. Ein Fest für die Neulinge, ein Fest, sie sagen: das ist typisch Marreen. Gut, ich habe mich reinlegen lassen (»reinlegen?«), auf alle Fälle wird jetzt klar, wie vorsichtig Marreen sein muß, wie vorsichtig Marreen ist: ich gebe neidlos zu, daß er wie keiner sonst auf der Höhe der Zeit ist. Ein Name ist kein Name, sondern ein Deckname.

Jetzt passiert folgendes: Marreen wohnt abwechselnd, wechselweise in der Stadt und auf dem Lande davor. Will man ihn in der Stadt aufsuchen, erfährt man an der Tür, die in diesem Augenblick ins Schloß fällt, durch ein dort angebrachtes Schild, das auf gar keinen Fall zu übersehen ist, daß Marreen zur Zeit in seiner Wohnung auf dem flachen Lande anzutreffen sei, zehn Kilometer entfernt, über die vor kurzem freigegebene Schnellstraße kinderleicht zu erreichen. Macht man sich auf den Weg dorthin, unverzüglich, stehenden Fußes sozusagen, sieht man schon von weitem eine Tafel mit Schriftzeichen, die beim Näherkommen lesbar werden und *bedeuten*, daß sich Marreen zur Zeit in seiner Stadtwohnung aufhalte. Nun ist klar, es geht uns ein Licht auf, daß wir Marreen irgendwo auf der abgesteckten Straße zwischen Stadtwohnung und Landhaus verfehlt haben müssen, denn die in der Stadt beziehungsweise auf dem Lande hinterlassenen Nachrichten erwecken durchaus den Eindruck bei den jeweils gerade hier oder dort Eintreffenden, Marreen sei eben noch hier beziehungsweise dort gewesen, seine Botschaft noch keine 5 Minuten alt. Das heißt: dann ist es höchste Zeit. Eine Stimmung wie beim Finale macht sich bei den Betroffenen breit. Sie eilen zu ihren Autos in der Absicht, Marreen einzuholen und fahren, fahren jede Rücksicht außer Acht lassend und alles aus ihren Wagen herausholend, los: los – los – los...

Beim Näherkommen entdeckt der Referendar, entdeckt der Gutsbesitzer, entdeckt die Lehrerin, entdeckt die Frau, entdeckt der Standesbeamte, entdeckt der Pater, entdeckt der Ehemann, entdeckt der Chauffeur, entdeckt der Professor, entdecke ich, entdecken wir, entdeckt die Presse: wie spät ist es denn? Ist es schon so spät? Dann ist es höchste Zeit! Genau: auf dem Scheitel der im Vorhinein abgesteckten Strecke vom Landhaus zur Stadtwohnung oder umgekehrt, genau in der Mitte: genau in der Mitte stoßen alle mit riesigem Krach, Geprassel, Gescheppper, Gemetschger, Geknack und Hallelujah zusammen. Auch der Fiat 500 darunter findet kein Durchkommen.

So ist das eben, wenn sich alles über einem, auf der Stelle zusammenzieht, so, in Wolkenformation, etwas nebulös.

Und fünf Tage später schickt Marreen die Kränze zu den auf dem gleichen Friedhof stattfindenden Beisetzungen. Und schon vorher sind seine Blumen in den Krankenhäusern eingetroffen. Und die Schwestern machen sich Hoffnungen auf Marreen. Und die Ärzte sind zugleich froh und ratlos. Die Überlebenden zerren eigensinnig an den Mullbinden, bringen immer wieder ihre

Hochachtung für Marreen zum Ausdruck und warten insgeheim auf seinen Besuch.

Aber Marreen wartet das Ende der Geschichte ab.

Als wir die Räumlichkeit verlassen haben, schon auf der Treppe abwärts in den von Topfpalmen zusätzlich verdunkelten Vorraum sind, bleibt der Referendar Franz abrupt stehen: ich habe den geöffneten Brief auf dem Tisch liegen lassen und springt, immer gleich zwei Stufen auf einmal nehmend, die Treppe aufwärts zurück. Das Treppenlicht geht aus. Noch gut fünf Meter von der schweren zweiflügeligen Haustür entfernt, noch immer auf der Treppe stehend, höre ich draußen ein Auto anfahren und sich schnell entfernen, während das Treppenlicht schlagartig angeht und im Flur oberhalb der Treppe, auf der ich stehengeblieben bin, eine Tür vorsichtig ins Schloß gedrückt wird.

Drüben im Kirchspiel, auf der anderen Seite des Berges und der davor liegenden Stadt, läutet die Vesperglocke.

Wir verbringen die Nacht im Arbeitszimmer, die Neonlampen erzeugen harte Schatten, in den Kaffeetassen auf dem Tisch bleiben schwarze Rückstände, Spuren, das Fenster zur Straße ist geöffnet, wir beraten, was jetzt zu tun ist.

Der fünfte Stock sowie das Dachgeschoß waren unbewohnt.

Plötzlich bemerken wir, daß der fünfte Stock sowie das Dachgeschoß unbewohnt sind. Plötzlich habe ich bemerkt, sagt der Referendar, daß oben am Turm, der nur vom Dachgeschoß aus und unter unsäglichen Mühen zu erreichen ist, eine vollständig bekleidete Puppe hängt.

Plötzlich sehe ich, wie in der sich der Haltestelle nähernden Straßenbahn eine Tür aufgerissen wird und ein Mann, noch ehe die Straßenbahn zum Stillstand gekommen ist, abspringt und in der Menge verschwindet, nachdem er, ohne Rücksicht auf die fahrenden Autos zu nehmen, in Riesensätzen die Straße überquert hat. Plötzlich steht mehr da als das Wort *plötzlich*. Der geheimnisvolle Vorgang als solcher, wenn es einer ist, – Weggehen und Ankommen, damals jetzt, unglaublich langsam wie sich eine etwas kleinere Hand aus einer etwas größeren Hand löst, während die etwas größere Hand die kleinere Hand gleichzeitig festhalten will und schon auf eine dritte Hand zeigt, die die sich lösende kleinere Hand in unglaublich kurzer Zeit so fest umschließen wird wie das eben noch die etwas größere Hand getan hat: Herzschlag, – ist schon ein Bild:

In einem kürzlich geführten Gespräch um Marreen – wir hatten ihn, reisefertig wie immer, gerade aus der Galerie *Pro*, die wir besuchen wollten, kommen sehen – stellte einer unvermittelt die Frage, was denn über den berühmten Dreitakt hinaus an Sätzen von Marreen bekannt sei. In der verständlichen Erregung über die Möglichkeiten, die diese Frage eröffnet, bemerkt niemand, daß der Referendar Franz den Raum verlassen hat, aus der ganzen Geschichte ausgestiegen ist. Erst später, im selben Augenblick, als wir bemerken, wie unsinnig die Frage ist, bemerken wir, daß ein Ausstieg gar nicht mehr möglich war. Das Leben ist nicht so.

Was das ist: der langanhaltende Ton, der so unglaublich in die Länge verzogen ist, mitsamt Kehlkopf zur Decke emporsteigt, knirschend anschlägt und dann, immer schneller werdend, für das ungeübte Auge kaum noch wahrzunehmen, auf und nieder tanzt, bis er gleichsam zur Säule erstarrt, in einer letzten Anstrengung an der Zimmerdecke zerbirst und ohne aufzuhören, vollkommen intakt am Boden des Zimmers liegenbleibt.

Folgende Vorschläge wurden gemacht und sogleich, der Reihe nach, geprüft. Einer schlägt den Satz vor: *ICH BIN MARREEN*. Offensichtlich hatte der Erfinder dieses Satzes dabei eine bestimmte, genau erinnerte oder zumindest genau erfundene Situation vor Augen, in der Marreen ein in dieser Situation noch immer befindliches, hängengebliebenes Gegenüber durch die demonstrative Nennung seines Namens von seinem endgültigen und unwiderruflichen Eintritt in diese Situation und der damit zweifellos hervorgerufenen Veränderung der Lage überzeugen wollte. Im Einklang mit unseren Überzeugungen erschlugen wir den Erfinder dieses Satzes auf der Stelle. Sein Satz stellte nichts anderes dar als den besonders empörenden Versuch, Marreen die Schuld an der entstandenen Situation zuzuschieben, ihn für alles verantwortlich zu machen, was bis hierher passiert war und noch passieren würde, seine Identität entscheidend zu verfälschen. Einer, der vorgab, eine Ansichtskarte Marreens aus dem Tessin, Island, Darmstadt oder so erhalten zu haben, folgte dem eben erwähnten und dann abgetretenen Satzerfinder auf dem Fuße, als er vorschlug, seines Vorgängers Satz auf das Wort *MARREEN* zu verkürzen. Obwohl er beteuerte, daß es sich um handschriftliche Zeugnisse handele und man doch (man!) unter allen Umständen vermeiden müsse, alles wörtlich oder zu wörtlich zu nehmen, war das Maß voll. Die Situation spitzte sich bedrohlich zu. So war auf die Dauer kein Weiterkommen. Viel Zeit blieb nicht mehr. Auch als einige Erfinder, jetzt der Zwangslage durchaus bewußt, betonten, ihre Entwürfe stützten sich auf persönliche Begegnungen mit Marreen, überzeugten sie nicht mehr: auf eindringliches Befragen – der Schweiß trat aus den Poren und überzog die Gesichter – gaben sie zu, das Erinnerungsvermögen Marreens an dies und jenes und ganz generell aus dem Spiel gelassen zu haben, sozusagen ohne den vorher noch lautstark angepriesenen Kronzeugen dazustehen. Unter den wenigen, die noch übriggeblieben waren, machte sich Verzweiflung breit. Panik lag auf den Gesichtern, unfertige Sätze schwirrten durch die Räumlichkeit. Draußen schlug knallend ein Fensterrahmen, in regelmäßigen Abständen. Einer lief ziellos durch den Wald, von Zeit zu Zeit sich keuchend in die Herzgegend fassend. Einer suchte verbissen nach einer Laterne, die noch intakt war. Da: um die Aussichtslosigkeit wissend, verzweifelt aufrecht, wirft einer in die Debatte:

Berlin bleibt B

erlin. Wie konnte es soweit kommen?

Inzwischen parkiert der Wagen weiter unten in der Straße, der Motor brummt gleichmäßig vor sich hin, die Scheinwerfer sind gelöscht, aber es sitzt niemand mehr im Wagen. Inzwischen ist die aufgeworfene Erde über der viereckigen Ausschachtung, mitsamt den blumigen Angebinden, durch den drei Tage währenden Regen noch beschleunigt, in sich zusammengefallen, so daß niemand mehr etwas Auffälliges bemerkt. Inzwischen liegt der Brief nicht mehr auf dem Tisch, aber niemand mehr hat seit dieser Zeit das Zimmer betreten. Inzwischen sind wir zu dritt. Da sagt der Letzte auch nichts mehr: aber in dieser Angelegenheit ist auch das verdächtig, Zeugenstatus hin und her, Unbefangenheit ist hier eher ein Moment zur Verdichtung des bereits vorhandenen Verdachts, lediglich den eigenen Kopf aus der Schlinge ziehen zu wollen, so zu tun als habe man mit dieser Sache nichts, aber auch gar nichts zu tun. Der Abgang ergibt sich zwangsläufig, wortwörtlich.

So blieben wir übrig: Marreen und ich.

Besuch ist nicht mehr zu erwarten. Das Telefon rührt sich nicht. Die Tür ist geschlossen. Auf der Treppe befindet sich niemand mehr. Das Deckenlicht brennt. Das Fenster ist mit alten Zeitungen zugeklebt. Es ist aus. Manchmal sehe ich jetzt Marreen, inzwischen etwas rundlich geworden, inzwischen einen kleinen Schatten werfend, den neuesten Roman, sorgfältig in eine Zeitung gewickelt, unterm Arm, das Haus da, den Raum hier, den ich gerade verlasse, durch einen mir bis zu dieser Stunde unbekannt gebliebenen Hintereingang betreten.

unvermittelt begonnen hat, ist sie schon etwas kürzer. während
der horror größer wird, wird die story immer kürzer. während d

er **horror** größer wird, wird die story immer kürzer. während

der **horror** größer wird, wird die story immer kürzer. währen

d der **horror** größer wird, wird die story immer kürzer. wäh

rend der **horror** größer wird, wird die story immer kürzer.

während der **horror** größer wird, wird die story immer k

ürzer. während der **horror** größer wird, wird die st

ory immer kürzer. während der **horror** größer wird

, wird die story immer kürzer. während der **horro**

r größer wird, wird die story immer kürzer. während der **h**

99

orror

größer wird, wird die story immer kü

horror

rzer. während der — größer wird

hor

, wird die story immer kürzer. während der

ror

größer wird, wird die story immer kürzer. wäh

horror

rend der **horror** größer wird

, wird die story immer kürzer. während der **ho**

rror

größer wird, wird die story

horr

immer kürzer. während der

or

größer wird, wird die story immer kürzer.

horro

während der

r

größer wird, wird die story immer kürzer. sobald der

horror

ein bestimmtes ausmaß erreicht hat, ist die story unvermittelt

seht nicht hin!
berührt sie nicht!
isoliert sie!
sie ist angesteckt!

GERBURG DIETER
Die Geisel

> Ich wollte – aber lache nicht! Ich kann das
> Wiegen nicht vergessen, und ich wollte
> mich oben etwas wiegen!
>
> Hebbel

10

Ich unterscheide Schritte über mir. Die Pause zwischen den
Schritten treibt mir den Schweiß auf die Haut. Dann finde ich
heraus, die Pause beansprucht dieselbe Zeiteinheit wie die Schritte. Bei längerem Mitzählen ergibt sich ein Vierviertaltakt mit
winzigen Abweichungen. Vier hörbare Schritte, vier unhörbare
Schritte. Die vier unhörbaren Schritte zwingen mich, mir den
Raum vorzustellen. Sie macht vier Schritte auf einer Unterlage,
die das Geräusch schluckt, auf einem Teppich, vier Schritte auf
dem bloßen Boden. Um Boden und Teppich im gleichen rhythmischen Abstand zu betreten, muß sie einen Kreis gehen. Einen
Kreis, dessen Durchmesser ein Stück Teppichkante bildet. Ich
versuche in äußerster Angespanntheit jedem Schritt einen
Bruchteil vorauszudenken, den folgenden zu erwarten, dabei
den stattfindenden zu überhören. Ich versuche die Angespanntheit mit einer gleichen Angespanntheit beim Lesen auszuglei-
chen. Die Worte, gelesen, fangen eben an, sich wieder von dem
Geräusch der Schritte zu trennen, ihren Eigenlaut gegen das
Geräusch der Schritte wieder durchzusetzen. Da tritt Stille ein.
Gleich darauf erkenne ich das Geräusch vom Öffnen der Luft-
klappe an der Balkontür. Wieder unterscheide ich die Schritte.
Manche schlagen jetzt hart auf, manche sind kaum hörbar. Von
den Schritten auf dem Teppich zittert die Zimmerdecke. Es
scheint, sie ist ins Torkeln geraten. Ich laufe auf Zehenspitzen
den Laubengang meines Stockwerks entlang, springe die Treppe
hinauf, laufe auf Zehenspitzen den Laubengang ihres Stockwerks entlang, halte vor ihrer Tür, lese ihren Namen, laufe auf
Zehenspitzen zurück und schlage im Telefonbuch die Nummer
nach. Ich wähle. Der Apparat gibt viermal das Amtszeichen.
Sie nimmt den Hörer ab, meldet sich aber nicht. Sie hält den
Atem an. Ich sage, daß ich unter ihr wohne, ihr Fußboden sei
meine Zimmerdecke, ich könne jeden Schritt hören. Sie legt auf.

9

Der Brief ist mit der Post geschickt. Sie hätte ihn selbst in meinen Briefschlitz werfen können. Die Briefschlitze sind in breiter Front im Eingangsflur des Wohnblocks angeordnet. Der Briefkasten mit meinem Namen befindet sich unter dem Briefkasten mit ihrem Namen. »Es tut mir leid, daß ich Sie geweckt habe. Von einem längeren Krankenhausaufenthalt bin ich gewohnt, in Räumen zu gehen. Ich habe nicht daran gedacht.« Hier folgt in der Zeile ein schwarzer Balken. Sie schreibt mit schwarzer Tinte. Beim Ausstreichen hat sie das von der Tinte geweichte Papier an einer Stelle mit der Feder aufgestochen. Die hochstehenden Fasern hat sie mit dem Fingernagel glatt gerieben. Papier und Tintenbalken haben um die gelöcherte Stelle einen Glanzfleck. Ich halte das Papier gegen das Tageslicht, kann aber die Schriftzüge unter dem Dickicht der Kreuz- und Querstriche nicht entziffern. Der Balken ist zusätzlich eingeklammert. »Es ist aber vielleicht noch etwas anderes.« Der Sinn dieses Satzes muß sich auf den durchgestrichenen beziehen. Das Papier bleibt drei Fingerbreit leer. »Jedenfalls«, das Wort ist zweimal angefangen. Das erste »J« ist durchgestrichen. Mit einem einfachen Schrägstrich. »Jedenfalls glaube ich nicht, Sie könnten etwas gegen mich unternehmen.«

8

Ich liege im Bett und denke daran, daß sie über mir liegt. Ich denke, vielleicht hat sie das Leintuch zwischen die Schenkel gezerrt, vielleicht dreht sie den Zipfel des Leintuchs und die Schamhaare ineinander, sicher liegt sie ganz still dabei, sicher hat sie den Mund halb geöffnet und von der trocken einströmenden Luft wird ihr Gaumen hart. Ich höre das aufschnappende Rouleau. Ich höre ihre Schritte über mir, »wie das Hämmern in der Halsschlagader«. Ich höre das feine Singen in der Wasserleitung, »wie das Abgleiten des Fingernagels am Schläfenhaar«. Ich denke, daß ihre Haut im Gegensatz zu dem weißgekachelten Bad gelblich wirkt, daß sie sich vor dem Spiegel im Bad einen Mitesser ausdrückt, daß sie den kleinen Krater mit der geheimen Sucht anstarrt, noch mehr solche Krater zu machen. Die Straßenbahn biegt in die Kurve. Ich höre das Bremsgeräusch.

7

Ich beobachte sie durch die staubige Scheibenfront. Sie geht auf der Straße. Ich schaue gegen das Licht. Verenge ich die Augen, löst sich ihr Kopftuchzipfel ab. Sie entfernt sich zusehends.

6

Ich verlasse den Aufzug. Im Eingangsflur sehe ich sie mit dem Gesicht zur Briefkastenwand stehen, lesend. Sie verdeckt mit ihrem Körper meinen Briefkasten. Ich gehe auf meinen Briefkasten zu. Sie tritt mit einer unmerklichen Wendung seitlich weg, lesend. Ihre Schultern sind mit Schuppen gepunktet. Im Halsausschnitt ist das Pulloverschildchen mit den Zeichen zur Waschanleitung herausgestülpt. Die angegebenen Wärmegrade und das durchgestrichene Bügeleisen sind sichtbar. Sie liest eine Lebensmittelliste. Ich zerre die gleiche Wurfsendung aus dem Briefschlitz und zerknäule sie. Ich will das Knäuel in die Ecke des Flurs legen, nicht werfen. Würde das Knäuel des Aufpralls wegen aus der Ecke zurückrollen, müßte ich mich neben ihr bücken. Ich müßte vielleicht an ihre Schuhe tippen, damit sie den Fuß hebt, müßte das Knäuel zwischen ihren Beinen auflesen. Ich umgehe sie in einem kleinen Bogen. Sie macht unmerklich eine entgegengesetzte Wendung.

5

Sie hat einen kleinen Plastikeimer mit Abfall neben sich. Obenauf liegt ein Wattebausch. Jetzt fällt der langsame Automatismus des Aufzugs peinlich auf. Jetzt fallen die Metallplatten, mit denen der Aufzug verkleidet ist, peinlich auf. Die Oberfläche der Metallplatten imitiert graues Wachstuch. Sie sieht, daß ich auf den Wattebausch sehe. Der Wattebausch ist gelblich eingetrocknet. Jetzt zieht sie aus dem Ärmelbund ein Papiertaschentuch. Sie stülpt es über die Nase. Jetzt schneuzt sie sich ohne Schleim. Es ist nur ein trockenes Schnauben. Jetzt stülpt sie das Papiertaschentuch über den Wattebausch. Sie tritt das Papiertaschentuch mit der Fußspitze platt. Sie zieht die Fußspitze nicht zurück.

4

Ich stehe mit schmutziger Wäsche vor der Waschküche. Ich höre vor der Tür, daß die Waschmaschine in Betrieb ist. Ich öffne die Tür und sehe sie mit aufgelegten Unterarmen über die Waschmaschine gebeugt stehen. Sie hat die Augen geschlossen. Die Waschmaschine hat den Schleudergang eingeschaltet. Die Trommel dreht sich mit hoher Geschwindigkeit. Der Schlauch ist in das neben der Waschmaschine angebrachte Becken hochgeführt und erbricht das verbrauchte Wasser. Der rote Balken, der den Stand des Waschprogramms anzeigt, verlängert sich. Die Maschine vibriert. Ich denke, daß der Deckel, auf den sie sich stützt, warm und glatt ist. Die Fasern ihres Pullovers zittern. Die Trommelbewegung wird langsamer. Der rote Balken füllt die Zeittabelle aus. Die Maschine rüttelt, steht still. Der Schlauch erbricht sich nachträglich. Ich sehe, daß sich keine Wäsche in der Trommel befindet. Ich warte für kurze Zeit vor der Waschküche, damit sie ihre Wäsche herausnehmen kann.

3

Die Straßenbahn hält an. Mit einem Zischlaut faltet sich die Waggontür auf. Ich lasse sie zuerst aussteigen, lasse sie etliche Schritte gehen und folge dann nach. Der Weg zum Wohnblock über den Gleiskörper ist von den Anliegern eingetreten. Sie setzt die Hacken hart und schnell auf. Ich passe meine Schritte ihrem Rhythmus an, hole aber weiter aus. Ich gehe dicht in ihrem Rücken. Die Punkte ihres Kopftuchs werden länger im Wind und werden wieder rund. Ich lege ein paar Laufschritte ein, überhole sie in knappem Bogen. Wir verfallen trotz des Rhythmuswechsels wieder in Gleichschritt, bis eine Pfütze den Gleichschritt unterbricht. Sie umgeht die Pfütze mit kurzen Schritten, ich mache einen verlängerten Schritt. Wieder paßt sie sich meinem Rhythmus an. Ich gehe schneller und prüfe, ob das Anpassen mechanisch oder in Beziehung auf mich geschieht. Sie geht auch schneller. Ich höre ihren Atem in meinem Rücken. Wieder lege ich Laufschritte ein, um ein Zusammentreffen vor der Haustür zu vermeiden. Es gelingt mir, mit meinem Vorsprung die Tür aufzuschließen, den ersten Treppenabsatz zu nehmen. Den Aufzug will ich nicht abwarten. Sie kommt mir nach. Sie benutzt gleichfalls das Treppenhaus, überholt mich, schneidet mir den

Weg ab, sagt, daß ich sicher denken würde, sie steige mir nach, daß ich vorbeikommen solle.

2

Sie öffnet und zieht die Tür zu sich her auf. Sie bleibt hinter der Tür stehen. »Sie hält sich die Tür wie ein Badetuch vor«, denke ich, »gleich wird es rutschen, wenn sie den Arm ausstreckt.« Ich übergebe ihr drei Fresienstengel im Papier. Sie sagt, das Blumenkaufen habe sie sich längst abgewöhnt. Ich trete vor ihr vorbei in den schmalen Flur. »Das ist für mich die schlimmste Tortur.« Sie schließt die Tür. Im Schaufenster seien die Sträuße voll und leuchtend, im Geschäft dünn, jede Blüte sei am »Hinübergehen«, Knicke in den Blättern, eingerissene Blüten, eingetrocknete Ränder. Aus dem Bund genommen verlören die Blumen die Farbe, die Anschnitte seien braun, die Knospen würden nicht aufgehen. Die Wassertropfen auf den »bestimmt gefärbten« Rosen seien »der reinste Angstschweiß«. Sie hätte eine Rose gehabt, die sei überhaupt nicht verwelkt, sondern, obwohl sie »bis oben« im Wasser stand, eingetrocknet. Sie will mir die Wohnzimmertür öffnen. Ich habe die Hand schon auf die Klinke gelegt. Jetzt will ich sie hastig zurückziehen, da trifft mein Handrücken ihr weiches Handinnere.

1

Das Wohnzimmer ist mit grauem Teppichboden ausgelegt. Für den Durchgang vom Flur durch das Wohnzimmer ins Bad läßt er bloßen Boden frei. Sie sagt »Fresien«, dann raschelt das Blumenpapier. Ich verstehe »Krankenhaus«. Die Deckenbeleuchtung ist schwach. Unser beider körperliche Anwesenheit in dem Raum wirkt wie eine Übertreibung. Sie sagt, »manche riechen Fresien gern«. Sie bückt sich nach einer Cinzanoflasche neben der Zentralheizung. »Ich werde verrückt bei Waschpulver«, sagt sie. Bei Waschpulver würde sie alles riechen, »was einmal war«. Es sei ihr angenehm, wenn der Seifenstaub in der Nase brennt. Als ich sie in der Waschküche »erwischt« hätte, sei das Wichtigste schon vorbei gewesen. Die Gegenstände, wenige, auf dem Regal und auf der an der Schmalseite stehenden Kommode, sind alle von der Außenkante abgerückt. Die Bücher hat sie ohne Rücksicht auf die unterschiedlichen Formate zu nehmen, an die Wand geschoben. Sie stehen senkrecht aneinandergepreßt, die Buchrücken bilden eine wellige Linie. Sie gießt in zwei Apéritifgläser, die auf dem Tisch stehen ohne daß sie mir aufgefallen sind, Cinzano ein. Er ist warm. Den Cinzano zu besorgen sei sie zweimal gelaufen, sagt sie. Beim ersten Mal hätte sie an dem Finger der Kassiererin ein Pflaster entdeckt, »ganz neu, ganz rosa«. Die Kassiererin hätte mit dem Finger getippt, »die Tasten, die stecken bleiben«. Da hätte sie die Ware zurückgestellt. Sie trägt die Fresien in eine Vase geordnet zum Bücherregal. In der Vase ist kein Wasser. Sie kommt zurück und zeigt mir auf der flachen Hand die ausgestanzten Pappfüße eines Schokoladenmarienkäfers. Sie sagt, »es ist mir unbegreiflich, wo das Oberteil geblieben ist«. Sie hätte die Handtasche um und um gestülpt, das Oberteil sei verschwunden geblieben. Das sei der Grund, weshalb sie die Füße aufhebe. Sie legt das Pappstück auf den Tisch. Sie stellt mein Glas auf diese Unterlage. Sie sagt, ich hätte einen Rand gemacht, einen klebrigen.

o

Sie läuft ins Bad, um einen Schwamm zu holen. Sie hebt alle Gegenstände auf dem Tisch an, um darunter wegzuwischen. Sie bückt sich, klaubt unter meinem Sessel weitere Stäubchen und Fusselchen auf. Ich hebe die Beine. Auf ihre Frage nach dem Tankwagen antworte ich, der Tankwagen sei mir auch schon aufgefallen. Sie hört nicht hin, sagt, das Wichtigste sei der Schlauch, der über den Bürgersteig und den Rasen läuft, in die Kellerfenster gehängt wird und alles »mit schwarzem Öl auffüllt«. Sie ist inzwischen wieder ins Bad zurück, wäscht unter stark aufgedrehtem Hahn den Schwamm aus, wäscht dann ihre Hände, kommt noch – während sie diese ins Handtuch trocknet – ins Zimmer zurück. Ihr Gesicht ist von den hastigen Tätigkeiten rot angelaufen. »Was ich machen soll« verstehe ich undeutlich, sie läuft ins Bad zurück. Sie spricht immer schneller, »Perlonstrumpf«, der stark aufgedrehte Hahn läuft noch. Jetzt dreht sie ihn ab. Für den Augenblick ist es völlig still. Ich denke, sie schaut in den Spiegel. Sie kommt mit weit offenen Augen zurück. Die Haarwurzeln am Stirnansatz sind entzündet vom Aufkratzen. »Vor dem Fenster«, sagt sie und dreht sich mit dem Rücken zu mir, stelle sie immer die Finger auf und zähle dabei.

Ich sehe, sie säubert sich heimlich die Nägel. Sie zähle immer von links nach rechts. Wenn die Hand »aus sei«, stocke der Atem. Die Schmalseite der Hand sei »wie das Fallen im Schlaf«. Sie spricht fast unhörbar, ihre Worte beschleunigen sich, sie geht einen Kreis. Sie sagt, der Wind sei eine Zeit über das zerknüllte Papier weggefegt, hätte es hin und her gerollt, sei dann zwischen Papier und Rasen gefahren, hätte das Knäuel hochgejagt, das Knäuel hin und her geschwenkt. Das Knäuel hätte sich aufgefaltet. Jetzt hätte der Wind das Papier an den Maschendrahtzaun wehen können, er hätte es an den Zaun gepreßt. Der Wind hätte sich gedreht, der Fetzen sei abgerutscht, der Wind hätte ihn aufgefangen, der Fetzen sei zurück auf den Rasen gewirbelt, der Wind hätte den Fetzen wieder eingeholt, hätte ihn an den Zaun gepreßt. Der Fetzen sei abgerutscht, sei über den Rasen gewirbelt, der Wind hätte ihn eingeholt, nachmittags hätte sie das beobachtet, die ganze Nacht hätte sie den Wind gehört. Am nächsten Morgen sei es windstill gewesen. »Der Maschendraht war gespickt mit Papieren.«

PETER HANDKE
Das Umfallen der Kegel von einer bäuerlichen Kegelbahn

Zwei Österreicher, ein Student und sein jüngerer Bruder, ein
Zimmermann, die sich gerade für kurze Zeit in Westberlin auf-
hielten, stiegen an einem ziemlich kalten Wintertag – es war
Mitte Dezember – nach dem Mittagessen in die S-Bahn Richtung
Friedrichstraße am Bahnhof Zoologischer Garten, um in Ostberlin Verwandte zu besuchen.
In Ostberlin angekommen, erkundigten sich die beiden bei Soldaten der Volksarmee, die am Ausgang des Bahnhofs vorbei-
gingen, nach einer Möglichkeit, Blumen zu kaufen. Einer der
Soldaten gab Auskunft, wobei er, statt sich umzudrehen und mit
den Händen den Weg zu zeigen, vielmehr den Neuankömmlin-
gen ins Gesicht schaute. Trotzdem fanden die beiden, nachdem
sie die Straße überquert hatten, bald das Geschäft; es wäre eigentlich schon vom Ausgang des Bahnhofs zu sehen gewesen, sodaß
sich das Befragen der Soldaten im nachhinein als unnötig erwies.
Vor die Wahl zwischen Topf- und Schnittpflanzen gestellt, ent-
schieden sich die beiden nach längerer Unschlüssigkeit – die
Verkäuferin bediente unterdessen andre Kunden – für Schnittpflanzen, obwohl gerade an Topfpflanzen in dem Geschäft kein
Mangel herrschte, während es an Schnittpflanzen nur zwei Arten
von Blumen gab, weiße und gelbe Chrysanthemen. Der Student,
als der wortgewandtere der beiden, bat die Verkäuferin, ihm je
zehn weiße und gelbe Chrysanthemen, die noch nicht zu sehr
aufgeblüht seien, auszusuchen und einzuwickeln. Mit dem ziemlich großen Blumenstrauß, den der Zimmermann trug, gingen
die beiden Besucher, nachdem sie die Straße, vorsichtiger als
beim ersten Mal, überquert hatten, durch eine Unterführung
zur anderen Seite des Bahnhofs, wo sich ein Taxistand befand.
Obwohl schon einige Leute warteten und das Telefon in der
Rufsäule ununterbrochen schrillte, ohne daß einer der Taxifahrer es abnahm, dauerte es nicht lange, bis die beiden, die als
einzige nicht mit Koffern und Taschen bepackt waren, einstei-
gen konnten. Neben seinem Bruder hinten im Auto, in dem es
recht warm war, nannte der Student dem Fahrer eine Adresse
in einem nördlichen Stadtteil von Ostberlin. Der Taxifahrer
schaltete das Radio ab. Erst als sie schon einige Zeit fuhren, fiel
dem Studenten auf, daß in dem Taxi gar kein Radio war.

Er schaute zur Seite und sah, daß sein Bruder das Blumenbukett unverhältnismäßig sorgfältig in beiden Armen hielt. Sie redeten wenig. Der Taxifahrer fragte nicht, woher die beiden kämen. Der Student bereute, in einem so leichten, ungefütterten Mantel die Reise angetreten zu haben, zumal auch noch unten ein Knopf abgerissen war.

Als das Taxi hielt, war es draußen heller geworden. Der Student hatte sich schon so an den Aufenthalt im Taxi gewöhnt, daß es ihm Mühe machte, die Gegenstände draußen wahrzunehmen. Er bemerkte voll Anstrengung, daß sich zur einen Seite der Straße nur Schrebergärten mit niedrigen Hütten befanden, während die Häuser auf der anderen Seite, für die Augen des Studenten, mühsam weit von der Straße entfernt standen oder aber, wenn sie näher an der Straße waren, gleichfalls anstrengend niedrig waren; zudem waren die Sträucher und kleinen Bäume mit Rauhreif bedeckt, ein Grund mehr dafür, daß es draußen plötzlich heller geworden war. Der Taxifahrer stellte den Fahrgästen auf deren Verlangen eine Quittung aus; da es ziemlich lange dauerte, bis er das Quittungsbuch gefunden hatte, konnten die Brüder die Fenster des Hauses mustern, das sie vorhatten aufzusuchen. In der Straße, in der sonst gerade kein Auto fuhr, mußte das Taxi, besonders als es anhielt, wohl aufgefallen sein; sollte die Tante der beiden das Telegramm, das sie gestern in Westberlin telefonisch durchgegeben hatten, noch nicht bekommen haben? Die Fenster blieben leer; keine Haustür ging auf.

Während er die Quittung zusammenfaltete, stieg der Student vor seinem Bruder, der, die Blumen in beiden Armen, sich ungeschickt erhob, aus dem Taxi. Sie blieben draußen, am Zaun eines Schrebergartens, stehen, bis das Taxi gewendet hatte. Der Student ertappte sich selber dabei, wie er sich die Haare mit einem Finger ein wenig aus der Stirn strich. Sie gingen über den Vorhof zum Eingang hin, über dem die Nummer angebracht war, an die der Student früher, als er der Frau noch schrieb, die Briefe adressiert hatte. Sie waren unschlüssig, wer auf die Klingel drücken sollte; schließlich, noch während sie leise redeten, hatte schon einer von ihnen auf den Knopf gedrückt. Ein Summen im Haus war nicht zu hören. Sie stiegen beide rückwärts von den Eingangsstufen herunter und wichen ein wenig vom Eingang zurück; der Zimmermann entfernte eine Stecknadel aus dem Blumenbukett, ließ aber den Strauß eingewickelt. Der Student erinnerte sich, daß ihm die Frau, als er noch Briefmarken sammelte, in jedem Brief viele neue Sondermarken der DDR mitschickte.

Plötzlich, noch bevor die beiden das zugehörige Summen hörten, sprang die Haustür klickend auf; erst als sie schon einen Spalt breit offenstand, hörten die beiden ein Summen, das noch anhielt, nachdem sie schon lange eingetreten waren. Einmal im Stiegenhaus, grinsten beide. Der Zimmermann zog das Papier von dem Strauß und stopfte es in die Manteltasche. Über ihnen ging eine Tür auf, zumindest mußte es so sein; denn als die beiden so weit gestiegen waren, daß sie hinaufschauen konnten, stand oben schon die Tante in der offenen Tür und schaute zu ihnen hinunter. An dem Verhalten der Frau, als sie der beiden ansichtig wurde, erkannten sie, daß das Telegramm wohl noch immer nicht angekommen war. Die Tante, nachdem sie den Namen des Studenten – Gregor – gerufen hatte, war sogleich zurück in die Wohnung gelaufen, kam aber ebenso schnell wieder daraus hervor und umarmte die Besucher, noch bevor diese den Treppenabsatz erreicht hatten. Ihr Verhalten war derart, daß Gregor alle Vorbehalte vergaß und ihr nur zuschaute; vor lauter Schrecken oder warum auch immer war ihr Hals ganz kurz geworden.

Sie ging zurück in die Wohnung, öffnete Türen, sogar die Tür eines Nachtkästchens, schloß ein Fenster, kam dann aus der Küche hervor und sagte, sie wollte sofort Kaffee machen. Erst als alle im Wohnzimmer waren, fiel ihr der zweite Besucher auf, der ihr schon im Flur die Blumen überreicht hatte und nun ein wenig sinnlos im Zimmer stand. Die Erklärung des Studenten, es handle sich um den zweiten Neffen, den sie, die Tante, doch bei ihrem Urlaub in Österreich vor einigen Jahren gesehen habe, beantwortete die Frau damit, daß sie stumm in ein andres Zimmer ging und die beiden in dem recht kleinen, angeräumten Wohnraum einige Zeit stehen ließ.

Als sie zurückkehrte, war es draußen schon ein wenig dunkler geworden. Die Tante umarmte die beiden und erklärte, sie hätte sich schon draußen auf der Treppe, bei der ersten Begrüßung, gewundert, daß Hans – so hieß der Zimmermann – sie auf den Mund geküßt hatte. Sie hieß die beiden, sich zu setzen, und stellte rund um den Kaffeetisch Sessel zurecht, während sie sich dabei schon nach einer Vase für die Blumen umschaute. Zum Glück, sagte sie, habe sie gerade heute Kuchen eingekauft. (Sie sagt »eingekauft« statt »gekauft«, wunderte sich der Student.) Diese teuren Blumen! Sie habe sich gerade zum Mittagsschlaf hingelegt, als es geläutet habe. »Dort drüben« – der Student schaute aus dem Fenster, während sie redete – »steht ein Altersheim«.

Die beiden würden doch wohl bei ihr übernachten? Hans erwiderte, sie hätten gerade in Westberlin zu Mittag gegessen, und beteuerte, nachdem er aufgezählt hatte, was sie gegessen hatten, sie seien jetzt, wirklich, satt. Während er das sagte, legte er die Hand auf den Tisch, so daß die Frau den kleinen Finger erblickte, von dem die Motorsäge, als Hans einmal nicht bei der Sache war, ein Glied abgetrennt hatte. Sie ließ ihn nicht zu Ende sprechen, sondern ermahnte ihn, da er sich doch schon einmal ins Knie gehackt habe, beim Arbeiten aufmerksamer zu sein. Dem Studenten, dem schon im Flur der Mantel abgenommen worden war, wurde es noch kälter, als er, indem er sich umschaute, hinter sich das Bett sah, auf dem die Frau gerade noch geschlafen hatte. Sie bemerkte, daß er die Schultern in der üblichen Weise zusammenzog, und stellte, während sie erklärte, sie selber lege sich einfach nieder, wenn ihr kalt sei, einen elektrischen Heizkörper hinter ihm auf das Bett.

Der Wasserkessel in der Küche hatte schon vor einiger Zeit zu pfeifen angefangen, ohne daß das Pfeifen unterdessen stärker geworden war; oder hatten die beiden den Anfang des Pfeifens nur überhört? Jedenfalls blieben die Armlehnen der Sessel, selbst der Stoff, mit dem die Sessel überzogen waren, kalt. Warum »jedenfalls«? fragte sich der Student, die gefüllte Kaffeetasse in beiden Händen, einige Zeit darauf. Die Frau deutete seinen Gesichtsausdruck, indem sie ihm mit einer schnellen Bewegung Milch in den Kaffee goß; den folgenden Satz des Studenten, der feststellte, sie habe ja einen Fernsehapparat im Zimmer, legte sie freilich so aus, daß sie, die Milchkanne noch in der Hand, den einen Schritt zu dem Apparat hintat und diesen einschaltete. Als der Student darauf den Kopf senkte, erblickte er auf der Oberfläche des Kaffees große Fetzen der Milchhaut, die sofort nach oben getrieben sein mußten. Er verfolgte den gleichen Vorgang bei seinem Bruder: ja, so mußte es gewesen sein. Ab jetzt hütete er sich, im Gespräch etwas, was er sah oder hörte, auch noch festzustellen, aus Furcht, seine Feststellungen könnten von der Frau *ausgelegt* werden. Der Fernsehapparat hatte zwar zu rauschen angefangen, aber noch ehe Bild und Ton ganz deutlich wurden, hatte die Frau ihn wieder abgeschaltet und sich, indem sie immer wieder von dem einen zum andern schaute, zu den beiden gesetzt. Es konnte losgehen! Halb belustigt, halb verwirrt, ertappte sich der Student bei diesem Satz. Statt ein Stück von dem Kuchen abzubeißen und darauf, das Stück Kuchen noch im Mund, einen Schluck von dem Kaffee zu nehmen, nahm er zuerst einen Mund voll von dem Kaffee, den er freilich, statt ihn gleich zu schlucken, vorn zwischen den Zähnen behielt, so daß die Flüssigkeit, als er den Mund aufmachte, um in den Kuchen zu beißen, zurück in die Tasse lief. Der Student hatte die Augen leicht geschlossen gehabt, vielleicht hatte das zu der Verwechslung geführt; aber als er jetzt die Augen aufmachte, sah er, daß die Tante Hans anschaute, der soeben mit einer schwerfälligen Geste, mit der ganzen Hand, das Schokoladeplätzchen ergriff und es, förmlich unter den Blicken der Frau, schnell in den Mund hinein steckte. »Das kann einfach nicht wahr sein!« rief der Student, vielmehr, die Frau war es, die das sagte, während sie auf das Buch zeigte, das auf ihrem Nachtkästchen lag, die Lebensbeschreibung eines berühmten Chirurgen, wie sich der Student sofort verbesserte; als Lesezeichen diente ein Heiligenbildchen. Es war kein Grund zur Beunruhigung.

Je länger sie redeten – sie hatten schon vor einiger Zeit ein Gespräch angefangen, so als ob sie garnicht an einem Tisch oder wo auch immer säßen – desto mehr wurde den beiden, die jetzt kaum mehr, wie kurz nach dem Eintritt, Blicke wechselten, die Umgebung selbstverständlich. Das Wort »selbstverständlich« kam auch immer häufiger in ihren Gesprächen vor. Lange Zeit waren dem Studenten die Reden der Tante unglaubwürdig gewesen; jetzt aber, mit der Zunahme der Wärme im Zimmer, konnte er sich das, was die Frau sprach, geschrieben vorstellen, und so, geschrieben, erschien es ihm glaubhaft. Trotzdem war es im Zimmer so kalt, daß der Kaffee, der unterdessen eher schon lau war, dampfte. Die Widersprüche, ging es dem Studenten durch den Kopf, häuften sich. Draußen fuhren keine Autos vorbei. Dementsprechend fingen auch die meisten Sätze der Tante mit dem Wort »Draußen« an. Das dauerte solange, bis der Student sie unterbrach, auf das Stocken der Frau sich jedoch entschuldigte, daß er sie unterbrochen hätte, ohne selber etwas sagen zu wollen. Jetzt wollte niemand wieder als erster zu reden anfangen; das Ergebnis war eine Pause, die der Zimmermann plötzlich beendete, indem er von seinem kurz bevorstehenden Einrücken zum österreichischen Bundesheer erzählte; die Tante, weil Hans in einem ihr fremden Dialekt redete, verstand »Stukas von Ungarn her« und schrie auf; der Student beruhigte sie, indem er einige Male das Wort »Draußen« gebrauchte. Es fiel ihm auf, daß die Frau von jetzt an jedesmal, wenn er einen Satz sprach, diesen Satz sofort nachsprach, als traue sie ihren Ohren nicht mehr; damit nicht genug, nickte sie schon bei den Einleitungswörtern zu bestimmten Sätzen des Studenten, so daß dieser allmählich wieder unsicher wurde und einmal mitten im Satz aufhörte. Das Ergebnis war ein freundliches Lachen der Tante und darauf ein »Danke«, so als hätte er ihr mit einem Wort beim Lösen des Kreuzworträtsels geholfen. In der Tat erblickte der Student kurz darauf auf dem Fensterbrett eine Seite der Ostberliner Zeitung ›BZ am Abend‹ mit einem kaum ausgefüllten Kreuzworträtsel. Neugierig bat er die Frau, das Rätsel ansehen zu dürfen – er gebrauchte den Ausdruck »überfliegen« –, doch als er merkte, daß die Fragen kaum anders waren als üblich, nur daß einmal nach der Bezeichnung eines »aggressiven Staates im Nahen Osten« gefragt wurde, reichte er die Zeitung seinem Bruder, der sich, obwohl er schon am Vormittag das Rätsel in der westdeutschen Illustrierten ›stern‹ gelöst hatte, sofort ans Lösen auch dieses Kreuzworträtsels machen wollte. Aber nicht das Suchen von Hans nach einem Bleistift war es, was den Studenten verwirrte, sondern das jetzt unerträglich leere Brett vor dem Fenster; und er bat den Bruder gereizt, die Zeitung zurück »auf ihren Platz« zu legen; die Formulierung »auf ihren Platz« kam ihm jedoch, noch bevor er sie aussprach, so lächerlich vor, daß er gar nichts sagte, sondern aufstand und mit der Bemerkung, er wolle sich etwas umschauen, zur Tür hinausging. Eigentlich war aber, so verbesserte er sich, die Tante hinausgegangen, und er folgte ihr, angeblich, um einen Blick in die anderen Räume zu tun. In Wirklichkeit aber... Dem Studenten fiel auf, daß vielmehr, als vorhin der Fernsehapparat gelaufen war, der Sprecher des Deutschen Fernsehfunks das Wort »Angeblich« gebraucht hatte; in Wirklichkeit aber war das Wort gar nicht gefallen.

Überall das gleiche Bild. »Überall das gleiche Bild«, sagte die Frau, indem sie ihm die Tür zur Küche aufmachte, »auch hier drin ist es kalt«, erwiderte der Student, »auch d o r t drin«, verbesserte ihn die Frau. »Was macht ihr denn hier d r a u ß e n ?« fragte Hans, der ihnen, die Zeitung mit dem Kreuzworträtsel in der Hand, in den Flur gefolgt war. »Gehen wir wieder hinein !« sagte der Student. »Warum ?« fragte Hans. »Weil ich es s a g e«, erwiderte der Student. Niemand hatte etwas gesagt.

In das Wohnzimmer, in das sich alle wieder begeben hatten, weil dort, wie die Frau wiederholte, noch etwas Kaffee auf sie wartete, klang das Klappern von Töpfen aus der Küche herein wie das ferne Umfallen der Kegel von einer bäuerlichen Kegelbahn in einem tiefen und etwas unheimlichen Wald. Der Student, dem dieser Vergleich auffiel, fragte die Tante, wie sie, die doch ihren Lebtag lang in der Stadt gelebt habe, auf einen solchen Vergleich gekommen sei; zur gleichen Zeit, als er das sagte, erinnerte er sich desselben Ausdrucks in einem Brief des Dichters Hugo von Hofmannsthal, ohne daß freilich das Verglichene dort, eine Einladung, sich an einer Dichterakademie zu beteiligen, dem Verglichenen hier, dem Klappern der Töpfe aus der Küche herein in das Wohnzimmer, auch nur vergleichsweise ähnlich war.

Da der Student horchend den Kopf zur Seite geneigt hatte, konnte es nicht ausbleiben, daß die Tante, die jedes Verhalten der beiden Besucher auszulegen versuchte, mit der Bemerkung, sie wolle doch den Vögeln auf dem Balkon etwas Kuchen streuen, mit einer schnell gehäuften Hand voll Krumen ins andre Zimmer ging, um von dort, wie sie, schon im anderen Zimmer, entschuldigend rief, auf den Balkon zu gelangen. Also war, so fiel dem Studenten jetzt auf, auch das Klappern der Töpfe in der Küche nur ein Vergleich für die Vögel gewesen, die, indem sie auf dem leeren Backblech umherhüpften, das die Frau vorsorglich auf den Balkon gestellt hatte, dort vergeblich mit ihren Schnäbeln nach Futter pickten. Einigermaßen befremdet beobachteten die beiden die Tante, die sich wie selbstverständlich draußen auf dem Balkon bewegte; befremdet deswegen, weil sie sich nicht erinnern konnten, die Frau jemals draußen gesehen zu haben, während sie selber, die Zuschauer, drinnen saßen; ein seltsames Schauspiel. Der Student schrak auf, als ihn Hans, ungeduldig geworden, zum wiederholten Mal nach einem anderen Wort für »Hausvorsprung« fragte; »Balkon« antwortete die Tante, die gerade in einem ihrer Fotoalben nach einem bestimmten Foto suchte, für den Studenten; »Erker«, fuhr der Student, indem er die Frau nicht aussprechen ließ, gerade noch zur rechten Zeit dazwischen. Er atmete so lange aus, bis er sich erleichtert fühlte. Das war ja noch einmal gut gegangen! Eine Papierserviette hatte den übergelaufenen Kaffee sofort aufgesaugt.

Wenn sie es auch nicht ausgesprochen hatten, so hatten sie doch alle drei die ganze Zeit nur an den Telegrammboten gedacht, der noch immer auf sich warten ließ. Jetzt stellte sich aber heraus, daß die Tante, obwohl es doch schon später Nachmittag war, noch gar nicht in ihren Briefkasten geschaut hatte. Hans wurde mit einem Schlüssel nach unten geschickt. Wie seltsam er den Schlüssel in der Hand hält! dachte der Student. Wie bitte? fragte die Tante verwirrt. Aber Hans kehrte schon, den Schlüssel geradeso in der Hand, wie er mit ihm weggegangen war, ins Wohnzimmer zurück. »Ein Arbeiter in einem Wohnzimmer!« rief der Student, der einen Witz machen wollte. Niemand widersprach ihm. Ein schlechtes Zeichen! dachte der Student. Wie um ihn zu verhöhnen, rieb sich die Katze, die er bis jetzt vergessen hatte wahrzunehmen, an seinen Beinen. Die Tante suchte gerade nach einem Namen, der ihr entfallen war; es handelte sich um den Namen einer alten Dame, die... – die alte Dame mußte jedenfalls ein Adelsprädikat in ihrem Namen haben; in Österreich waren zum Glück die Adelsprädikate abgeschafft.

Inzwischen war es draußen dunkel geworden. Der Student hatte am Vormittag in der ›Frankfurter Allgemeinen Zeitung‹ ein japanisches Gedicht über die Dämmerung gelesen: »Der schrille Pfiff eines Zuges machte die Dämmerung ringsum nur noch tiefer.« Der schrille Pfiff eines Zuges machte die Dämmerung ringsum nur noch tiefer. In diesem Stadtteil freilich fuhr kein Zug. Die Tante probierte verschiedene Namen aus, während Hans und Gregor nicht von ihr wegschauten. Schließlich hatte sie das Telefon vor sich hin auf den Tisch gestellt und die Hand darauf gelegt, wobei sie freilich, ohne den Hörer abzunehmen, noch immer mit gerunzelter Stirn, auf der Suche nach dem Namen der alten Dame, das Alphabet durchbuchstabierte. Auch als sie schon in die Muschel sprach, fiel dem Studenten nur auf, daß sie ihm dabei, mit dem Kopf darauf deutend, ein Foto hinhielt, das ihn, den Studenten, als Kind zeigte, mit einem Gummiball, »neben den Eltern im Fotoatelier sitzend«. Ein zweites Bild, das der Frau versehentlich auf den Boden gefallen war, sah folgendermaßen aus:

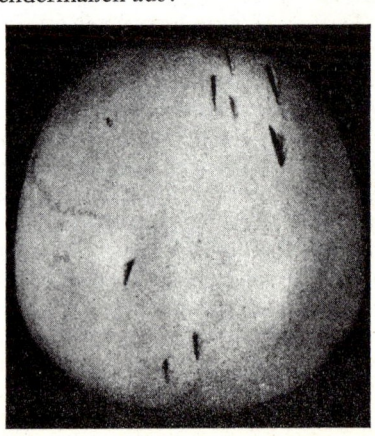

»Laufend, haltend, SAUGEND...« – wie immer, wenn er Fotos oder BILDER sah, fielen dem Studenten nur Zeitwörter in dieser Form ein; so auch: »neben den Eltern im Fotoatelier SITZEND«.

Die Tante, die an die Person, zu der sie ins Telefon sprach, die Anrede »Sie« gerichtet hatte – das wirkte auf alle sehr beruhigend –, hatte plötzlich, nachdem sie eine Weile, den Hörer am Ohr, geschwiegen hatte, das Wort »Du« in den Hörer gesprochen. Der Student war darauf so erschrocken, daß ihm auf der Stelle der Schweiß unter den Achseln ausgebrochen war; während er sich kratzte – der Schweiß juckte heftig – überzeugte er sich, daß es seinem Bruder ähnlich ergangen war: auch dieser kratzte sich gerade wild unter den Armen.

Es war aber nicht mehr geschehen, als daß auf den Anruf hin der Bruder der Frau und dessen Frau von einem anderen Stadtteil Ostberlins aufgebrochen waren und auch bald schon, ohne erst unten an der Haustür zu läuten, wie Bekannte an die Tür geklopft hatten, um die beiden Neffen aus Österreich noch einmal zu sehen. Die Frau hatte aus dem Balkonzimmer zwei Sessel für die Neuankömmlinge hereingetragen und darauf in der Küche Tee für alle aufgestellt. Die Töpfe hatten geklappert, der Onkel, der an Asthma litt, hatte sich heftig auf die Brust geschlagen, seine Frau hatte, indem sie bald das Gespräch auf die Studenten in Westberlin brachte, gemeint, sie würde alle einzeln an den Haaren aufhängen wollen. Von der Toilette zurückgekehrt, wo er sich die Hände gewaschen hatte, waren dem Studenten diese inzwischen so trocken geworden, daß er die Tante um eine Creme hatte bitten müssen. Die Frau hatte das aber wieder so ausgelegt, daß sie den Studenten und seinen Bruder dazu noch mit dem Parfum »Tosca« besprühte, das jene alte Dame, deren Name ihr nicht eingefallen war, bei ihrem letzten Besuch mitgebracht hatte. Schließlich war es Zeit zum Aufbruch geworden, weil die Aufenthaltserlaubnis der beiden für Ostberlin um Mitternacht ablaufen sollte. Der Onkel hatte einen Taxistand angerufen, ohne daß freilich jemand sich gemeldet hatte. Trotzdem hatte den Studenten die Vorvergangenheit, in der all das abgelaufen war, allmählich wieder beruhigt. Den Onkel, der noch immer den Hörer am Ohr hielt und es läuten ließ, und dessen Frau im Wohnzimmer zurücklassend, hatten sich die beiden Besucher, schon in den Mänteln, mit der Tante hinaus in den Flur begeben; die Hände an der Wohnungstür, hatten sie noch einmal gewartet, ob sich, wenn auch an anderen Taxiplätzen, doch noch ein Taxi melden würde. Sie waren schon, die Tante in der Mitte, die Stiege hinuntergegangen, als –

Kein »Als«.

Mit der Tante, die sich in die beiden eingehängt hatte, waren sie, mit den Zähnen schnackend vor Kälte, zur Straßenbahnhaltestelle gegangen. Die Frau hatte ihnen, da sie kein Kleingeld hatten, die Münzen für die Straßenbahn zugesteckt. Als die Straßenbahn gekommen war, waren sie, indem sie der Frau draußen noch einmal zuwinkten, schnell eingestiegen, um noch rechtzeitig den Bahnhof Friedrichstraße zu erreichen.

Zu spät bemerkte der Student, daß sie gar nicht eingestiegen waren.

Wer ist der science-fictionhafte schurke in diesem manuskript?
Wer ist das nahezu wesenlose ungeheuer in dieser geschichte?
Wer der dunkle springende punkt? Gibt es überhaupt ein
schriftstück aus meiner hand, das nicht einer irgendwie sini-
stren materie unterworfen ist? Besitzt nicht jedes meiner blätter
seine bestimmte linke seite – eine seite, die ein gegengewicht
für alle helligkeit, sommerfreude, heitere elegie oder wohlge-
stimmtheit bietet? Monstren bewegen sich schwerelos in jedem
dufthauch, in jedem lenzwind, in jeder brise, die uns ein schöner
april entgegenwirft, sanft und herb zugleich, ein verteiler sonder-
barer sich von jahr zu jahr verändernder gaben, ein spender von
verworfenheit und anmut…

Ich sehe den herrn mit schwammigem gesicht und melone, der
eigentlich hinken sollte, sein rechtes bein ist durch irgendeinen
vorfall um einige zentimeter, sagen wir drei, kürzer geworden,
doch er verbirgt diesen makel geschickt, er trägt keinen spazier-
stock, hat eine blume, nelke oder gardenie am rockaufschlag
befestigt und scheint vergnügt wie einer, der in den nächsten
augenblicken die frau auftauchen sehen wird, von der er weiß,
daß er sie bald liebt.

Es ist gegen vier uhr nachmittags, ein strahlendblauer julitag,
die strandpromenade von Ostende liegt in gleißendem sonnen-
licht, von England her weht eine angenehme brise, die blätter
der bäume bewegen sich leicht und harmonisch, ich sitze in der
offenen veranda einer bar und lese in einem maschinegeschrie-
benen manuskript, das ich gestern nachts begonnen, aber nicht
zu ende gebracht hatte…

… die wohnung, in die er nun eingezogen ist, besteht aus einer
winzigen vorkammer, einem kleinen waschraum mit toilette und
einem nicht viel größeren schlafzimmer, dessen einziges fenster, ein breites, niedriges oval mit gittern, nach dem park der
villa führt.

David Blennerhasset betrachtet das angegilbte wandbild, es ist
eine jener unseligen darstellungen aus den siebzigerjahren des
vergangenen säkulums, ein öldruck: grün wie welke petersilie,
blaßgelb wie schwefel bei vollmond, rot wie getrocknetes blut,
blau wie ein verlorener schal im aufbegehren der ersten morgen-

dämmerung, grau wie asche nach dem regen, aber kein tröstliches weiß, denn die nacht ist hart und knackt in allen gelenken des römischen hauses, das sich nun in dieser feuchten einsamkeit bewegt, als atme der boden, auf dem es erbaut ist.

Wem sträuben sich nicht die haare, wenn er von den nokturnen taten der ghoule liest; wem kriecht nicht kalt flüsternd das grauen über den rücken, wenn er, seltsamen träumen entwachend, mit einem male vernimmt, wie schreie sich fortpflanzen, die *nicht* von nachttieren stammen, wohl aber aus den künstlichen eingeweiden der erde; wem steht nicht für eisige augenblicke das herz stille, wenn das, was er als verirrten windstoß erhofft, sich in der unverschlossenen zimmertür fängt und diese krachend aufwirft . . .

Die sonne fällt funkelnd durch das dichte laub der straßenbäume, ich lege mein nicht zu ende gebrachtes manuskript, wenn auch nicht angewidert, so doch lustlos zur seite, was sollen mir diese artifiziellen alpträume in dieser schönen bläue des nachmittags, der sich in dem baumelnden metzgermesser spiegelt?

Vor der schlächterei nebenan steht die metzgerin, eine brünette, nicht all zu füllige frau mit weißer schlächterschürze, sie blickt blinzelnd einem milchauto nach, es ist ebenso cremeweiß wie die schürze der metzgerin, sie nimmt ihren rechnungsblock, den sie vorne an der ordentlichen brust stecken hat, unterdrückt ein gähnen und notiert die nummer des milchautos. Der schwammige herr mit dem kürzeren fuß unterbricht einige meter von mir seinen spaziergang, nimmt eine zigarette aus dem etui und zündet sie umständlich an; er betrachtet dabei einen hund, der sich nicht ganz entschlossen um den stamm einer platane spreizt, er sieht für einen moment zu mir her und ich bin dadurch überzeugt, daß er kaum an eine frau denkt, die im nächsten augenblick auftauchen könnte, sondern eher an sehr, sehr ungutes.

Die sonne fällt funkelnd durch das dichte laub der straßenbäume und flimmert auf dem eisstückchen meines campari; der herr, dessen augen ich nun ganz aus der nähe gesehen habe, wirft das abgebrannte streichholz fort und pafft einige rauchwolken nach dem grünen himmel der platane, ehe er seinen weg fortsetzt. Nein, dieser herr denkt gewiß nicht an eine frau, die anzubeten er sich vorgenommen hat! Aber an was denkt er?

Ich wende mich nun wieder der hübschen metzgerin zu. An was wird *sie* schon denken als an sehr, sehr viel geld? Ja, mein lieber, sage ich mir, wer würde nicht an sehr, sehr viel geld denken?

Ich tue es – das ist menschlich! Blöd werde ich sein und anderes im sinne haben! Die metzgerin denkt eben auch an nichts schöneres als geld. Wozu hat sie denn diesen fettigen rechnungsblock vor ihrer gewiß recht appetitlichen brust? Das ist kein gebetbüchlein, mein bester! Die kälber, lämmer und schweine sind ihr vollkommen wurst; ihr tod oder leben schert sie keinen furz, sie sind ihr bloß ein mittel zum zweck – und der zweck heiligt die mittel, banal aber wahr... Sei doch ehrlich, du denkst doch genau so wie die schöne joviale metzgerin mit ihrer weißen blutschürze und mit dem eisblanken streichmesser!

Was aber denkt der herr mit dem kürzeren fuß?

Die luft über meinem campari ist salzig und frisch, tausend bunte colibris ritzen ihre kristalle, das diminutive knistern ihrer kleinen schnäbel dringt auf mich ein wie echos einer ans ohr gehaltenen leeren seemuschel. Ich nippe an meinem campari und pervertiere seinen sakralen septembergeschmack mit diesem starken atem eines maritimen julis, der um mich zugange ist.

Das milchauto und der schwammige herr mit dem kürzeren fuß sind verschwunden – sie hinterließen eine flüchtig hingeworfene nummer am rechnungsblock der metzgerin und ein abgebranntes streichholz, das keine zwei meter vor mir auf dem boden liegt. Der hund, eine bulldogge, ist nun am zeitungskiosk und beschnuppert eine mit reißzwecken befestigte Raquel Welch, er spreizt sich wieder und scharrt mit den hinterbeinen; die metzgerin geht in ihren laden zurück, sie schiebt sich förmlich seitlich durch die sehr schmale ladentür, sie ist, wie gesagt, eine ziemlich breite, wenn auch nicht korpulente frau, nicht sonderlich groß, aber wie gesagt wuchtig – das porträt einer rechtschaffenen, schönen metzgerin.

Frau Tarlyon, die bordellbesitzerin, die ich gestern abends, nach drei tagen, wieder im Embassy Club sah, schlachtet, wie mir der alte major Delvaulx berichtet, zu ihrem vergnügen enten und gänse, sie nimmt ihrer köchin diese umständliche arbeit gerne ab. Das soll so gehen: eines ihrer mädchen hält das geflügel zwischen seinen zusammengepreßten schenkeln fest, frau Tarlyon, ebenfalls nackt, bindet sich eine plastikschürze vor – und rratsch! ein vogelkopf schwirrt verwirrt durch den lila salon. Das messer, das sie dazu verwendet, soll stets das selbe sein. Es ist übrigens 30 cm lang, 5 cm breit und verjüngt sich erst ab dem 23. cm in eine scharfe spitze, eine art dolch also, und von der marke dessen, das man vor einigen nächten im Embassy Club aus dem hinterhalt nach ihr warf.

Der schwammige herr mit dem kürzeren fuß von vorhin sah keineswegs wie der von mir entworfene David Blennerhasset aus, er glich schon eher jenen halbschattenwesen, die Blennerhasset im verlauf der sich entwickelnden geschichte umgeben werden. Blennerhasset bin ich selbst, mein sinnen und trachten ist nicht immer das unbedingt humane – allein der herr mit dem kürzeren fuß, der so plötzlich aufgetauchte und wieder verschwundene, sinnt und trachtet nach etwas, das mit menschlichen mitteln kaum erreichbar scheint... Einmal, als man im haus der frau Tarlyon einen ganzen schwung set-jetangehöriger erwartete, soll die Olga Monteiro für ihre chefin ungefähr zwanzig gänse gehalten haben – ihre beine schwammen in einem gehörigen blutbad, beteuerte vergnüglich schaudernd major Delvaulx. Olga Monteiro, eine Argentinierin, soll die rechte hand der frau Tarlyon sein, ich würde sie aber eher als deren zwillingsschenkel bezeichnen. Jedenfalls sind die beiden dem vernehmen nach dicke freundinnen, und ich habe sie häufig zusammen im Embassy Club gesehen. A propos Embassy Club, kurz EC. genannt: der mixer José ist wegen seiner verletzung seit dem fatalen vorfall in krankenurlaub – das frau Tarlyon zugedachte dolchmesser traf ihn an der rechten schulter. Seine stelle vertritt jetzt ein Engländer namens Tom, ein etwas mickriger, ledergesichtiger mensch aus Liverpool, der wie ein fußballreferee aussieht und auch wahrscheinlich einmal einer war. Er kennt noch keinen seiner gäste und muß jedermann um seine besonderen wünsche fragen. Bei José war alles viel weniger umständlich, der wußte seine liste schön auswendig...

Ich muß hier an dieser stelle wie von der bewährten tarantel gestochen aufspringen, entsetzt in die höhe fahren, kreidebleich im gesicht werden, mein herz wie einen gefangenen raubvogel in der kehle verspüren! Etwas grauenhaft schreckliches ist soeben passiert, mein dunkler anzug ist über und über mit staub und kalkteilchen bedeckt, mein campariglas zerschellt am gehsteig, das eisstückchen schwimmt, nein liegt in einer hellroten lache, die sonne flimmert nicht länger darin, es ist zu diesig, meine langsam wieder erwachenden bewegungen vollziehen sich in einem groben nebel, es riecht nach einer art überhaupt nicht existentem sprengstoff. Was hier meine geruchssinne streift, hat meinem gefühl nach mit nichts irdischem gemein – der laden der metzgerin, der laden jener frau mit der milchweißen unschuldsschürze und dem bedeutenden busen ist vor einigen augenblicken mit all seinen schweinen, lämmern und kälbern explodiert...

Eine bombe? Ich frage mich: wer trachtet an einem tag wie diesem einer metzgerin nach dem leben? Ginge es um die ausderweltschaffung der frau Tarlyon – schön, man könnte sich arrangieren, aber wer haßt eine gewöhnliche und sogar nicht einmal unhübsche metzgerin, die nichts anderes im sinne hat als durch ihr erlerntes metier geld zu verdienen?

Das ladenschild mit den glitzerbuchstaben ist seitlich heruntergerutscht, die aufschrift »Charcuterie« fällt wie eine kleine kaskade senkrecht ab, die music-box im dämmerigen hintergrund der bar, auf deren veranda ich sitze, spielt ungerührt ›Che cosa tu mi hai messo nel caffè‹, die streunende bulldogge hat sich durch die polizeisperre gemacht und schnuppert an den trümmern, die bis in die straßenmitte reichen, herum, der hund hebt das linke hinterbein und pißt.

Soeben hat man die betroffene stelle abgesperrt, eine ambulanz ist zu erwarten, schon fährt sie vor, sanitäter springen aus dem auto, eine bahre rutscht auf kugellagern ins freie, man trägt sie eiligst in das rauchende loch einer ehemaligen metzgerei...

Ich sehe nun wieder den eigenartigen spaziergänger – er steht einige meter vor mir, aber diesmal ist von einer verkürzung seines beines nicht das mindeste zu merken und auch sein gesicht ist alles andere als schwammig; er entnimmt seinem etui eine zigarette, entzündet sie mit einer flotten bewegung und blickt abermals für einen kurzen moment zu mir her – er hat eine blume, nelke oder gardenie am rockaufschlag befestigt und ist nun tatsächlich vergnügt, wie einer, der in den nächsten augenblicken die frau auftauchen sehen wird, von der er weiß, daß er sie bald liebt. Er denkt bestimmt an nichts anderes, ich irre da gewiß nicht...

Ich werde einen neuen campari bestellen, es riecht stark nach staub und nach etwas, das möglicherweise an schwefel erinnern könnte, die sonne flimmert jetzt durch myriaden staubteilchen und funkelt auf meinem camparieisstückchen, wenn ich die rote flüssigkeit im glas leicht hin und herschüttle.

Der laden von frau Waroux explodierte aus unerklärlichen gründen präzis vier uhr zehn mitteleuropäischer zeit. Es ist jetzt vier uhr zweiunddreißig, 21. Juli 1969 und dank einer frischen atlantischen brise das herrlichste wetter von der welt.

Die Stellung eines Entsprungenen

Man hat mich nicht zu Unrecht hineingesteckt. Ich bin zu Unrecht herausgegangen. Ich bin einige Kilometer gegangen. Vor einiger Zeit bin ich über die Straße gegangen, bin der Länge nach über die Straße gegangen, und über meinen Haaren sind Äpfel, Blätter und Bäume gehangen.

Du kannst hierbleiben. Wir haben noch einen Mann zuwenig, sagte mein Cousin und schob mich mit seinem starken Arm in die Gesellschaft, die auf den Anbruch des Tages wartete. Verstehst du etwas von der Jagd? – Von der Jagd? – Wir haben schon eine gewaltige Strecke, die im Hof und auf dem Dachboden, welche meine Korridore und Keller... Ich fragte meinen Cousin, der mit der Verbreitung von Werbetexten ein großes Vermögen verdient hat: Und in meinem grauen Anzug, wie nehme ich mich damit aus? Und in meinen genagelten neuen Schuhen? Mit meiner randlosen Brille, die, sieh es dir nur an, mit einer goldenen Schlaufe hinter mein Ohr gehakt ist? Und wie mache ich mich mit meiner Frisur, die noch immer die gleiche ist? Sehe ich einem Jäger ähnlich?

Wenigstens die Augengläser funktionierten; ich konnte in aller Deutlichkeit sehen, daß sich die Gäste bei meinem Eintritt erhoben und schweigend verharrten, bis ihnen mein Cousin einen Wink gab. Ich hatte mich einige schwere Kilometer zu dem Landbesitz meines Cousins durchgeschlagen, in dessen Nähe sich an den Straßenrändern die Tafeln mit seinen Einfällen häuften und dichte Wälder dahinter beiderhand über die Ebene rückten. Wenn aber, da wir alle untereinander sehr gut bekannt sind, schärfte er mir ein, nachdem er mich unter einem Namen vorgestellt, den ich nie gehört hatte, jemand nach deiner Herkunft frägt, sagst du dies in ganz gewöhnlichem Gesprächston: Ich bin der Freund und Buchprüfer unseres Gastgebers, der mich nach erfolgtem Abschluß veranlaßt hat an dem letzten Tage der Jagd mitzuwirken. Deine Tischdame wird in allem zur Anteilnahme neigen, unterrichtete er mich weiter, und hier ist nun dein eigenes Eß-Besteck. Nimm die Gabel in die Linke und umschließe den Griff des Messers nicht so ungeschickt mit der Faust. Dies ist dein Schlafzimmer und vergiß nicht, daß wir sehr früh am Morgen losreiten, daß es sich kaum mehr lohnt,

dir deinen grauen Rock herunterzuknöpfen und dich hinzu-
legen.

Weil du mich niemals besucht hast, dachte ich, weil du nie an
den Sonntagen mich betrachtet und mit mir zu reden versucht
hast, willst du mich, willst du es nun wieder gutmachen, in das
Moor mit deinen kräftigen Pferden und von den vergangenen
Jagden noch erschöpften Gästen schicken. Willst du mich be-
sänftigen, weil ich ohne Rücksicht über deine Gehege geklettert
bin und mich um den rechten Weg nicht gekümmert habe. Dies
ist deine Tischdame, sagte er mit strahlendem Lächeln, mehr
schon zu ihr gewandt, und schob mich in die Gesellschaft, die
sich aus den Schäumen ihres Gesprächs erhob, unterhalte dich
vernünftig mit ihr, dann wird niemand merken, wie weit du
gegangen bist.

Wie oft habe ich nun von der Jagd geträumt? Ich hatte mich aus
dem Bett erhoben und war zu Unrecht davongegangen. Ich
habe mich aus dem Gitter gezwängt und aus dem Staub gemacht.
Die Männer mit den Schlüsseln und Nadeln haben mich meiner
behaarten Schultern wegen mit einem Gorilla verglichen. Die
Ärzte haben mir ab und zu auf die Schulter geklopft und mich
einen Affen genannt, weil ich mein Essen hineinschlänge wie ein
Wilder. Unter dem Gitter bin ich gelegen und habe das feuchte
Baumblatt gespürt, das ich von der Gartenarbeit mit herein-
nehmen durfte, mit dem ich meine glatten Wangen befeuchtete,
die mir die Männer mit den Schlüsseln, den Tabletten und den
geschickten Händen, die sie mir mit dem Messer geschoren
haben. Die Besucher, von den Ärzten aufgefordert, haben mir
die Hand gereicht und mich mit einem Tier verglichen, da ich
die Wildheit eines Affen besäße.

Mit der Vermietung von Werbeflächen wirst du schön reich
geworden sein? fragte ich meinen Cousin, der mich mit dem
Arm vor sich auf die Dame zu schob; Du willst nicht wissen,
wie ich gekommen bin? – Ich kann dich brauchen, bleib hier,
sagte er ungenau. Jeder Mensch hat seinen Platz in der Gesellschaft, ganz allgemein, nimm dich zusammen.

Also sitze ich zwischen den Stühlen der Gäste auf meinem Stuhl
und darf mit keiner Bewegung mein Dasein verraten. Hier sitzt
der Buchprüfer meines Cousins und läßt sich zur Jagd einladen,
der schon mit Messer und Gabel zu essen und viele Tage über
gerade Straßen zu gehen vermag unter Äpfeln und stillen Bäumen, seine Brillen stehen ihm gut und er spürt die Kälte des
Leders des Sofas im Nacken, auf das er sich mit seiner Dame

zurückzieht. Nur verstehe ich von den Gebarungen, und verstehe ich, führe mein Gespräch schon ganz ordentlich, vom Weidwerk nicht allzuviel, ich brauche ein Paar handfeste Schuhe dazu, und nichts weiter als ein scharfes Gesicht vor dem Visier und hinter den blanken Brillen, mit denen ich mich als den Buchprüfer meines Vertrauten zu erklären habe. Unter den weißen Kerzen, mit den beladenen Tellern ziehe ich mich schrittweise an ihrem Arm in das Sofa zurück, in das Leder, das uns umfängt, kauern wir uns wie guterzogene Hunde, wie es der Cousin an meiner Seite, den Mund voll guter Ratschläge, zu meiner Rettung befohlen hat. Es bedeutet für mich die allererfreulichste Erbauung, mit einer Dame zu plaudern, die so reizend wie Sie versteht zuzuhören, sage ich, und, wenn Sie mir weiter folgen wollen, da wir nun einmal für diesen Abend bestimmt sind, bin ich zufällig über die Mauern und Straßen hereingekommen und gebe mich als der Buchprüfer meines Freundes aus, um Ihnen nicht die Gefahr unserer Situation bewußtwerden zu lassen. Es lebte einmal ein Mann beinahe bis an sein Ende bevor man ihn fand. Dann gab man ihm einen Namen, eine Urkunde, Geschwister und Enkel, und kleidete ihn nach den Gesetzen ein. Jesus, Maria und Mutter Gottes, stehe uns bei.

Auch haben sie mich, wenn sie sich nicht mehr zu helfen wußten, mit einem Idioten verglichen, obgleich mir die klassischen Merkmale des Idioten: hängende Unterlippe, gesenkte Lider und Pelzmützenfrisur, fern und fremd waren wie etwas. Wie man jemand ärgerlich einen Idioten nennt. Man hat mich mit aller Berechtigung hineingesteckt, und ich habe bessere Fortschritte gemacht, als sie erkennen wollten. Ich bin aufgestanden. Ich bin gegangen. Ich kam. Mein Cousin zeigte mir die erlegten Tiere, die Mauern seines Gestüts von außen und die Ausrüstungen des Weidwerks in allen Einzelheiten. Hast du ein scharfes Auge? – Und du? – Eine sichere Hand? – Ich möchte nicht länger hier bleiben. Man wird mich suchen. Mit aller Anstrengung suchen. – Ich weiß. – Bin zu Unrecht gegangen. – Nur ruhig. Ruhig.

Bei der Jagd werden sie einen Kreis bilden und langsam aufeinander zugehen. Der Kreis wird sich verdichten. Die Bediensteten werden vermeinen, in einer geraden Linie zu stehen, von einer Grenze zur anderen, da sie sich nur um ihr eigenes Fleckchen kümmern, das sie unter den Füßen haben, und plötzlich Auge in Auge sein, in einem Revier, das sie gefangen und eingekreist hat, die noch keinen Kiel gebrochen haben, keinen Lauf, mit Stöcken und Ruten die Beute uns zutreiben sollen, das sich um uns hebt und gefaltet wird, uns in seine Mitte gleiten läßt wie in ein großes Tuch, das an den vier Zipfeln angehoben wird, in das Moor, vor die Barriere, an der ich meine Büchse in Anschlag bringen. Ihr werdet mir doch helfen, meine Füße zu setzen? Meine Büchse zu heben? Ihr werdet mir helfen? Ruhig nur. Ich stürzte vom Pferd.

Wir sattelten und plauderten, die Gäste noch mit schlaffen Gesichtern, wie sie sich übernächtig aus ihren Sitzen erhoben hatten. Auf den Dachfirsten seines Anwesens streckten sich die Tauben zum Abflug, und mich ließ mein Cousin, nachdem er mich aus dem Haus geschoben und meinen Fuß in den Steigbügel gesetzt hatte, vor allen anderen Gästen los. Sehe ich denn aus wie ein Jäger, mit meinen neuen Brillen und diesem städtischen Anzug? Meine Dame war herzugetreten und musterte meine Erscheinung. Sie sehen gut aus, grau und fahl wie die Dämmerung, ermunterte sie mich. Und er bekam einen Namen, mit dem er wieder von vorne beginnen mußte, sagte ich zu ihr, an das unterbrochene Gespräch anknüpfend, und gab meinem Pferde die Sporen, daß sich die gekalkten Wände und das Geschirr und die blinden Fensterläden von meinem Gesicht rissen. Sie erinnern sich doch an nichts? Sie werden mich nicht verraten? Ich nehme mich doch sehr zusammen, rief ich noch zu ihrem erhobenen Mund, den sie offen hielt, um meiner Unterhaltung leichter zu folgen, und schoß, suchte Halt an dem glatten Fell, bei den Toren hinaus, die mein Cousin die Nacht über aufgemacht hatte. Bald war ich, der ich das Jagen nicht mehr gewohnt war, das Reiten niemals erlernt hatte, den anderen ein beträchtliches Stück voraus. Ich ritt, den Kopf am Rücken des Pferdes, halb schlafend, nicht auf den Weg und auf die Rufe achtend, die sich von mir entfernten. Ich stürzte im ersten Büchsenlicht.

Es fehlen die Gäste, die mir gefolgt sind, das Jagdsignal, das mir ihr Kommen anzeigt. Ich stürzte vom Pferd, als ich anhalten und zu der Barriere gehen wollte, welche die Bediensteten in langer Arbeit errichtet hatten, und sah nun sie erst das Wild herantreiben, weniger dies, als von allen Richtungen mit ihren Stöcken Lärm und Unruhe schaffen und aus der Schneise die Gäste heraufjagen, die mich nach kurzem Zögern in Sicherheit wußten. So träumte ich von der Jagd, als ich an mein Bett geschnallt lag und ein Stück des Himmels aus dem vergitterten Fenster schwimmende Rechtecke in meine Pupillen schnitt. So sah ich mich vom Pferd steigen und Ihnen aus dem Sattel helfen, murmelte ich in das Fell des Rückens des Tieres, als sich die heiße Öffnung in meinem Nacken in mein Bewußtsein zu brennen begann, und mich an der Barriere lehnen, Zigarette im Mundwinkel, Büchse im Anschlag, Ihnen, wie es mein Cousin gewünscht hat, meine kleinen Geschichten erzählend. Daß er mich niemals besucht hat. Daß ich den ganzen Tag in der Mitte der Straße gegangen bin, während links und rechts die Wagen an mir vorbeizischten und die Fahrer mir mit den Fäusten drohten und aus den Fenstern brüllten. Mit dem gesparten Geld habe ich im nächsten Ort einen grauen Anzug, eine randlose Brille mit goldenen Klammern und ein Paar genagelte Schuhe erstanden. Feste Schuhe, sagte ich zu dem Verkäufer, die meine Füße festhalten und unverrückbar in das Leder treiben. Wir haben im Garten spielen und einfache Arbeit verrichten dürfen, stellten uns vor den Wagen des Aufsehers und betrachteten unsere gequetschten Gestalten im Chrom der Radkappe. Wie schnell man vergeht, sagte einer der Hoffnungslosesten, je weiter wir weggehen, umso tiefer verschwinden wir in unserem Bild. Ich lag auf dem Bett und träumte von den glanzvollen Jagden meines Cousins. Das Jagdhorn! Der auf den Baumstrunk gestützte Fuß! Die angenehm in die Hüfte gestemmte Handwurzel! Unser anstandslos fließendes Gespräch! Das Ausdrücken der Zigarette am feuchten Holz und das langsame Anlegen des Visiers. In die Schlacht! Daß ich gelegen bin und in rasender Geschwindigkeit meine Zehen unter der Bettdecke bewegt habe, als Zeichen, daß ich noch lebe, aus Angst, nicht mehr aufzuwachen, sollten die Füße einmal zum Stillstand kommen.

Wir haben die Beute aus den Augen verloren! schreie ich meinem Cousin über die Achsel über die ungeduldigen Pferde zu und beginne Geschmack an dem Treiben zu finden. War es aber nicht ein guter Ritt? Ich wende mich um und sehe wie sich das Visier seiner Büchse von meinem Nacken senkt. Was habe ich hier verloren? Ich stürze und greife mit der im Fall erhobenen Hand an meinen brennenden Nacken. Was habe ich hier zu suchen, über dem Boden, auf dem ich zu Unrecht geritten bin? Die Gesellschaft hat es gewünscht. Schuhe, Kleider und Haare fallen mit mir. Sie hat mich zu Unrecht in ihre Mitte genommen, in die Mitte des Hofes, in das Hufeklappern, das über den steinernen Boden flog und aus den Toren hinaus. Sie haben einander aus den Toren gestoßen, deren Flügel in ihre Schenkel schlugen und sind auf mich zugeschossen von allen Hügeln und Wegen, als sie mich in der Enge wußten. Sie haben mich in ihre

Vergnügungen eingeordnet; um sie nicht vor den Kopf zu stoßen, sollte es mir gelingen, mit diesen geschwinden Veränderun-
gen schneller fertig zu werden, mich in der heißen Öffnung des
Nackens zurechtzufinden; Fragen an den Gastgeber, dessen Visier sich in die trockenen Zweige gesenkt hat, spreche ich in das
nasse Fell hinein: Warum hast du ein so gutes Auge? Eine so
sichere Hand gezeigt? Da mein Kopf sich unter den Schuh
senkt, steigt der Horizont über Ohr und Scheitel zur linken Seite,
aus ihm heben sich die Helme und Schultern der Bediensteten,
die man herbeigerufen hat, ihr Wams leuchtet in der Morgensonne, was für ein Überfluß um meinetwillen; das Laub, die gel-
ben Blätter spritzen unter den scharfen Hufen auf, mein Gesicht
ist voll Blätter und Erde. So zwar habe ich es mir vorgestellt:
im Mittelpunkt zu sein, meinen Körper an der Barriere, an dem
Körper des Pferdes, aber nicht habe ich mir den Kopf zerbrochen, wie ich euch dazu nützen könnte. Ich stürze und greife mit
der im Fallen hochgerissenen Hand an die Wunde in meinem
Nacken. Nicht von hinten; habe ich ihm das verschwiegen?
Vielleicht hat er mich einmal besucht und gezeigt, mit welchen
Dingen er umzugehen weiß. Meine Hand streift an das schwit-
zende Fell. Noch stecken die Schuhe an meinen Füßen. Nase,
Knochen und Muskeln fallen mit mir. Ich stecke in meinen
Schuhen und stürze, den Fuß im Bügel, die Hand erhoben, da
sie näherkommen, die Freunde des Gastgebers, auf einen Mittelpunkt zu, um den herum mein Körper zum Erliegen gelangen
soll. Die Augen fallen mit mir, und alles, was ich mein Eigen-
tum nenne. In diesem Augenblick, der Fuß ist aus den Angeln
befreit, die Handfläche verläßt das Fell, hat sich das Gestell der
Brille von meinen Ohren gelöst, es hängt neben mir in der Luft
und fällt ohne Verbindung mit seinem Träger und doch in der
gleichen Richtung. Einmal hatte ich damit Einlaß gefunden – –
Was für ein Tumult? Ruhig nur, laßt mich die Wunde zeigen.
Die Gäste kämpfen mit den Fäusten darum, in der vordersten
Reihe zu stehen. Ich gehöre ihnen. Vor meinen Ohren lassen
sie sich von meinen Verbrechen erzählen, Verbrechen wider
die Natur und wider die Leidenschaft. Zwischen dem leeren Sattel und den verwelkten Blättern, die mir unter den Füßen der
Gäste entgegenprasseln, gelingt es mir, mich aus der Enge der
Zügel zu lösen. In der Linse, die aus der metallenen Fassung
gesprungen ist, fängt mein Blick die Spiegelung geäderter
Kugeln, den Kopf des verstörten Pferdes, welches das Maul auf-
reißt und an den Zügeln zerrt, die sich in seinem Biß verhängen.

Die Fichten, hoch und gerade beim Ausritt, bündeln sich aus den Rändern und auf die Mitte zu. Wartet, ich bin noch nicht so weit. Ich kenne das Gesicht meines Cousins sehr wohl. Im Schliff des Glases ist seine Nase auf ein lächerliches Ausmaß vergrößert, das mich jedoch nicht zu täuschen vermag, während seine Arme weit in der Krümmung zurückliegen, in der Geste der Besorgnis, und halb der Erleichterung, umgewendet, herbeigewunken, seine Gefährten und Jäger, hätte ich sie nicht schon lange gehört, nahe Gesichter, die sich über mich beugen, ehe ich noch den Boden berührt, das Pferd verlassen habe. Wie groß es ist, als glitte ich Tage lang darüber hinab, und wie warm sein Fell! Wie heiß mein Nacken, den die im Fallen verbliebene Hand sucht! Mein Körper stürzt seit Tagen hinunter, wie die Bäche aus meiner Wunde über den Rücken stürzen, wie die Äpfel aus den Ästen, zwischen denen ich so lange gegangen bin und die mir sagten: jetzt ist Jagdzeit, geh hin. Der Wald atmet aus, was für ein Tumult, die Bediensteten werden entlassen, sie haben ihre Aufgabe erfüllt, ihre Köpfe sind groß vor Enttäuschung, mit ihren Stöcken schlagen sie zornig an die Rinde; und die Gäste, das Geschlinge und Gerede stapft auf die Mitte zu, in der die ersten Finger der ersten Hand, während die letzten noch mit dem Zügel kämpfen, der Mund etwas sagen, der Hals sich beugen will, das Brennglas sich über seinen Inhalt verdunkelt, die ersten Finger die äußerste Spitze des obersten Blattes berühren, tritt auf den Entflohenen zu; die Zähne entblößen sich und geben die Zunge frei:
Er war, nehmen wir einmal diese Wahrheit an, diese Seite jener, ein Täter, für dessen Anhaltung sie keinen besseren Vorwand wußten.
Und geben den Schlund frei:
Das will bedeuten, stößt der Gastgeber hervor, die Tage verbrachte er in seinem Käfigbett, eine Verständigung mit ihm war unmöglich.
Und geben die fröhlichen Schreie frei. Und geben das Lachen frei. Die fröhlichen Schreie.
Ich falle vom Pferd und zeige ihm die Öffnung in meinem Nakken, da die Hand bereits die ersten Blätter berührt. – Und die Nahrung mußte man ihm in den Mund zwingen, könnte ich seine Rechtfertigung aus den Herbstblättern heraus vollenden, wenn er mir noch ein wenig Zeit, mich in Ruhe, nein, in überstürzter Hast, um noch alles hervorzubringen, alles erklären ließe, wenn mir das Reden nur nicht zu schwer fiele, um die

Dankbarkeit für meine Aufnahme zu einem Ende zu führen, – seine einzige Ablenkung war die Aufnahme dieser Nahrung, da man ihn anderes nicht mehr tun läßt. An Sonntagen darf er Besuch empfangen, doch er erkennt niemanden. Vielleicht ist es ein Verwandter, ein Cousin, auf den er so lange gewartet hat. Er liegt rücklings in seinen Kissen und stammelt Wort um Wort vor sich hin. Ich bringe ihm Geschenke, habe einen seidenrosenen Faden um ein langes, teils hölzernes, teils metallenes Ding in der Hand, ich halte es schräg, halte es ans Auge, an mein grünes, und die Wände drehen sich schnell, die Pfleger richten sich auf, wie von Vorahnungen gepeinigt. Irgend ein Weg ist frei. Das blöde Lallen seiner Zimmergefährten wandelt sich zum Gebrüll; werden sie endlich zu Bett gebracht?, das runde Metall ist kühl auf seiner Stirn, er versucht den Druck mit dem Arm wegzuwischen wie eine Fliege oder einen Tropfen, der sich auf seiner Stirn festgesetzt hat. Er kommt immer wieder. Nicht hier, sagt er, nicht hierher. Nicht in meinem Zimmer. Nicht hier! Nicht auf die Stirn. Nicht jetzt! Ein anderesmal, nur nicht hier. Nicht jetzt. Nur nicht jetzt.

Der fremde! störenfried der ruhe eines sommerabends der ruhe
eines friedhofs

der fremde ist ein haufen ungewaschener eingeborener. der fremde fühlt sich von ihr gleichzeitig angezogen und abgestoßen. es
ist sehr wichtig daß der fremde engen kontakt mit den menschen hält die er für seine arbeit braucht. daß er ein gerngesehe-
ner gast ist hat er sicher schon bemerkt. es kommt ihm ein
zufall zu hilfe. der regen beginnt ohne vorwarnung. der wagen
gerät etwa einen kilometer von der tankstelle entfernt ins
schleudern. der mit dem bloßen schrecken davongekommen
ist macht sich auf den weg um land und leute kennenzulernen.
land und leute machen den denkbar besten eindruck. land und
leute drücken so stark auf ihn ein daß er mit weichen knien den
gasthof betritt. es entgeht ihm daß das gesicht des stubenmäd-
chens leichenblaß geworden ist. die trafikantin greift sich mit
einem ächzlaut an die kehle. sie trägt ein kleid ohne jeden modi-
schen pfiff. der fremde macht eine wegwerfende handbewegung
und zwei wegwerfende fußbewegungen. das gespräch zu dritt
dreht sich fast ausschließlich um schußwaffen von denen der
fremde allerlei versteht. irgendwann einmal allerdings seufzt
er über die leidige geldfrage. der schwerenöter der sich am andren ende der leitung befindet.
in der kleinstadt kennt jeder jeden da grüßen sich alle und plaudern über ihre kleinen größeren und größten sorgen da ist jeder
für jeden da. da wecken widersprüche mißtrauen. ein fremder
fällt sofort auf und noch dazu ein alter seebär und budiker der bei
streitgesprächen immer die lacher auf seiner seite hat. der sarg-
macher kann ein lied davon singen. das einzige was ihm
schwerfällt ist freunde richtig auszuwählen. das ist ein zeichen
daß dem alten die arbeit flink von der Hand geht. diese großtat
bildet den hintergrund für ein erfülltes leben. es ist so sauber daß
man vom fußboden essen könnte. sie ist modisch auf dem laufenden. nur keine eile. ihr gesicht spiegelt helles entsetzen. der
fremde den sie eben noch mit geheimem stolz betrachtet hat ist
nicht der für den er sich ausgibt sondern ein andrer. formvollen-
det spielt er dann an der seite seiner frau einer korpulenten gut-
mütigen person den aufmerksamen gastgeber und liebevollen
ehegatten. er kehrt bei jeder gelegenheit den herrn heraus. vom

schnee sind nur mehr einige häßliche verfärbte flecken im wind-
schatten der häuser zu sehen. der fremde geht nicht auf diesen
halb ernsten halb scherzhaften ton ein. man kann sein herz nur
einmal verschenken sagt er halb bitter halb vorwurfsvoll. gar
nicht wie ein ehepaar sehen die blondine und der herr im anzug
aus. die meisten marmortische in der konditorei haben gesprun-
gene platten. auf denen sich kaffeepfützen mit kuchenbröseln
zu einem unappetitlichen brei vermischen. die junge serviererin
trägt ein sonniges lächeln zu brauner haut und zu sandalen. das
auffällige muster verlangt nach einem eher schlichten schnitt. sie
sieht neben der kaffeemaschine plötzlich ein paar hände auftauchen sich krampfhaft festhalten und wieder verschwinden. der
fremde sieht sehr sportlich und sehr männlich aus ein richtiger
nörgel im volksmund. ihre finger tasten nach dem telefonhörer
aber er hat die bewegung sofort gemerkt. bevor sie antwortete
vergewisserte sie sich mit einem blick daß der unter der tür wartende fremde nichts hören konnte.
der fremde ist selbst ein sehr hübsches mädel bis auf die ein wenig
vorstehenden eckzähne. trotzdem kommt er sich ein wenig vernachlässigt vor unter all diesen fröhlichen menschen die einander schon von klein auf kennen irgendwie gehört er nicht dazu.
der fremde ist selbst ein recht hübsches mädel bis auf die stark
vorstehenden bläulich verfärbten eckzähne.
nachdenklich stimmt den hausdiener die reisetasche des neuen
gastes. irgendetwas scheint nicht zu stimmen. auch das stuben-
mädchen (im bild links) schaut skeptisch. obwohl die elegante
ledertasche von altmodischer machart leer zu sein scheint ist
sie doch ungewöhnlich schwer. eine fahrradklingel schrillt
durch die menschenleeren straßen die unter der mittagshitze
brüten. die fensterläden sind geschlossen. das grellbunte dirndl-
kleid verdeckt nur notdürftig die beiden haarfeinen wunden am
hals. zielstrebig steuert sie das portal aus beton glas und chrom
an. der gendarm sitzt an seinem dienstschreibtisch und hört im
radio die neuesten totoergebnisse. da klingelt das telefon. er
hebt ab. mit einem ohr hört er weiter die totoergebnisse.
endlich schimmert das dunkle wasser zwischen bäumen und
büschen auf. der fremde bleibt nicht ruckartig stehen. er hat
keine mühe einen aufschrei zu unterdrücken. kein blutroter
schleier legt sich vor seine augen. er steht nicht erstarrt daneben.
seine zähne schlagen nicht wie im fieber aufeinander. diese
worte bringen ihn nicht zur besinnung.
das gegenteil ist in wahrheit der fall. ein echter brillant behält

seine steinerne kühle während sich imitationen aus glas in der hand schnell erwärmen. noch einmal kann sie den argwohn des fremden einschläfern. der argwohn des fremden fällt allen mit seinem schnarchen auf die nerven. bin ich mit dem gendarmerie posten in d. verbunden fragt der anrufer. bevor der gendarm etwas entgegnen kann hat der anrufer bereits aufgehängt und der polizeibeamte versinkt in nachdenken. der fremde jedoch der seine augen und ohren überall hat versucht sich in zukunft etwas besser zu beherrschen wenn ihn die gier nach etwas süßem zu überkommen droht. es handelt sich um schreie in der nacht die den leuten anlaß zu vermutungen geben. die junge bankbeamtin fährt ihrer unehelichen tochter im vorübergehen mit der hand durch das wuschelige haar und geht hinaus in die kleine diele. der hünenhafte hintermann durch den sie verstärkung erhalten hat macht keine anstalten sie zurückzuhalten. seine lippen sind so schmal wie ein strich geworden. als versteck für das geld wählt der fremde einen blumentopf. vorsichtig hebt er die pflanze des topfes und füllt ihn wieder mit pflanze und erde. auf seinen lippen schmeckt er noch immer den schalen geschmack frischen blutes. geh hinauf in dein zimmer kind das ist nichts für dich antwortet der hintermann. doch das kleine mädchen läßt sich nicht zurückhalten und stürmt hinaus. ein hoher spitzer schrei ertönt der in hilfloses wimmern übergeht. wieder sind die kleinen wunden kaum sichtbar. die junge frau sieht aus als schliefe sie nur. in wirklichkeit schläft sie nicht. sie ist wach.

jetzt erst kommt leben in den fremden. er springt auf und schließt sich dem kreis der beschwerdeführenden hotelgäste an.

unter viel gelächter gelärm und geschrei wird ein akkordeon herbeigeschleppt und bald zeigen halb traurige halb übermütige melodien die in den sommerabend hinausklingen die frohe laune der jungen menschen an. doch in all den frohsinn fällt ganz unvermutet ein wermutstropfen der die stimmung vorübergehend etwas verdüstert. das geschäft in dem der fremde einkauft ist bis in die späten abendstunden geöffnet. es ist ein familienbetrieb. der fremde verlangt eine kleinigkeit und unterhält sich dann mit der tochter der ladenbesitzerin über all den klatsch der sich im laufe eines jahres in einem dorf in einer kleinstadt so ansammelt.

wie absichtslos berührt er die stelle an ihrem hals wo das blut sichtbar pulsiert. scheinbar absichtslos läßt er die hand von der stelle an ihrem hals wo das blut sichtbar pulsiert tiefer gleiten. ein lautes kichern belohnt bald seine bemühungen dem ernsten teilnahmslosen mädchen etwas frohsinn abzulocken. keineswegs absichtslos war seine bewegung zum hals des mädchens an die stelle wo das blut sichtbar pulsiert.

in der wirtshausküche die ganz in mondschein getaucht ist hängen die faschingsorden des wirtes und schon dessen vaters. er war faschingsprinz seiner narrengilde in diesem winter. nichts kann dem mondschein einhalt gebieten. in der kammer schilt die wirtin noch einmal zum letzten mal für heute mit der magd.

kurz vor der einfahrt in den privaten parkplatz erlischt das scheinwerferlicht des grauen peugeot. im leerlauf rollt der wagen wie ein unheimlicher schatten lautlos (lautlos) durch die breite einfahrt in den hof.

in wirklichkeit aber arbeitet die charmante sommerfrischlerin für eine zeitung. wird der artikel erscheinen. der artikel wird niemals erscheinen. er sollte noch erfahren daß dies das letzte mal war daß er sie gesehen hatte. er sollte noch erfahren daß er sie niemals wieder sehen würde. er konnte nicht ahnen daß dies das letzte mal gewesen war. in welcher verfassung würde er sie wiedersehen. in einer ganz andren verfassung. jetzt endlich kommt leben in den fremden. er springt auf und eilt hinaus.

gewaltsam zwingt sich der fremde zur ruhe. er darf in den nächsten minuten keinen fehler machen. mit einer altmodischen geste küßt er der schönen tochter des wirtes die hand. prustend versteckt das mädchen die eben geküßte hand hinter dem rücken und eilt in ihr zimmer wo sie den nagenden bohrenden zweifeln anheimfällt. doch mitten im schönsten plaudern plötzlich ein geräusch das nicht hierher paßt ein geräusch das einen schatten über ihre vorfreude wirft. die tür die sonst immer knarrt schwingt heute auf einmal völlig lautlos und unmerklich auf. es lenkt den fremden zwei sekunden ab daß die tür nicht quietscht wie sonst. prüfend schaut er nach dem wetter. sie braucht länger als sonst um ihr gewohntes gleichmaß ihre gewohnte ruhe wiederzufinden. hinter der geöffneten mit moos bewachsenen tür führen frisch gewachste holzstufen in die tiefe die unerbittliche. erfolg: der fremde gerät in seelische verwirrung.

mit ihren graziösen elastischen schritten schlendert die bäckerin ihre einkaufstasche schwenkend zum wirt. die bierflaschen klirren bei jeder bewegung aneinander. der neue bäckerlehrling verfolgt sie auf seinem moped. wären die auffallend hervorstehenden eckzähne des fremden nicht kein mensch würde sich später noch an diese prekäre situation erinnern. so aber sind die auffallend hervorstehenden eckzähne des fremden vorhanden und jeder erinnert sich später an diese prekäre situation. der fremde ist wie gelähmt. er hockt noch lange in seinem versteck ehe er gegen elf uhr endlich zu seinem wagen zurückgeht und weiterfährt. in wirklichkeit war das ein wohlüberlegter schritt. ein schritt allerdings der ihm noch viel kopfzerbrechen bereiten soll.

ein tiefblauer himmel ist über das land gespannt. alles sieht heiter friedlich und geruhsam aus. aber das ist nur schein. der fremde ist ein hans dampf in allen gassen er ist wie immer schnell für etwas begeistert aber schnell verliert er auch jedes interesse daran. nur eines daran wird er immer festhalten. sie ist auch mehr etwas fürs auge als fürs herz. der fremde kann sich ihren jähen stimmungswechsel nicht recht erklären fragend blickt er von einer zur andren und wieder zurück von der andren zu einer. hatte er über diese aparten kleinen nebenbeschäftigungen die hauptsache vergessen wegen der er hier war. die niedrige schankstube ist in blasses mondlicht gebadet jeder gegenstand wirkt überdeutlich wie im schein eines halogenscheinwerfers.

bald darauf erscheint der fremde wieder in jenem lebensmittelgeschäft und erklärt daß er vorhin vergessen habe eine flasche rotwein zu kaufen was er jetzt nachholt. dabei fällt allen anwesenden die seltsame ruhe des mannes auf der seine zigarette so gelassen raucht als sei nichts besondres vorgefallen. es ist auch nichts besondres vorgefallen. sein gesicht strafft sich und ein scharfer schimmer glimmt in seinen braunen augen auf als er fortfährt. der graue peugeot der sich an das überholverbot hält schleicht hinter dem traktor her. ihren namen gibt die anruferin auch diesmal nicht preis aber man kann ihren worten immerhin entnehmen daß ihre wahrnehmung nicht eine von vielen ist. man kann ihren worten entnehmen daß ihre wahrnehmung über die bedeutung von vielen andren wahrnehmungen hinausgeht. es ist ein offenes geheimnis wohin die treppe führt nämlich ins bodenlose. es ist ein offenes geheimnis daß die treppe zu der familiengruft des wirtes dem einzigen nobelgrab des dorffriedhofs führt. obwohl der fremde mit den dorfbewohnern auf du & du steht gelingt es ihm nur schwer mit ihnen wirklich warm zu werden. in wirklichkeit weiß er mehr als er zugibt. die wirtstochter verzichtet darauf einen von ihren vier kornblumenblauen overalls anzuziehen. statt dessen wählt sie ein elegantes kurzes kleid mit tiefem dekolleté. der fremde hat einen gespannten unterton in der stimme.

wieder einmal senkt sich die nacht herunter. wie jeden tag senkt sich auch heute die nacht herunter die nicht arm an ereignissen sein sollte. der wirt hat wieder einmal mühe mit einigen angesäuselten herren vom stammtisch die nicht gehen wollen. diese frau ist schlauer als er bisher geglaubt hat. sie hat sofort erkannt daß der fremde ihr allein die schmutzige arbeit zuweisen wollte. aber da ist keiner der sie hören kann. das nächste haus ist mehr als hundert meter weit entfernt. da ist sogar der friedhof noch näher. der fremde geht nicht auf diesen ton ein. nervös betastet er die schärfe seiner eckzähne die ihm der zahnarzt wieder auf glanz gebracht hat. nun wird er gejagt der jäger ist zum wild geworden. er preßt sich eng an die hausmauer im matten schein des mondes sind gerade noch die konturen zu erkennen. sie bemüht sich krampfhaft die unabsichtlich entschlüpften worte wieder zurückzunehmen. aber ihre kinnmuskeln sind verkrampft sie kann nicht schlucken. es ist zu spät. gelähmt vor schreck sieht sie das unabänderliche näherkommen. einen handkarren.

dieses wort elektrisiert den beamten der nun endlich das radio vergißt und in die leitung hinein fragt wer sind sie. nennen sie mir erst einmal ihren namen. am andren ende der leitung hört man nur eine immer wieder von wildem schluchzen unterbrochene weibliche stimme die ununterbrochen einen namen ruft der allerdings in der allgemeinen aufregung vollkommen untergeht. der fremde kennt hier und in der umgebung jeden weg und jeden stein. er ist hier aufgewachsen. seine verblüffenden ortskenntnisse irritieren die dorfbewohner die den mann niemals vorher gesehen haben. als der fremde wieder hinter dem steuer sitzt beginnen seine gedanken zu arbeiten. die beiden sollen sich nicht ungestraft dieses schönen tages erfreuen. er muß sie finden. in diesem einen abschätzenden blick zeigt sie nicht die ganze verachtung die sie für den mann empfindet. der für sie nicht doch durchs feuer gehen wollte. die wirtstochter kauft keinen wundschnellverband. mit zusammengekniffenen augen schaut ihr kein fremder nach. die bäckerin trägt bei diesem wetter eine hochgeschlossene bluse damit man die haarfeinen wunden am hals nicht sehen kann. sie schämt sich vor ihrem mann ihren kindern ihren verkäuferinnen ihrem dienstmädchen ihren kunden vor dem fremden dem briefträger und vor den übrigen lästerzungen im dorf. daß sie nicht imstande gewesen war sich seinem drängen zu entziehen. der fremde hat es sich bequem gemacht eine hausjoppe übergeworfen und filzschuhe über die füße gestreift. er kaut an einem pfefferminz kaugummi. die wirtstochter sie trägt heute ein kleid spült mit der köchin das geschirr und kehrt dann in das extrazimmer zurück. du mußt nun bald ins bett sagt sie zu dem debilen fremden. er verstellt sich aber nur um zutritt zu haben wo er will. die gestalt im hellen rechteck des türrahmens bricht zusammen.

wenn es den fremden überkommt die durch fast nichts zu stillen-de gier dann kann er sich nicht mehr beherrschen. dann schleicht er wie ein hungriges tier durch die gassen. mit seinem gewohnten scharmanten lächeln zieht er die hand des knallroten mädchens an die lippen betrachtet aber weiterhin begehrlich ihren hals. die bäckerin geht mit seltsam weichen schritten wieder zu ihrem mann ins wohnzimmer. er blickt auf weil er nur augen für den krimi im fernsehen hat. so entgeht ihm nicht daß das gesicht seiner frau leichenblaß geworden ist. wer kennt sie nicht. eine minute ist vergangen seitdem vor dem gasthaus das hupsignal einmal kurz einmal lang ertönte. doch bisher ist niemand auf der türschwelle erschienen. er zieht hörbar mit einem leichten zi-schen die luft ein verbeißt die zähne vor schmerz. sie krallt sich in seinen arm. was sie hier sehen werden sie nie vergessen und wenn sie noch so alt werden. sie sehen hier das unvergeßliche. die kellnerin gießt langsam das bierglas voll damit nicht zuviel schaum verloren geht. doch ihre gedanken sind nicht bei der arbeit sondern bei der entsetzlichen begegnung im hausflur von vorhin. seine hände zittern nicht obwohl ihm das blut in den ohren dröhnt. das blut der jungen bäckerin dröhnt ihm in den ohren. der fremde hat kein verlangen ihr noch einmal zu begeg-nen. ein arm wird im hellen licht des türrahmens sichtbar. er steckt in einem blauen arbeitsanzug. wo bleibt der dazugehörige körper. die verschiedensten leute wollen die verschiedensten dazugehörigen körper an den verschiedensten orten zu den ver-schiedensten zeitpunkten gesehen haben.

und wieder ist es die wirtstochter die seine ehrgeizigen pläne mit einem einzigen wimpernzucken durchkreuzt. zum zweitenmal ist es dem fremden nicht geglückt einen anderen für seinen plan einzusetzen und es dämmert ihm allmählich daß er sich irgend-wie selbst an der tat beteiligen muß. der mond schickt sein kaltes licht zum fenster hinein und beleuchtet ein gespenstisches bild das nur durch das sanfte warme licht des mondes etwas von sei-nem schrecken verliert. es ist aber noch immer grauenhaft genug für einen sensiblen menschen. kaum ist der jungen frau der aus-ruf entschlüpft bemüht sie sich vergeblich die unbedachten worte wieder zurückzunehmen. sie gäbe viel darum könnte sie das von vorhin ungeschehen machen. die kerze flackert im luftzug droht zu verlöschen. die luft ist hier so heiß und stickig daß die lippen spröde werden die kerze brennt mit heller ruhiger flamme. doch was ist das. die augen des fremden weiten sich: der arm wedelt hin und her als wolle er ein zeichen geben.

das geheimnis wird seit generationen vom vater dem sohn übergeben und vom vater dem sohn vom vater dem sohn vom vater dem sohn vom vater dem sohn dem jetzigen enkel des alten wirtes. wer damit angefangen hat weiß man nicht genau. was der fremde in dem kleinen tanzcafé sieht gefällt ihm gar nicht. er sieht seinen zahnarzt mit der tochter des wirtes engumschlungen tanzen. die beiden jungen menschen haben keinen blick für ihre umwelt. sie haben auch keine ohren für ihre umwelt.

in diesem augenblick erscheint die frau des bäckers in ihrem blauen overall im hellen rechteck der tür. der fremde erkennt sie sofort dennoch hält er die gestalt im lichtfeld für ein opfer. langsam bewegen sich seine kiefer. wenn sie gerade kein gebäck verkauft gehen ihre gedanken in die ferne. irgendjemand lacht perlend auf beugt sich jedoch nicht zum fremden hinunter und küßt ihn stürmisch nachdem sie ihm nicht den kaugummi entrissen und weggeworfen hat. das bedeutet daß ihn hier nicht nur die honoratioren mehr als oberflächlich kennen. das ist so seine rauhe aber herzliche art. er pflegt mit dem feuer zu spielen und braucht sich dabei nicht zu wundern wenn er sich die finger verbrennt. die beiden gendarmen verbringen ihren arbeitstag größten teils in der kleinen muffigen dienststube an deren wänden gelegentlich steckbriefe aushängen für die sich kein mensch interessiert. der fremde fällt mit einem einzigen wuchtigen hieb eine entscheidung.

in ihrer rauhen schale steckt ein weicher kern. der fremde der ihre rauhe schale schnell durchhat beschäftigt sich intensiv mit ihrem weichen kern. der saft rinnt ihm dabei in den hemdkragen so beeilt er sich. die wirtstochter steht in ihrer bescheidenen art erstarrt daneben. ihre zähne schlagen wie im fieber aufeinander. die kinder spielen tempelhüpfen. der hof widerhallt von ihren lustigen zurufen. endlich erwacht sie aus ihrer schreckbetäubung. sie ist eine sogenannte mitwisserin in der umgangssprache. der fremde spürt instinktiv daß er plötzlich herr der lage geworden ist.

erfreuliche ereignisse werden zudem seinen müheaufwand bei weitem aufwiegen. er zündet sich nervös einen kaugummi am andren an. kaum hat er einen kaugummi zu ende geraucht schon reißt er die packung auf und greift mit zitternden fingern nach dem nächsten. so sehr zehrt das warten an seiner gesunden

substanz. der aschenbecher quillt über. der wirt hatte allen
grund zufrieden zu sein mit seinem neuen gast der indessen
mit seinen kräften haushielt. ehe es sich die wirtstochter ver-
sieht öffnet sich genau unter ihr eine falltür und sie findet keinen
halt mehr. mit einem gellenden schrei auf den lippen stürzt sie
in einen bodenlosen abgrund. in den letzten wochen hat sich
allerdings ein zug von verbitterung in ihr gesicht gegraben.
jetzt ist der zug vollendet. am 28. 5. 69.
der fremde sagt daß sich der baum neben der kapelle im sturm
biegt wie etwas mit dem er ihn vergleicht. das dunkle gewölk hat
ganz die sonne verdüstert. die bäckersfrau hatte im augenblick
allen grund zufrieden dreinzusehen. da fielen auch schon die ersten tropfen. ein unvorsichtig ausgesprochenes wort konnte leicht
anlaß zu einer auseinandersetzung zwischen den beiden werden.
wenn die kirchenglocken das ave läuten bleiben die dorfbewohner automatisch stehen um sich zu bekreuzigen. sie bleiben auch
aus andren gründen stehen. mehr als einmal blickt der fremde mit
einem angespannten blick zum friedhof hinüber dessen weiße
grabsteine in der dämmerung gespenstisch leuchten. das in letzter zeit zerfahrene und unkonzentrierte wesen der wirtstochter
beraubt sie vieler freunde die sie sonst gehabt hätte. das fron-
leichnamsfest wird zu einer allgemeinen demonstration des
guten willens. der fremde freut sich schon die lieben alten plätze
einmal wiederzusehen. nur ist diesmal er der gehetzte.
es war nur eine kleine ungeschicklichkeit mit der der fremde
ärger hervorrief. der junge zahnarzt hat schon viel schreckliches
gesehen vor allem im krieg aber so etwas noch niemals. die
schöne wirtstochter streift ihre herrlichen hüftlangen roten
haare mit solcher nervöser hast ab daß ein paar knöpfe abreißen.
mit einem aufschrei hält sie sich die hände vor die brust. langsam
wie ein raubtier gleitet er näher schiebt auf seinem weg alle
hinderlichen möbelstücke beiseite sein gesicht ist bis zur un-
kenntlichkeit verzerrt. er gibt sich einen ruck. auf diese weise
entgeht ihm nicht nur ihr abfälliges schulterzucken sondern auch
das blasse gesicht des jungen zahnarztes der einen schweren
leuchter frisch aus der kirche über dem kopf schwingt. als das
bemerkt wird ist es längst zu spät nur ein sprung kann ihn
retten. im dorf herrscht die ruhe einer kapelle aber es ist die ruhe
vor dem sturm. sie schlägt die sonnengebräunten strumpflosen
beine übereinander. eine dichte menschenmauer gebildet aus
leibern rümpfen und gliedmaßen verbirgt das entsetzliche schauspiel vor ihren blicken.

der fremde versucht sich das ansehen eines biedermannes zu geben was ihm nur schlecht gelingt. zuviele wissen zuviel von ihm. in der familiengruft des wirtes brennt tag und nacht winter und sommer und herbst und frühjahr ein ewiges licht. der einsatz des fremden für eine gute sache macht sich bezahlt. aber nicht so wie er es erwartet hat. der einsatz des fremden für eine gute sache macht sich nicht so wie er es erwartet hat bezahlt sondern anders. die wirtstochter singt ein altes volkslied während sie ihre haare kämmt da erstarrt sie plötzlich mitten in der bewegung. ein gesicht taucht hinter den scheiben auf ein gesicht das ihnen allen bekannt ist bekannt sein muß wem gehört es. drei verschiedene menschen haben drei verschiedene besitzer des gesichtes an drei verschiedenen orten aber zur gleichen zeit gesehen. das ist merkwürdig diese präzise beobachtungsgabe bei unsrem etwas zerstreuten landvolk. klagend schallt der ruf eines käuzchens durch die nacht. klagend schallen die verschiedensten rufe durch die nacht. es ist eine nacht wie sie nur ganz selten im jahr einmal vorkommt. schwarz wie die nacht und ohne sterne und mond. vor den augen des fremden zerplatzen feurige bälle dann versinkt sein bewußtsein in schmerz schwärze und vergessen. er kann nicht sagen wie lange er so ohne bewußtsein dagelegen ist. wirken die spitzen eckzähne des fremden nur heute so bedrohlich oder haben sie schon länger so bedrohlich gewirkt. außerdem versäumt er dadurch so manches angenehme erlebnis. der mond dringt mit seinem blassen licht durch alle fugen und ritzen selbstverständlich auch durch fenster und türen.

der alte mesner eine neue figur löscht die kerzen vor dem haupt- und den beiden seitenaltären. sein tritt hallt von den steinfliesen durch das kirchenschiff. irgendwo ist jemand der nicht hierher gehört. diese worte bringen den jungen zahnarzt wieder zur besinnung. er läßt von dem fremden ab dessen gesicht bereits krebsrot geworden ist. sie überlegt sich genau was sie sagt und wie sie es sagt. der friedhof ist in die letzten strahlen der sinkenden sonne getaucht. ein einsamer fremder steigt ohne begleitung den schmalen weg zum berg hinauf. diesen pfad kennen nur die ältesten dorfbewohner es ist ein fast vergessener pfad. da die bäckersfrau in den letzten tagen wenig schlaf bekommen hat sollte sie jetzt etwas ausspannen. obwohl der hund eingesperrt war heult er die ganze nacht. unter dem mausoleum des wirtes soll kein blut herausgekommen sein. plötzlich wird der fremde seltsam ruhig. er ist der neuankömmling der seinen rivalen abschätzig mustert. die hauchfeinen roten male am hals der gemischtwarenverkäuferin sind nur insektenbisse. trotzdem verliert sie etwas zu früh die nerven. die knöchel der hand des fremden die den kaugummi hält sind schneeweiß geworden gar nicht mehr menschlich. seine liebe zur wirtstochter ist heiß wie das meer. nun endlich ist er auf eine seltsame fährte gestoßen.

an einer bestimmten stelle beginnt der hund heftig an der leine zu ziehen. keiner sieht dem kaugummi an daß er noch kurz vorher aus der verpackung genommen wurde. unter den brillengläsern des wirtes wirken seine augen stark vergrößert. der schlafrock der wirtstochter schleift über die bodenbretter und ist bald nur noch ein weißer fleck in der dämmerung. es riecht nach vergänglichkeit. der hund winselt leise rührt sich aber nicht als der fremde langsam und endgültig vorbeigeht. in ihr ist nichts als grenzenlose leere und müdigkeit. aber sie ist schon durch die tür entwischt. nur ihr kichern tönt noch lange im zimmer nach selbst als der fremde schon nichts mehr von ihr sieht.

das brett klappt lautlos auf. der fremde kann vor lauter gier schon nicht mehr vernünftig denken. das erste gebot ist absolute verschwiegenheit. alles weitere verliefe reibungslos. die bäckersfrau vergräbt sich in ihr grübeln. einzelne lichter sind schon in den fenstern aufgeflammt weitere folgen. die menschen hinter den hellerleuchteten fenstern ahnen nicht was ihnen heute noch bevorsteht. wenn der fremde sich mühe gibt wird er bald alles in einem andren licht sehen und sich wundern daß er eine kleinigkeit so ernstgenommen hat. das hundeheulen hört ebenso plötzlich auf wie es begonnen hat. das ewige licht im mausoleum flackert entweder oder es brennt ruhig.

seltsam wie viele menschen heute noch zu so später stunde unterwegs sind. da ist zuerst einmal der junge zahnarzt der sein bier trinken geht. der fremde bewegt prüfend die tür in den angeln. die wirtstochter denkt mehr an sich als an andre in diesem moment. die bäckersfrau ist bei der ausführung ihres planes auf die hilfe von freunden angewiesen. ihre hände fahren unwillkürlich an den weit aufgerissenen mund als wollten sie einen schrei zurückhalten. aber kein laut dringt aus ihrer kehle die von zwei haarfeinen roten wunden bedeckt ist. lautstark brüstet sich indessen der junge zahnarzt wie leicht es gewesen sei mit dem fremden fertig zu werden. diesmal geht die anruferin einen schritt weiter als beim erstenmal. die junge wirtstochter läßt in ihrer sucht nach vergeltung alles mit sich geschehen. angeblich soll der elegante sportliche fremde mit ihr verwandt sein. da erlischt plötzlich die kerzenflamme. die beiden jungen menschen pressen sich eng aneinander. sie wissen genau woher der plötzliche luftzug kommt. aus einer öffnung.

mißmutig öffnet der fremde seinen sarg um sich ein frisches paar socken und ein neues hemd zu holen. der mund der wirtstochter schimmert wie eine wunde. ihr haar reicht von einem stiegenabsatz zum nächsten. einige geräusche reißen jäh ab. die schußlöcher haben den fremden einiges von seiner laune gekostet. zwei schüsse peitschen durch die herbstnacht ein dünner feuerstrahl dringt aus dem grauen peugeot des jungen zahnarztes.

keinerlei gewissensbisse plagen die beiden. mit einem schlag erlischt das licht im ganzen haus. die vorhänge bewegen sich im wind. die beiden trennen sich. eine schmutzige blutige arbeit liegt hinter ihnen. das mädchen nimmt sich nicht die zeit nachzudenken. wie eine irre läuft sie in irgendeine richtung davon. wie eine irre läuft sie gerade in die richtige richtung davon. der fremde wirft nicht gleich die flinte ins korn wenn einmal nicht alles klappt. er hat noch nicht sämtliche möglichkeiten durchprobiert. die wirtstochter wird durch schaden klug. ein gellender schrei läßt denen die noch wach sind das blut in den adern gefrieren. sogar denen die schlafen gefriert das blut in den adern. der fremde bekommt jetzt die folgen früherer fehler zu spüren.

sekundenlang befällt sie heftiger zorn über diesen neuen zwischenfall. die bäckerin wagt es nicht sich zu rühren um nicht durch ein geräusch auf sich aufmerksam zu machen. mindestens 7 menschen belauern einander ständig. der fremde steht ganz allein inmitten einer feindlichen umwelt. das fortwährende schreien in dieser nacht macht selbst den stärksten fremden unruhig. die blätter der gebüsche bewegen sich nur unmerklich und sacht. mit starren tränenlosen augen blickt die wirtstochter in die undurchdringliche dunkelheit. mit seinen zittrigen greisenfingern tappt der alte mesner nach dem schlüssel. da sie ihre füße nicht mehr tragen läßt sie sich vom jungen zahnarzt tragen. sie hat eine blendend schöne figur. der hund bricht jäh ab. in der mitte.

jetzt weiß der fremde endlich was ihn irritiert hat. mit ihm warten 6 menschen auf ein ahnungsloses opfer. 7 haustüren fliegen mit 7 rucken auf. der präparierte kaugummi verklebt die eckzähne des fremden untrennbar. er kann nicht einmal mehr beten. sekunden werden zu stunden. verschiedene menschen atmen erleichtert auf. es ist als ob der fremde nie dagewesen wäre. hand in hand betreten die beiden jungen menschen die kleine kapelle.

eine eiserne erstarrung fällt von ihnen ab. wildfremde menschen fallen einander auf offener straße um den hals. der fremde kann nur undeutliche laute gurgeln. er nimmt die dinge wichtiger als sie sind. die wirtstochter liegt noch immer schreckensstarr an der brust des jungen zahnarztes für sekunden für stunden wer weiß. die hände des fremden umfassen das steuer des sarges so fest daß die adern am handrücken herauskommen. in ihr gesicht kehrt unendlich langsam die farbe zurück. jeder neuanfang ist für den fremden schwer je älter er wird desto schwerer wird er. aber er bringt auch echte chancen. die bäckerin sagt sich vor daß an kleinigkeiten schon manches projekt gescheitert ist. der fremde gibt gas der sargmotor heult auf. der fremde ärgert sich nicht wenn er sich übergangen fühlt. und mit diesem handschlag beginnt es. nach knapp hundert metern blenden die scheinwerfer wieder auf. der fremde wird die lange wartezeit die vor ihm liegt für entscheidende verbesserungen benützen. etwas rast in die dunkelheit. der fremde hat ein sensibles ohr das sich nicht verschließen läßt.

die wirtstochter und der junge zahnarzt geben einander monate nach dem entsetzlichen ereignis ihr feierliches jawort. gleichzeitig legt eine liebevolle anonyme hand einen strauß weißer rosen auf das familiengrab das soviel ärger gebracht hat. aber nur diese hand allein sowie tausende andre wissen warum und wem dieser letzte gruß gilt. mancher merkt erst jetzt was er zu leisten vermag. die einzig richtige antwort darf er ihr nicht geben. die dorfbewohner rechnen damit daß ereignisse eintreten die sie aus dem einerlei herausheben. nach anfänglichen verzögerungen kommen sie rasch wieder in schwung. was von ihnen verlangt wird das können sie auch. außer der nutzbarmachung der geheimen kräfte der natur. übrigens war der fremde nicht irgendwer. sondern ein recht fixer bursche. das scheint mit rechten dingen zuzugehen. was er gehabt hat waren richtige männerhände. hände die zupacken können. aber auch zärtlich sein. in dieser hinsicht waren und sind die dorfbewohner blind.

Außenstehende, Nichtvertraute unserer Erziehung, mögen unser Verhalten, ist der Engländer da, als ein verrücktes anschauen, uns selbst, unsere Atmosphäre in Stilfs, als eine künstliche, unerträglich. Obwohl wir ständig in der Furcht existieren, unser Freund könnte uns, das ganze Jahr fürchten wir das, plötzlich aufsuchen, von einem Augenblick auf den andern in Stilfs sein, denken wir gleichzeitig die ganze Zeit: wenn unser Freund doch nur plötzlich auftauchte, da wäre!, denn nichts ist fürchterlicher, für uns alle bedrohlicher mit der Zeit, insbesondere gegen das Winterende, als hier in Stilfs, in den Bergen, besser, im Hochgebirge, das hier unumschränkt als die absolute Natur herrscht, über lange, ja längste Zeit, allein, auf uns angewiesen zu sein, ohne Eindringling, ohne Ausländer. Wir fürchten, ja, wir hassen Besucher und wir klammern uns gleichzeitig mit der Verzweiflung der von der Außenwelt gänzlich Abgeschnittenen an sie. Unser Schicksal heißt Stilfs, immerwährende Einsamkeit. In Wahrheit können wir die Personen an unsern Fingern abzählen, die uns dann und wann als sogenannte erwünschte Personen aufsuchen, aber auch vor diesen erwünschten Personen haben wir Angst, sie könnten uns aufsuchen, weil wir vor allen Menschen, die uns aufsuchen könnten, Angst haben, wir haben eine ungeheure Angst davor entwickelt, es könnte uns überhaupt ein Mensch plötzlich aufsuchen, obwohl wir nichts mit größerer Inständigkeit erwarten, als daß uns ein Mensch, und wie oft denken wir: gleichgültig, was für ein Mensch, sei er ein *Un*mensch!, aufsucht und unsere Hochgebirgsmarter unterbricht, unser lebenslängliches Exerzitium, unsere Einsamkeitshölle. Wir haben uns damit abgefunden, für uns zu sein, aber denken doch immer wieder, es könnte ein Mensch nach Stilfs kommen und wissen nicht, sucht uns einer auf, ist es unsinnig oder schädlich, oder schädlich *und* unsinnig, daß uns dieser Mensch aufsucht, wir fragen uns, ist es *notwendig*, daß dieser Mensch nach Stilfs herauf kommt, ist es nicht eine gemeine Verletzung unserer Einsamkeitsregel oder unsere Rettung. Tatsächlich empfinden wir die meisten, die noch herauf kommen, die wenigen, die sich überhaupt noch zu uns herauf getrauen, Erfahrungen und Gerüchte erschweren ja ihren Entschluß, machen sie unfähig,

Stilfs aufzusuchen, als Schädlinge. Tagelang denken wir, ist ein solcher Mensch wieder fort, über den Grad der Zerstörung nach, den er in uns verursacht hat. Wir sprechen dann nichts und versuchen durch unser Schweigen und verdoppelte und verdreifachte Körperarbeit in den Ställen und in der Tenne und in den Wäldern den Lähmungszustand, den uns dieser Besucher verursacht hat, zuerst zu ertragen, dann herabzumildern und aufzuheben. Was für eine ungeheure Strafe Stilfs für uns ist, kommt uns dann, wenn wir von einem uns plötzlich überraschenden Besucher schon in kurzer Zeit auf das äußerste angegriffen sind, unseren Wirtschaftsdienst intensivieren, in körperlicher Arbeitsübertreibung uns gegenseitig erschöpfen, auf das entsetzlichste zu Bewußtsein. Die Wahrheit ist die: dem wir entkommen wollen, das uns aber mit immer noch größerer Rücksichtslosigkeit einkerkert, einfach zu einem unüberwindlichen Dauerzustand geworden ist, Stilfs, das wir zwar aus Gewohnheit lieben, aber aus Verstandesgründen zutiefst verabscheuen, ja mit geradezu erniedrigender Besessenheit hassen, Stilfs, das suchen diese Leute, die wir aus der frühesten, frühen und späteren Kindheit und Nachkindheit kennen, aus den verschiedensten Ferien- und Studienorten zu den verschiedensten Zwecken auf, zum Vergnügungs- oder zum Verleumdungs- oder zum Vernichtungszweck. Diese Leute sind sämtliche außerverwandtschaftliche, die Verwandtschaft kommt nicht mehr. Und in Zukunft nurmehr und auch das nur noch widerwillig, zum Sterbe- und Erbezweck. Die Leute, die uns noch aufsuchen, sind mit uns nicht verwandt und wir fragen uns nach Berührungspunkten. Alle diese Leute sind nichts als Neugier und der Großteil redet laut und mißbraucht alles, aber, denken wir, zur Abwechslung einmal in Stilfs andere, als unsere eigenen Redensarten, andere, als unsere eigenen Gedanken usf., und wir denken, der Mensch hat uns noch gefehlt, jetzt sind wir Verräter an uns, Tage, Wochen, warum wir diesen Menschen nicht in der ersten Stunde über die Mauer hinunter geworfen haben usf. Die Besucher, die herauf kommen, bedeuten uns Zeitraub und dadurch Unglück. Es gibt aber welche, die wenigsten, seltensten, die uns glücklich machen. Ein solcher Besucher ist uns der Engländer. Aber auch der sagt, ist er da, was Stilfs sei, daß wir nicht wüßten, was es ist, daß wir nicht zugeben, was es ist, daß wir Stilfs hassen, an Stilfs ununterbrochen das größte Verleumdungsverbrechen begehen usf., begreife er nicht, denn warum?, daß uns Stilfs Überdruß, Apathie sei, Verzweiflung. *Die Ruhe* und *die Konzentrationsmöglichkeit* sagt er, Wörter, die wir hier immer gehört haben, die uns von allen, denen Stilfs das entgegengesetzte ist, bekannt sind. Das Verbrechen der Geschwätzigkeit begehen alle diese Leute dazu, uns fortwährend, bei jeder Gelegenheit, zu sagen, was Stilfs wirklich sei, was wir nicht wüßten, das es ist, Stilfs, diese Leute, die das ganze Jahr über in einem stupiden Vertrauensverhältnis zur ganzen Welt stehen und ihre Bedürfnisse in den Großstädten befriedigen. Wie der Dummkopf als Laie dem Fachmann mit der Unverschämtheit der Gegenwart und voll Hochmut sein Fach erläutert, so erläutern uns unsere Besucher Stilfs. Alles aus ihrem ständig offenen Mund sagt, daß sie wissen, was wir nicht wissen. Fortwährend beantworten unsere Besucher Stilfs betreffende Fragen, die wir ihrer Meinung nach genauso fortwährend gestellt haben, obwohl wir unseren Besuchern niemals eine einzige Stilfs betreffende Frage gestellt haben. Weil wir über Stilfs alles wissen. Die Meinungen unserer Besucher über Stilfs interessieren uns nicht, weil wir sie seit Jahrzehnten kennen. Aber selbst der Engländer, der, alles in allem höchstens vierzehnmal eine Nacht und einen Tag in Stilfs gewesen ist, erklärt uns Stilfs. Weggehend vom Grab seiner Schwester, die auf den Tag genau vor fünfzehn Jahren hier in Stilfs von der Hohen Mauer kopfüber hinunter in die Alz zutode gestürzt ist, sei ihm, Midland, zu Bewußtsein gekommen, daß wir, und er meinte nicht nur mich und Franz, sondern auch Olga und den Roth, uns alle, an dem idealsten Ort existierten. Er könne sich keinen idealeren Ort für uns vorstellen. Ja, er verdächtige uns, absichtlich darüber zu schweigen, daß wir hier in Stilfs in einem Idealzustand uns entwickelten, wahrscheinlich, so drückte er sich aus, gemeinsame oder getrennte wissenschaftliche Arbeiten gemacht haben, die, unseren klaren Köpfen entsprechend, von größtem Wert seien. Er witzelte zwar, er sagte »epochale Geisteserzeugnisse«, er meinte aber, was er sagte, tiefernst. Er fühle, wenn er in Stilfs sei, über den Hof gehe, wenn er hier alles das unter dem Begriff Stilfs zusammengefaßte in sich einatme und in Betracht ziehe, wie ungeheuer das Material sei, das wir, Franz und ich, schon verarbeitet haben zu einer Wissenschaft, die schon längst eine nicht mehr zu verlierende sei, eine Wissenschaft, an die wir selbst in Wirklichkeit schon so lange Zeit gar nicht mehr denken. Ein abgeschlossenes Werk der Naturgeschichte vermutet er, hätten wir hinter uns, verweigerten aber, aus Gründen, die ihm unverständlich sind, seine Veröffentlichung. Hinter Weltscheu verschanzten wir uns auf das unsinnigste. Er sagte: was außerhalb Stilfs nicht mehr möglich sei, nicht ihm, keinem Menschen, sei hier möglich. Er habe Beweise für unsere Entwicklung, alles an uns sei Beweis dafür, daß wir so weit gekommen seien, wie wir nur wünschen durften. Als ein Zurückgebliebener empfinde er sich in Stilfs unter uns. Alles was er bis jetzt getan habe, sei in Ansätzen steckengeblieben. Alle Versuche seinerseits, mit dem Anfangsunrat in seinem Gehirn fertig zu werden, seien, an seiner eignen wie an der Außennatur, gescheitert. Der Größenwahn einer als rücksichtslos bestätigten Umwelt sei ihm zeitlebens zum tödlichen Unglück gewesen. In den Großstädten habe er allein damit, nicht an ihrem Schwachsinn ersticken zu müssen, sämtliche Energien aufwenden, aufbrauchen müssen, in der Gesellschaft, ohne die er andererseits gar nicht leben könnte. (»Der Verschleiß in der Masse ist ein totaler!«) Wir aber seien gerettet, in Stilfs gerettet, hätten Stilfs erkannt, von ihm auf das glücklichste Besitz ergriffen. Die Zukunft stehe uns da ohne Hindernis. Franz ginge seinen Weg, ich ginge meinen Weg. In Stilfs sei alles klar, was uns betrifft, für ihn *über*klar. Und wie falsch ist, was er sagt, das Gegenteil von dem, das er denkt, die Wirklichkeit. *Kleine Schwierigkeiten*, sagt er, damit wir in unserm Glück nicht zutode vor ihm erschrecken sollen und er malt uns eine Liste aller stilfsen Vorzüge an die Wand, lauter grausige und ein paar lächerliche Schönheitsfehler, wie er meint, aber die kleinen Schönheitsfehler und Schwierigkeiten, die er uns aufzählt, gedankenlos, wie wir fühlen, sind in Wirklichkeit die allergrößten und Stilfs ist, wie gesagt, kein ideales, sondern tödlich für uns. Unsere Existenz ist eine tödliche Existenz. Stilfs ist das Lebensende. Aber sage ich, was Stilfs ist, werde ich für verrückt gehalten. Aus dem gleichen Grund sagt auch Franz nicht, was Stilfs ist. Und die Olga wird nicht gefragt und der Roth ist anwortunfähig. Natürlich sind wir alle Verrückte. Aber wenn ein Mensch ununterbrochen etwas behauptet, das nicht nur hundertprozentig falsch ist und keine Gelegenheit ausläßt, diese Behauptung anzubringen, ja im Grunde und in Wirklichkeit aus nichts anderem als aus dieser Behauptung, in jedem Falle aus einer solchen Behauptung nurmehr noch existent ist, dann sind die Nerven auf die höchste Probe gestellt. Stilfs! Ich selbst habe ja, wie ich weiß, genauso Franz, in dem Augenblick, in welchem ich, wie Franz, auf das gröblichste und dadurch unverzeihlichste zu Stilfs verurteilt und der stilfsche Strafvollzug in Kraft gewesen war, selbst meine elementarsten Gedanken verrückt gesehen und aufgegeben gehabt. Zwar habe ich, wie Franz, unten in Basel noch, in Zürich, in Wien noch geglaubt, dann in Stilfs, das immer schon unter allen Leuten als ein Inbegriff von Stille und Andacht gegolten hat, während es in Wirklichkeit niemals etwas anderes als eine hoch gelegene Brutstätte des wenn auch außerordentlichen Stumpf- und Schwachsinns gewesen ist, ein Zentrum des Bildungsschwachsinns, dann in Stilfs wird, was ich in Basel, in Zürich, in Wien, schließlich in dem geistig völlig unterernährten Innsbruck nicht denken kann, zu denken sein, was mir (und Franz) in allen diesen Studienstädten unmöglich ist, möglich sein, mich meiner ja durchaus erfolgversprechenden Geistesanlagen entsprechend entwickeln können, wie auch Franz geglaubt hat, daß er sich aus der Studentenunwichtigkeit unten durch einen Kopfsprung in das auf uns wartende Stilfs oben wird retten können, daß das Furchtbare zum Fruchtbaren, die Ungenauigkeit zur Genauigkeit, die Unklarheit zur Klarheit wird auf dem hoch in die vertrauenerweckenden Berge gestellten Besitztum, die Verstandesunterdrückung zum Verstandesvergnügen usf., aber ich habe mich getäuscht, auch Franz hat sich getäuscht: in Stilfs ist aus uns nichts geworden, als die Erbärmlichkeit zweier Verpfuschter. An Verbesserung dachten wir unten. Oben war die radikale Verschlechterung eingetreten. In der Nacht wache ich oft auf und sage zu mir: in Stilfs hast du dich vernichtet!, oder: in Stilfs haben sie dich vernichtet! Stilfs ist nichts als Mauerwerk, Fels, Luft des Unsinns. Stilfs ist nichts. Und die Leute kommen herauf und sagen uns, was Stilfs sei. Sie kommen herauf mit ihrem perversen Geisteskurzschluß, wie der Engländer, Sohn reicher Eltern, Gebirgsfanatiker, der jetzt, während ich ihn durch mein Fenster beobachte, im Hof auf und ab geht. Ich sehe ihn, er sieht mich nicht. »In Stilfs den Hebel ansetzen, die Welt verändern!«, so höre ich ihn. Aber wir lieben den Engländer. Er kommt an und geht in sein Zimmer und nimmt ein Bad und redet den ganzen Abend von den Ideen, die er hat (und die wir nicht haben) und daß er an die Verwirklichung dieser Ideen glaubt, Realisierung sei alles. Er gebraucht das Deutsche so geschickt wie das Englische, beide so gut, als wären beide zugleich schon immer die seinigen. Französische Wörter stehen, einem rhythmischen Prinzip untergeordnet, in seinen deutsch-englischen Sätzen. Er erwartet nicht, daß man ihn unterbricht. Er hat Freude an seiner Formulierungskunst. Seine Sätze sind kurz, die Stimme führt er gleichmäßig, als gestatte er sich aus Prinzip da und dort, wo man glaubt, hier müsse Hebung und Senkung sein, keine Betonung. Ein Mensch, denkt man gleich, der an höchsten Anspruch gewöhnt ist. Von Franz kommt Metaphysisches. Es scheint, Midland sei jetzt schon durch und durch ein politischer Kopf geworden. *Das Zivilistische*, sagt er, sei von Krankheit durchsetzt. Noch wisse die Wissenschaft nicht, wie die Krankheit bezeichnen. Es handle sich aber um eine Todeskrankheit. Die höchsten Geschwindigkeiten in seinem Kopf. Über Schriftsteller spricht er mit Geisteskälte. Über Kunst mit Verachtung. Über Philosophie mit Spott. Die Wissenschaft hasse er wie die Kirche. Das Volk sei auch heute nichts als nur maulender Schwachsinn. Zerstören sei Schöpfung. Von der Entrümpelung aller Staaten spricht der Enthusiast. Da geht er, der vor ein paar Stunden gesagt hat, *jetzt* sei alles am widerwärtigsten. Was für eine unglaubliche Faszination dieser Mensch auf mich ausübt, denke ich, ausgestattet mit den Kennzeichen einer Welt, die wir seit vielen Jahren nicht einmal mehr vom Hörensagen kennen, von welcher wir, wenn wir ehrlich sind, auch nicht mehr die geringste Vorstellung haben, ja, in die zurück wir uns, wäre uns ein Zurückgehen in sie auf einmal gestattet, überhaupt nicht mehr getrauten, in die Welt, die uns schon völlig unbegreiflich geworden ist und aus welcher Midland mit der ihm eigenen Überraschungskunst urplötzlich in Stilfs, wie an der Oberfläche einer zähen Unendlichkeitsmasse aufgetaucht ist, in Stilfs, in welchem es für uns kein Hinaus und kein Hinunter mehr gibt; ich beobachte ihn, wie er mit raschen Schritten, der junge, so gut ausschauende Körper, denke ich, eine geometrische Figur auf das Hofgelände, das von der Morgensonne in ein kaltes künstliches Grün eingefärbt ist, zeichnet, wie er, der Brite durch und durch, dessen Vater mit meinem Vater vor fünfundzwanzig Jahren auf der damals noch mit ihrer Bedeutungslosigkeit kämpfenden Londoner Universität studiert hat, wie der Brite scheinbar nachdenklich über die Mühelosigkeit, mit welcher er die Beherrschung seines eigenen Körpers mit immer noch raffinierterer Eleganz auszustatten imstande ist, die Zeit, die er noch in Stilfs ist, überbrückt, die paar Stunden, bis er wieder fort ist. Es ist, denke ich, ihn beobachtend, seine Gewohnheit, Gedanken, die ihn beschäftigen, mit ab und zu laut ausgesprochenen Wörtern, die diese Gedanken betreffen, woraus auf eine genaue Verteilung der Gewichte in seinen Gedanken zu schließen ist, an sich in seinem Gehirn zu befestigen. Während er den ganzen Abend über die verschiedensten Themen gesprochen, über eine Menge

Neuigkeiten in England und in ganz Europa phantasiert, improvisiert hat, bemerkte ich aber doch nur ein einziges Interesse an ihm: wie es ihm möglich sei, das, was sich sein Gehirn im Laufe von nun schon beinahe drei Jahrzehnten angeeignet und in seinem Gehirn in demselben Zeitraum auf das entschiedenste aufgestaut hat, für ein Werk seiner ganz eignen Natur zu mißbrauchen, nichts anderes denkt er seit Jahren, als: das, was in seinem ihm von der Natur zu einem ungeheuern Ideenarsenal angewachsenen Gehirn schon im Überfluß ist, durch ein Werk aus Schwarz auf Weiß auch der Außenwelt, also der Welt außerhalb seines Kopfes, zu bestätigen. Nicht ohne Bedeutung ist, daß er, wahrscheinlich ohne daß ihm selbst dieser Umstand bekannt ist, oft das Wort *Verwirklichung* ausspricht und beinahe alles, was er sagt, von dem Begriff der *Realisierung* handelt. Da geht er, der gewohnheitsmäßig einmal im Jahr das Grab seiner Schwester aufsucht. Er selbst sagt, er empfinde am Grab seiner Schwester nichts, ihr Gesicht sei für ihn nicht mehr möglich, er könne sich seine Schwester schon lange Zeit überhaupt nicht mehr vorstellen, wenn er an dem Grab stehe, empfände er nur die Peinlichkeit jeden Gräberbesuches, Abscheu vor sich selbst, Verachtung gegen sich selbst steige dann in ihm auf. Der Totenkult sei eine Unappetitlichkeit, widerwärtiger als jede andere. Es sei aber auch wahrscheinlich schon längst nicht mehr die tote Schwester, die in nichts mehr in ihm vorhandene, die ihn alljährlich nach Stilfs kommen lasse, diese Tote, zu der er auch zu ihren Lebzeiten keinerlei enge Beziehung gehabt habe. Die Schwester sei es nicht, Stilfs sei es, während es bis jetzt nicht Stilfs, sondern die tote Schwester gewesen sei. Die Schwester, »das Nichts unter der Grabsteinplatte« (Midland), sei ihm zu ihren Lebzeiten immer als ein ihm vollkommen fremder Mensch erschienen, er habe sie nie geliebt, geschweige denn hatte er Zuneigung zu ihr gehabt, plötzlich bei ihrem Tode, als das Unglück geschehen war, und allein daran erinnert er sich noch, auch nicht mehr an die Tote selbst, sondern nur noch an die Umstände, die zu ihrem Tod geführt haben, an den Felsvorsprung usf., an die tosende Alz, plötzlich nach ihrem Tode, war er von Schuld gepeinigt gewesen. Er habe sich, solange seine Schwester, so drückte er sich aus, *neben ihm gelebt* hat, wenig, ja gar nicht um sie gekümmert. Ein Wesen ganz ohne Inhalt für ihn, sei sie ihm immer als ein Mensch, der ihn überhaupt nichts anging, erschienen. Jetzt sei aus dieser Schuld selbst eine Gewohnheit geworden. Nicht die Schwester ist es, die ihn nach

Stilfs kommen läßt, Stilfs ist es. Wir seien es. Er komme nach Stilfs. Er freue sich. Midland, denke ich, der von der guten Laune immer nur so weit weg ist, daß er jederzeit wieder in sie hineingehen kann, nicht wie wir, die wir uns die gute Laune, ja den von ihm so genannten Lebenseifer, auf keinen Fall mehr gestatten. Ich habe den Engländer oft lachen gesehen und ist er nicht in Stilfs, sondern in England oder noch weiter von Stilfs entfernt, und ich sehe ihn in meinem Gedächtnis, wie das oft in verzweifelten Augenblicken der Fall ist, seh ich ihn lachend. Sein Vater sei nur »ein witziger Mensch« gewesen, seine Mutter »eine böse Verfälschung der wunderbaren Natur«. In ihm ist alles auf die unaufdringlichste Weise. Als er gestern ankam: Frische, Überraschungskunst. Keine Müdigkeit, obwohl er doch über einen einzigen Tag aus Neapel gekommen war, voller Reiseeindrücke, mit welchen er, ein Mensch, der in ihm Aufgestautes unter keinen Umständen länger als die kürzeste Zeit zurückhalten kann, sofort und immer noch pedantischer, bis fünf Uhr früh auf uns zukam. Es ist ihm oft alles das reinste Vergnügen, was uns niemals auch nur erträglich sein kann. Zeitungen, Bücher liest er, die ältesten wie die neuesten mit der größten Aufmerksamkeit, wodurch sein Gesprächsstoff so interessant ist. Er wird nicht müde, die sich ununterbrochen verändernde Welt zu studieren und indem er sie studiert, kritisiert er sie, multipliziert er, dividiert er. Er ist ein Aufklärer der allgemeinen wie der besonderen Geistesverrücktheit, reiht eine Erfahrung an die andere und alles ist ihm am Ende in jedem Falle Falschheit und Lüge, Betrug, Bodenlosigkeit, Infamie. Sein Mißtrauen ist das geschulteste. Er wäre nicht Engländer, ein Midland, hätte für ihn nicht alles zwei Seiten, von welchen man niemals wisse, welche von beiden die noch größere, die noch gröbere, die noch gemeinere Niedertracht sei. Die Europäer meint er, seien tief in ihre Komplexe niedergedrückt und es gelänge ihnen nicht mehr, aus diesen Komplexen herauszukommen, ihre Geschichte sei jetzt endgültig abgeschlossen. Revolution in Europa sei Unfug, sie versteife, verfinstere nur noch mehr, was schon Jahrhunderte nichts als nur Agonie sei. Aber, nicht nur Europa sei heute am Ende, an dem Ende, »das wir erleben dürfen«, die Welt sei zuende. Das aber öffne jetzt plötzlich die größten Möglichkeiten, die äußerste Konzentration auf den Raum, in das Universum hinein. Was der Engländer spricht, vergröbert er nicht ununterbrochen wie die andern, tatsächlich erweitert und erhellt er in seiner ganzen klaren Fürchterlichkeit, wovon er spricht, verengt es nicht fortwährend, wie die anderen Leute, er macht jedes seiner Themen zu einem unendlichen, während die ihrigen zusammenschrumpfen, in den meisten Gesprächen, wie wir wissen, zu einem kümmerlichen Rest von Materie werden, wie wir wissen, sehr schnell zu nichts. Hin und her, zum Brunnen und wieder zurück, geht der Engländer und wartet, daß ihm von mir oder Franz gesagt wird, das Frühstück sei fertig, er könne hereinkommen. Er ist, habe ich, ihn beobachtend, den Eindruck, ausgeschlafen, obwohl wir erst gegen sechs in der Frühe in unsere Zimmer gegangen sind, dort hat er dann, denke ich, das bewies der Lichtspalt unter seiner Zimmertür, noch eine Stunde in einem Buch gelesen. Daß manche jungen Menschen in zwei, drei Stunden vollkommen ausgeschlafen sind, denke ich, genug Energien gesammelt haben, um Kopf und Körper zu normalisieren, während wir, Franz und ich, von Olga abgesehen, auch der Roth braucht viel Schlaf, sechs bis sieben Stunden Schlaf haben müssen, das bedeutet, daß wir verhältnismäßig früh zu Bett gehen, natürlich, wenn ich daran denke, daß wir die Wirtschaft, wie sie immer gewesen ist, führen, von den Korrespondenzen abgesehen, die die Wirtschaft betreffen, die wir, die Olga betreffend, mit allen möglichen Ärzten führen müssen, mit dem Bezirks- und dem Landesgericht, was den Roth betrifft. Ursprünglich ist diese Wirtschaft, vor zweihundert Jahren, für zwei oder drei Dutzend Dienstleute gedacht gewesen, wir aber führen sie, unverändert, allein. Und wir führen sie heute mit einer größeren Intensität als die Früheren, wenn sie auch weniger einträglich ist, ja, das sehen wir von Tag zu Tag deutlicher, die Landwirtschaft, besonders in solcher Höhe, ist glatter Unsinn. Eine solche Wirtschaft zu führen ist selbstmörderisch. Wir sind, das ist die Wahrheit, seit Jahrzehnten überarbeitet, das ist das Fürchterliche, vollkommen sinnlos. Uns bleibt aber nichts anderes übrig, als uns hier zutode zu arbeiten. Dazu fühlen wir, das Ganze ist lächerlich. Ist der Tag aus, sind wir erschöpft, und wir sind, solange wir in Stilfs sind, immer erschöpft gewesen, wir haben in Stilfs nur in einem einzigen Erschöpfungszustand existiert. Unser natürlicher Zustand ist der Erschöpfungszustand. In der größten Anstrengung existieren wir widerwillig, das erschöpft tödlich. Wenn wir schon zu Stilfs verurteilt sind, haben wir immer gedacht, von den furchtbaren Machthabern, unseren Eltern, wenn wir schon hier in Stilfs lebenslänglich zu bleiben haben, denn auch nur an Befreiung zu denken, sind wir schon viel zu schwach, wollen wir Stilfs nicht ruinieren. Und so ist Stilfs intakt, seine Wirtschaft ist intakt, die Wohngebäude sind nicht intakt. Tatsächlich ist die Verwahrlosung in den Wohngebäuden die größte, unvorstellbar. Während die Wirtschaft heute so gut ist, wie sie niemals gewesen ist, weil wir uns schon so lange Zeit auf nichts mehr als nurmehr noch auf sie konzentrieren, wir sind nurmehr noch für die Wirtschaft da, wir haben uns ja schon lange Zeit aufgegeben und ich will sagen für die Wirtschaft, sind die Wohngebäude herunter gekommen, wie ich noch keine gesehen habe. In ihnen macht alles einen trostlosen Eindruck, den trostlosesten, Decken und Böden senken sich und zwar, so hat es den Anschein, unter der Last der sich in ihnen ununterbrochen aufs Allerwildeste vermehrenden Mäuse, Wände und Möbel sind die Verwahrlosung selbst und es ist dieser faule Geruch im Haus, der davon ausgeht, daß überall nurmehr noch das in die Milliarden gehende Ungeziefer herrscht, alles ist feucht und dumpf und man meint, ersticken zu müssen. Was das Mobiliar betrifft, es mag das kostbarste sein, Geschmacks- und Zufluchtsidyll unserer Vorfahren, haben wir kein Verständnis. Alles in allen Räumen ist sich seit Jahrzehnten selbst überlassen. Ein Beispiel: die Überzüge der Ohrensessel in unserm Hofzimmer sind nur noch Fetzen. In den Kasten und in den Kommoden Haufen von Holzmehl. Wie mit der Zeit unsre Bilder von selbst von den Wänden gefallen sind und zum Großteil von uns nicht einmal mehr aufgehoben worden sind. Nach jedem Beben, das aus der Erde kommt, und jedes Jahr bebt die Erde in Stilfs mehrere Male, ist die Verwüstung eine noch größere. Wir rühren nichts mehr an. Wir heben nichts auf, wir steigen darüber. Man muß das wissen, alle unsere Räume sind auf das unbeschränkteste mit dem Barocken und Josefinischen vollgestopft, überall Tabernakelkasten und Sekretäre, mit Schaudern denke ich an den Empirefimmel noch unserer Mutter, mit Tischen und Stühlen usf., usf., dazu die Haufen von Kindheitskitsch. In der kürzesten Zeit, denke ich, wird hier in Stilfs alles zerbrochen, nurmehr noch irreparabel sein. Wollten wir das, was uns schon Jahrzehnte lang nicht mehr atmen läßt und worin wir vor allem immer glaubten ersticken zu müssen, das im Grunde jedoch Wertvollste in Stilfs, seine Inneneinrichtung, die kunstgewerblichen Schmuckstücke, die zum Großteil dreihundert, vierhundert Jahre alt sind und aus den verschiedensten Ländern stammen, diese Hunderte von Erbstücken aus den kostbarsten Edelhölzern, nicht wenige sind von Handwerkern, die Künstler genannt werden müssen, in jahrelanger Arbeit allein für Stilfs erdacht und gemacht worden, wollten wir alles das, worin wir allmählich zuerst in verschwommener, und dann urplötzlich in der klarsten elementarsten Hoffnungslosigkeit aufgewachsen sind, pflegen, erhalten, hier müßten allein dafür zwei Dutzend Menschen dauernd beschäftigt sein, davon abgesehen, daß auch die Nebengebäude wie das Jägerhaus, die Glashäuser usf., da sind, auch sie verfallen buchstäblich tagtäglich mit noch größerer Raffinesse, bis sie zur Gänze verfallen sind, das Geld dürfte überhaupt keine Rolle spielen, während es doch die allergrößte Rolle spielt und wir selbst müßten für alles das, was mit der Zeit von der Zeit ruiniert wird, Verständnis aufbringen, wofür wir in Wirklichkeit nicht das geringste Verständnis haben. Überall, an allen diesen Kunstgegenständen auf den Böden und an den Wänden merkt man, daß die Olga, die alles das geliebt hat, schon zehn Jahre an ihren Krankensessel gebunden und in Wirklichkeit überhaupt nicht mehr da ist. Franz und mich beschuldigt die Olga der Roheit und der Stumpfsinnigkeit, allen diesen Kunstgegenständen gegenüber. Tatsächlich, unsere Einrichtung bedrückte uns zeitlebens und wir haßten sie. Wenn alles heute Anachronismus sei, wie der Engländer gestern sagte, ein wie großer Anachronismus muß dann Stilfs sein! Logisch wäre, konsequent wäre, meinte Franz gestern abend, daß wir alle uns von einem Augenblick auf den andern aus dem Staub machten, daß wir uns umbringen ohne zu zögern, weil, wie Franz meint, die einzige mögliche Konsequenz heute für uns nurmehr noch die sei, uns umzubringen, auf welche Weise sei gleichgültig, je schneller desto besser, aber wir sind zu schwach dazu, wir reden darüber, und wie oft reden wir stundenlang, tagelang, wochenlang darüber und bringen uns nicht um, wir denken zwar, wissen zwar, wie unsinnig das ist, daß wir noch leben, daß wir noch existieren, aber bringen uns nicht um, wir folgen den Beispielen derer nicht, die sich schon umgebracht haben, und wie viele unseres Alters haben sich, aus was für lächerlichen Gründen, wie wir wissen, schon umgebracht, aus den lächerlichsten Gründen, wenn man diese Gründe mit unseren Gründen vergleicht, wir bringen uns nicht um und schlagen uns jeden Tag wieder mit allen möglichen Unsinnigkeiten herum, verbringen den Tag mit sinnlosem Handwerk und mit absurder Gedächtniszersplitterung, wir plagen uns und ernähren uns und fürchten uns und nichts weiter und genau das ist wohl das allersinnloseste auf der Welt, daß wir uns plagen und ernähren und fürchten, das Widerwärtigste, aber wir bringen uns nicht um, wir reden davon, wir machen den Selbstmordgedanken zu unserem einzigen, aber wir begehen den Selbstmord nicht. Wir hatten unser Nachtmahl schon eingenommen gehabt, als der Engländer, der jetzt mitten im Hof stehengeblieben ist, plötzlich, ohne anzuklopfen, Tore und Türen waren noch nicht verriegelt und zugesperrt gewesen, im Hofzimmer stand. Franz und ich hatten gerade über den Roth gesprochen, der uns am Nachmittag wieder einmal gedroht hatte, er werde Stilfs anzünden. Wir hatten den Burschen darauf aufmerksam gemacht, daß er, zeigten wir ihn an, auf die Drohung ohne weiteres eingesperrt werden würde, auf Jahre, sagten wir und daß er sich aussuchen könne, ob er lieber ins Irrenhaus oder in die Strafanstalt eingesperrt werden wolle, worauf er Ruhe gab und versprach, Stilfs nicht anzuzünden. Wir haben den Burschen gern und brauchen ihn, wir verkösten ihn wie uns selbst und im Grund ist er nirgendwo lieber als in Stilfs, das ohne weiteres einen Verrückten mehr, noch dazu einen so kräftigen wie den Roth, ernähren kann. Wäre er nicht in Stilfs, er säße schon die längste Zeit unter Häftlingen oder Irren. Hier ist er der Wichtigste, was er weiß und wenn er Stilfs nicht anzündet und nicht in mehr Kühe mit dem Küchenmesser hineinsticht als bis jetzt und nicht noch mehr Hühnern mit der Fahrradpumpe Luft einpumpt, bis sie zerplatzen, macht es uns nichts, daß er verrückt ist. Daß der Roth ein Problem ist, wissen wir, aber wir selber sind uns ein Problem und unser Problem ist ein größeres. Wir haben über die Tatsache gesprochen, daß es immer schwieriger ist, den Roth von Exzessen abzuhalten, daß wir ihm seine Gasthausbesuche nicht verbieten dürfen, im Sommer schwimmt er in Hose und Hemd durch die Alz und geht bis auf die Haut naß ins Wirtshaus, im Gegenteil, er muß, *wann er will* ins Tal und durch die Alz und ins Wirtshaus, dann kommt er, wenn auch spät in der Nacht, gegen drei Uhr früh oder noch später, beruhigt zurück. Hätten wir den Roth nicht, in Stilfs herrschte ein vollkommenes Chaos und die Olga hätte niemanden, der sich um sie kümmert, denn tatsächlich kümmern wir, Franz und ich, uns nicht um unsere Schwester, wir vergessen sie die meiste Zeit, der Roth aber erweist ihr Gefälligkeiten, die über die Notwendigkeiten hinausgehen. Er ist ein braver Arbeiter, der, wenn man ihn geschickt und gutmütig anleitet, die gröbste Arbeit zur Zufriedenheit verrichtet, die schwerste, die undankbarste und undenkbarste. Weil wir genauso schwer arbeiten wie der Roth und uns nicht die niederdrückendste schenken, kennt er Ausflüchte nicht. Er respektiert uns. Seine Eltern sind früh verstorben, der Vater erhängte sich, sein einziger Bruder hat vor zwei Jahren um zehn Schilling gewettet, er werde die hochwasserführende Mur durchschwimmen und ist, weil er tatsächlich in die Mur gesprungen ist, die Roth sind Steiermärker, in der Mur ertrunken, seither klagt er darüber, daß er keinen Menschen mehr dort, wo er her sei, in der Steiermark, habe. Sein bester, einziger Freund hat sich im März vor den Zug geworfen. Der Engländer studierte sehr lang den Partezettel mit dem Bild des Verunglückten. Zum Selbstmord verurteilt, war der Freund des Roth an den Wochenenden aus dem Irrenhaus, wo er untergebracht war, nach Hause entlassen worden, zu Elternbesuchen, das letztemal ging er nicht mehr ins Irrenhaus zurück, sondern auf den Bahndamm. Der Engländer sagte, daß der Freund des Roth sich genau an dem elften März, seinem Geburtstag, vor den Zug gestürzt habe. Der Roth hat die Kleider des Verunglückten geerbt, darunter zwei bis zu den Knöcheln reichende Lederhosen. Jetzt zieht der Roth keine andere Kleidung mehr an, als die seines toten Freundes, wie der Engländer angekommen war, hatte er sofort das Sonntagsgewand des Selbstmörders angezogen und war darin von Stilfs hinunter durch die Alz ins Wirtshaus. Er hatte sich schon verabschiedet und der Engländer hatte ihm einen Geldschein gegeben, eine Pfundnote, wie er das immer, wenn er auf Besuch ist, tut. Immer hat er dem Roth eine Pfundnote geschenkt, da war der Roth noch schnell in den Stall hinaus und hat die drei Hühner umgebracht, die wir heute essen, am Samstag bringt er die Hühner um, die wir am Sonntag essen, er läßt sie mit seinen ausgestreckten Armen über sich kreisen und köpft sie. Dem Engländer zeigte er unter der Hofzimmertür, schon im Sonntagsgewand, jedes einzelne, dazu sagte er, das Huhn sei normal, nur fehle ihm der Kopf, die Bemerkung hat er von Franz, der hat diese Bemerkung früher immer gemacht, bis sie ihm plötzlich zuwider gewesen war, worauf sie der Roth übernommen hat. An frühere Besuche des Engländers, der jetzt auf mich den Eindruck macht, als wisse er nicht, solle er im Hof auf uns warten oder zu uns hereingehen, er wartet auf die Aufforderung, zum Frühstück hereinzukommen, niemand ruft ihn, Franz ruft ihn nicht, ich rufe ihn nicht, an frühere Besuche Midlands muß ich denken, während ich am Fenster stehe und ihn beobachte, möglich, denke ich, daß im Tal unten, im Wirtshaus, Freunde auf ihn warten und er will weg, auch könnte es sein, daß er an der Alz unten ein Mädchen bei einem der ärmlichen Quartiergeber hat, eine Freundin alleingelassen hat auf die Nacht, denn hier in Stilfs zeigt er sich nur allein, nicht mit andern, es wäre nicht das erste Mal, daß im Gasthaus unten Leute, vor zwei Jahren wartete da unten eine Gruppe von schwedischen Archäologen auf ihn, Norddeutsche, Italiener, er ist mit so vielen Menschen aus den verschiedensten Ländern befreundet, abgestiegen sind, während er heroben in Stilfs ist. Niemals, hat er mir einmal gestanden, werde er mit einem andern Menschen nach Stilfs herauf kommen. Daß auch Franz an seinem Fenster steht und ihn beobachtet, denke ich, die Olga beobachtet ihn, vom ersten Stock herunter, wahrscheinlich auch der Roth durch ein Stallfenster. Ist der Engländer da, steckt er uns mit seiner Unruhe an. Anregung verdanken wir ihm, so viel Gedankenmaterial, Neuigkeiten. Er empfindet aber nicht unsere Kärglichkeit und Erbärmlichkeit. Im Gegenteil. Alle seine früheren Besuche haben uns viel zu denken gegeben, Denkstoff für Monate. Tatsächlich kommt er immer im richtigen Moment. Was wüßten wir von den Vorgängen unten, wo wir heroben absolut isoliert sind. In Wahrheit kommen ich und Franz schon über ein Jahr nicht einmal mehr an die Alz hinunter. Allein der Roth hält mit der Welt noch einen persönlichen Kontakt. Aber er kommt aus dem Gasthaus immer mit gemeinen Gerüchten herauf. Der Roth ist es, der die Milch an die Alz bringt. Der Roth holt die Lebensmittel, die wir brauchen, Zündhölzer, Zucker, Gewürze. Der Roth ist es, der im Tal unten die Zeitung liest. Wir selber haben schon jahrelang keine Zeitung mehr gelesen, weil wir die Zeitungslektüre, in die wir jahrzehntelang vernarrt gewesen sind, von einem Augenblick auf den andern verabscheuten, uns nicht mehr gestatteten. Wir verboten ihm streng, uns eine Zeitung herauf zu bringen. Bringt uns aber der Engländer Zeitungen mit, so stürzen wir uns darauf wie nach der Zeitungslektüre Ausgehungerte. Radio hören wir nicht. Wir hören gern Musik, aber wir sind nie bei unserer Schwester, höchstens einmal am Tag, wenn wir *Guten Morgen* sagen oder *Gute Nacht*. Wenn der Engländer wüßte, wie weit wir uns schon von allem entfernt haben. Es wäre aber auch unsinnig, ihm die Wahrheit zu sagen, so die Wahrheit zu sagen, daß er überzeugt ist. Denn, was hätte es für einen Zweck, ihm einzugestehen, daß unsere Existenz nurmehr noch eine tierische Existenz ist. Seit Jahren ist in die riesige Bibliothek, in welcher drei ungeheure Hinterlassenschaften von Büchern zu einer einzigen zusammen-

geschlossen sind, eine von dem Bruder eines unserer Urgroß-
väter, der Arzt in Padua, eine von dem Bruder unseres Großvaters mütterlicherseits, der Richter in Augsburg und eine von
unserem Onkel, dem Bruder unserer Mutter, der Mühlenbesitzer
in Schärding gewesen ist, seit Jahren ist in diese riesige Bibliothek keiner von uns hineingegangen. Wenn der Engländer wüßte, daß wir die Lektüre an sich schon hassen. Ist er da, spiegeln
wir Interesse an Geschriebenem vor, ist er fort, haben wir nicht
das geringste Interesse daran. Daß wir die Bibliothek abgesperrt
und den Schlüssel zu ihr in die Alz geworfen haben! Wenn er das
wüßte! Wenn der Engländer wüßte, daß wir aus der Not, die
uns Stilfs ist, eine Tugend gemacht haben, indem wir von dem
Augenblick an, in welchem wir eingesehen haben, daß Stilfs
das Ende unserer Entwicklung ist, alles daransetzten, dieses
Ende zu beschleunigen. Wir bringen uns nicht um, aber wir beschleunigen unser natürliches Ende, das kein natürliches Ende
ist. Der Engländer ist, denke ich, in Stilfs von Ahnungslosigkeit
umgeben. Aber Franz hat recht, wenn er sagt, der Engländer
dürfe von uns nicht ins Vertrauen gezogen werden, denn in
dem Augenblick zerstörten wir das in ihm, was uns so unschätz-
bar viel wert ist, möglicherweise zerstörten wir sogar Midland
selbst und die Folge wäre die furchtbare, die wir fürchten. Der
Engländer käme nicht mehr nach Stilfs, wir warteten von diesem
Zeitpunkt an umsonst auf ihn. Es ist alles, nur nicht die Wahrheit, was wir dem Engländer weismachen, aber nichts ist in
diesem Falle notwendiger als die Lüge. Wir dürfen ihm sein
Stilfs nicht zum Gegenteil, zu unserm Stilfs machen. Mich warnt
Franz oft, zu viel zu sagen, denn keiner ist mehr dazu verführt,
auf einmal alles zu sagen über Stilfs als ich, weil der Engländer
der ist, dem ich am liebsten alles über Stilfs sagen will, der
Engländer ist der Mensch, der erste, dem ich eröffnen will, was
ich ihm nicht eröffnen darf, die Wahrheit, aber gerade Franz ist
der, der plötzlich aus Unvorsichtigkeit sagt oder nicht sagt, was
Midland gesagt oder nicht gesagt werden darf. Insoferne wir
nämlich über unsere Lage nicht die Wahrheit sagen, und niemanden, selbst den Engländer nicht, in uns hineinschauen
lassen, hüten wir ein Geheimnis, von dem der Engländer an-
dauernd spricht, ist es auch ein seiner Vermutung entgegenge-
setztes. Beweis dafür wird und kann nur unser Tod sein und
wenn sich herausstellt, daß wir außer Unordnung, ein unvor-
stellbares Chaos, nichts gewesen sind. Alles in Frage stellen, sagte er gestern. Alles ist Unsinn. Da geht er, denke ich und ich

denke, wie verrückt der Mensch, mit welchem wir, Franz und ich, das Alter und sonst nichts als das gerade Gegenteil gemeinsam haben, Unruhestifter, Infragesteller. Er mag ja auch wie ich, wenn er denkt, denken, daß alles, das, woraus wir, Franz und ich, wie auch er, wie alle Existierenden, sind, Vergangenheit, tot ist. Und im Grunde ist es allein dieser Gedanke, daß alles was ist, also alles, was gewesen ist, tot ist, daß selbst die Gegenwart, weil sie ist, naturgemäß tot ist, der uns alle beschäftigt, alle Menschen beschäftigt, ausschließlich, was sie auch tun und wo und was sie auch sind und sein mögen und worunter sie, was sie als nichts anderes zu bezeichnen imstande sind, Leben, Dasein, Existenz nennen, Fort- und Weiterkommen, Entledigen. Kaum ein Mensch ist uns fremder und kaum einer steht uns näher als er. Weil er in mehreren Sprachen denkt und spricht und diese Sprachen als eine in hohem Grade musikalisch-mathematische Kunst beherrscht, ist er uns überlegen. Auf ein Gebiet beschränkt, auf eine Wissenschaft, hätte er längst, was er von uns glaubt, eine Ungeheuerlichkeit aus Vernunft machen können. Aber die Beschränkung auf eine Wissenschaft, die Spezialisierung ist ihm, wahrscheinlich weil sie ihm zutiefst verhaßt ist, nicht möglich. Er ist ein Mensch, der fortwährend alles zu allem in Beziehung bringen und immer von allem auf alles schließen muß. Darin wurzelt seine Unfähigkeit, auch nur eine einzige der Tausende von Ideen zu verwirklichen, die in seinem ganz natürlich *aufs Universale hin* geschulten Kopf ununterbrochen ineinander übergehen. Da geht er, denke ich, der von der alten wie von der modernen Geisteswissenschaft als von einem Komposthaufen spricht, von den üblen Ursachen peinlicher Wirkungen. Da geht er, dem die Gerade durch das Universum nicht recht ist. Wie oft hat mich dieser Mensch verletzt und wie oft habe ich ihn verletzen müssen, denke ich. Denn die Rücksichtslosigkeit ist oft zwischen uns der einzige Ausweg gewesen, das ungenierte Vordenkopfstoßen. Geistesintimitäten, meinte der Engländer heute Nacht, wären zwischen Menschen wie wir. Und zwar, das wörtlich, zwischen ihm und mir die widernatürlichen, zwischen Franz und ihm die natürlichsten. Er erklärte sich, wir verstanden. Das Denken, die Ansichten Franz' seien dem seinigen und den seinigen entgegengesetzt, aber vollkommen natürlich, das meinige wie die meinigen dem seinen und den seinigen genauso entgegengesetzt, aber widernatürlich. Es bestätige sich mit jedem Wort, das wir, Franz und ich, sagten, in jedem Augenblick, in welchem wir mit Midland zusammen sind, daß wir beide verschiedene Väter haben. Unsere gegensätzliche mütterliche Verwandtschaft entscheide. An uns sei, wo immer, wann immer, die Katastrophe, seien die Umstände, die die fürchterlichsten Umstände gewesen sind, in die Welt hineingeboren worden zu sein. Er empfinde in unserm Verhalten ununterbrochen den Widerwillen, aus welchem wir in Wahrheit sind. Es sei dieses Unglück, das, nähert man sich uns, spricht man mit uns, bevor man noch an uns herankommt, zu überbrücken sei. Ohne den geringsten Verdacht habe sich wohl noch niemals ein Mensch uns zu nähern getraut, sei es körperlich, in Gedanken. Und dieser Verdacht, der immer ein ganz bestimmter Verdacht sei, verstärke sich mit den Jahren, dieser Verdacht werde es einmal, wahrscheinlich schon in der kürzesten Zeit bis zur Unmöglichkeit erschweren, mit uns auch noch irgendeinen Kontakt aufzunehmen. In völliger Kontaktlosigkeit, aber möglicherweise in dem idealsten Zustand, in einer nur uns selbst reproduzierbaren Idealverfassung, würden wir, meint er, eines Tages völlig unbehelligt uns unser Ziel verwirklichen können. Als Gespräch zu bezeichnen, was in Wirklichkeit ein rücksichtsloser Wirbel von Tausenden von überstürzten Gedanken gewesen ist an dem gestrigen Abend, wäre falsch. Wir sahen gestern ganz deutlich, was wir denken, ist unübersichtlich wie das, was er denkt, gerade das erfrischte uns. Während aber an dem Abend ganz deutlich geworden ist, daß der Engländer noch eine Zukunft hat, war uns, Franz und mir, wieder vollkommen klar geworden, daß wir keine Zukunft mehr haben. Wenn nur einer von uns noch ein einziges Mal die Kraft hätte, von Stilfs hinunter zu gehn, Stilfs den Rücken zu kehren, sich in die Welt hinein zu getrauen, denke ich, nicht mehr zurückzukehren, selbst um die Beschuldigung, dadurch ein Verbrechen an unserer Schwester Olga begangen zu haben, die auf uns angewiesen ist, sie vernichtet zu haben! Was mir nicht möglich ist und für mich zu spät ist, müsse doch für Franz möglich und nicht zu spät sein, aber für uns ist alles zu spät. Der Augenblick, in welchem noch möglich gewesen wäre, was jetzt nicht mehr möglich ist, Stilfs zu entkommen, liegt uns schon so lange zurück, daß er gar nicht mehr ausgemacht werden kann. Zuerst haben wir ja, wie der Engländer, geglaubt, Stilfs sei unsere Rettung, der Idealzustand für uns und als wir gesehen haben und eingesehen haben, daß Stilfs nicht unsere Rettung, nicht der Idealzustand für uns ist, nicht sein kann, im Gegenteil, daß es unsere Vernichtung bedeutet, haben wir gehofft, daß die jetzt schon vollständig gelähmte Olga stürbe. Aber sie starb nicht, wer weiß, wann sie sterben wird. Und jetzt, da wir alle schon die Kraftlosigkeit selbst sind, hätte es auch gar keinen Zweck mehr, sie zu verlassen. Es ist alles eine Frage der Zeit und diese Frage erschreckt uns nicht mehr, weil wir wissen, daß wir am Ende sind und das Leben für uns keinen Sinn mehr hat.

GERHARD AMANSHAUSER, geboren 1928 in Salzburg. Besuch der Technischen Hochschule in Graz, Studium der Germanistik und Anglistik in Wien und Marburg an der Lahn. Hauptschullehrer in Wien. Veröffentlichte Lyrik und Prosa in Zeitschriften (›Neue Wege‹, ›Literatur und Kritik‹, ›Neues Forum‹) und Anthologien (›Junges Europa‹, ›Liebe 63‹, ›Junge europäische Erzähler‹, ›Protokolle 69‹). Erhielt 1952 den Georg-Trakl-Preis, 1968 ein Förderungsstipendium zum Österreichischen Staatspreis. Erste Buchpublikation: ›Aus dem Leben der Quaden‹, Satire (1968). Lebt seit 1953 als freier Schriftsteller in Salzburg.

H. C. ARTMANN, geboren 1921 in Wien. Erste Veröffentlichungen in den ›Neuen Wegen‹. Zusammen mit Konrad Bayer, Gerhard Rühm, Friedrich Achleitner und Oswald Wiener Begründer und Repräsentant der »Wiener Gruppe«. Schreibt Lyrik, Prosa und Dramatisches. Zahlreiche Bühnenbearbeitungen und Übersetzungen aus dem Englischen, Spanischen, Französischen und Schwedischen. Zahlreiche Buchveröffentlichungen in Deutschland, der Schweiz und Österreich. Lebte seit dem ungewöhnlichen Erfolg seiner Dialektgedichte ›med ana schwoazzn dintn‹ (1958) längere Zeit in Schweden, dann in Berlin. Seit 1969 wohnt und schreibt er in Salzburg.

THOMAS BERNHARD, geboren 1931 in Heerlen, Holland. Werke: ›Frost‹ (1963), ›Amras‹ (1964), ›Verstörung‹ (1967), ›Prosa‹ (1967), ›Ungenach‹ (1968), ›An der Baumgrenze‹ (1969). Lebt in Ohlsdorf, Oberösterreich.

PETER BICHSEL, geboren 1935 in Luzern, aufgewachsen in Olten, Besuch des Lehrerseminars und anschließend Lehrer in Zuchwil. Veröffentlichungen: ›Eigentlich möchte Frau Blum den Milchmann kennenlernen‹ (1964), ›Die Jahreszeiten‹ (1967), ›Des Schweizers Schweiz‹ (1969), ›Kindergeschichten‹ (1969). Lebt gegenwärtig in Bellach, Schweiz.

PETER O. CHOTJEWITZ, geboren 1934 in Berlin-Schöneberg, Handwerkerlehre, Abendabitur, Studium der Rechtswissenschaften, Philosophie, Geschichte und Publizistik, Referendar- und Assessorexamen, Verlagslektor, Korrespondent für Tageszeitungen, Sender und Zeitschriften, mehrere Bücher, zahlreiche Veröffentlichungen in Zeitungen, Zeitschriften, Anthologien und Rundfunkanstalten (darunter vier Hörspiele). Lebt seit 1967 in Rom.

GERBURG DIETER, geboren 1939 in Stuttgart, aufgewachsen in Tübingen. Von Beruf Schauspielerin, lebt und arbeitet zur Zeit in Hannover.

BARBARA FRISCHMUTH, geboren 1941 in Altaussee, Steiermark. Studierte Ungarisch und Türkisch am Dolmetscherinstitut in Graz, später Orientalistik in Wien. Veröffentlichungen in verschiedenen Zeitschriften (›manuskripte‹, ›Literatur und Kritik‹), Anthologien (›Protokolle 69‹) und im Rundfunk. Erste Buchpublikation: ›Die Klosterschule‹ (1968). Lebt als freie Schriftstellerin und Übersetzerin in Wien.

PETER HANDKE, geboren 1942 in Griffen, Kärnten. Studium der Rechte in Graz. Erste Veröffentlichung in den ›manuskripten‹. Prosa: ›Die Hornissen‹ (1966), ›Der Hausierer‹ (1967), ›Begrüßung des Aufsichtsrats‹ (1967), ›Die Innenwelt der Außenwelt der Innenwelt‹ (1969). Schauspiele: ›Publikumsbeschimpfung‹ (1966), ›Selbstbezichtigung‹ (1966), ›Weissagung‹ (1966), ›Hilferufe‹ (1967), ›Kaspar‹ (1968), ›Das Mündel will Vormund sein‹ (1969). Veröffentlichte Aufsätze und Polemiken in Zeitungen und Zeitschriften. Lebt derzeit als freier Schriftsteller in Berlin.

ERNST JANDL, geboren 1925 in Wien. Studium der Anglistik. Gymnasialprofessor. Gedichte: ›Andere Augen‹ (1956), ›Laut und Luise‹ (1966), ›Sprechblasen‹ (1968). Schallplatte: ›Laut und Luise. Ernst Jandl liest Sprechgedichte‹ (1968). Übersetzungen: Robert Creeley, ›Die Insel‹ (1965), John Cage ›Silence‹ (1969). Stereo-Hörspiele, gemeinsam mit Friederike Mayröcker: ›Fünf Mann Menschen‹ (1968, Hörspielpreis der Kriegsblinden 1969), ›Der Gigant‹ (1969). Lebt in Wien.

ELFRIEDE JELINEK, geboren 1946 in Mürzzuschlag, Steiermark. Studium der Theaterwissenschaften und Kunstgeschichte an der Universität Wien und der Orgel am Konservatorium. Bisherige Veröffentlichungen in Zeitschriften (›Literatur und Kritik‹) und Anthologien (›Protokolle 68‹). Preis für Lyrik und Prosa der 20. österreichischen Jugendkulturwoche in Innsbruck, 1969. Lebt als freie Schriftstellerin in Wien.

G. F. Jonke, geboren 1946 in Klagenfurt. Besuch des Humanistischen Gymnasiums in Klagenfurt, Militärdienst, anschließend Studium an der Akademie für Film und Fernsehen in Wien. Erste Buchpublikation: ›Geometrischer Heimatroman‹ (1969). Lebt in Wien.

Gregor Laschen, geboren 1943 in Uschgorod, Karpaten. 1961 Zeremonienmeister und Lehrer für Deutsch in Afghanistan. Danach Studium der Literaturwissenschaft, Philosophie und Kunstgeschichte in Kiel, Zürich, Berlin, Würzburg und Bonn. Dissertiert zur Zeit über DDR-Lyrik. Veröffentlichte Lyrik, Prosa und Literaturkritik in in- und ausländischen Anthologien, Zeitschriften und im Rundfunk. Erste Buchpublikation: ›Ankündigung der Hochzeitsnächte‹ (1967). Lebt in Bonn.

Friederike Mayröcker, geboren 1924 in Wien. Seit 1946 im öffentlichen Schuldienst. Publikationen in Anthologien und Zeitschriften. Kurzprosa: ›Larifari‹ (1956), Gedichte: ›rot 18-metaphorisch‹ (1965), ›texte‹ (1966), ›Tod durch Musen‹ (1966), ›Sägespäne für mein Herzbluten‹ (1967), Texte in Prosa: ›Minimonsters Traumlexikon‹ (1968). Stereo-Hörspiele, gemeinsam mit Ernst Jandl: ›Fünf Mann Menschen‹ (1968, Hörspielpreis der Kriegsblinden 1969), ›Der Gigant‹ (1969). Lebt in Wien.

Peter Pongratz, geboren 1940 in Eisenstadt. Studium an der Akademie der bildenden Künste in Wien und an der Hochschule für Bildende Künste in Berlin. Seit 1966 Assistent an der Akademie der bildenden Künste in Wien. Aufsätze über psychopathologische Kunst, ›Künstliche Landschaft‹, ›Der Psychomodulator‹, ›Negative Ästhetik‹ in Zeitschriften und Anthologien (›Protokolle 67/68/69‹ und ›Aufforderung zum Mißtrauen‹ [1967]). Beschäftigung mit psychopathologischer Kunst und Science fiction. Lebt in Wien.

Heinz Riedler, geboren 1941 in Wien. Studium der Architektur an der Technischen Hochschule, dann der Theaterwissenschaft an der Universität Wien. Beschäftigt sich auch mit schöpferischer Photographie und Malerei. Veröffentlichungen in Zeitungen und Zeitschriften. Erste Buchpublikation: ›Treffpunkte‹, Erzählungen (1969). Lebt in Wien.

Michael Scharang, geboren 1941 in Kapfenberg, Steiermark. Studium der Philosophie und Theaterwissenschaft in Wien. Veröffentlichungen in Zeitschriften (›Wort in der Zeit‹, ›Literatur und Kritik‹, ›manuskripte‹) und Anthologien (›Protokolle 67/68‹). Prosa: ›Verfahren eines Verfahrens‹ (1969), ›Schluß mit dem Erzählen und andere Erzählungen‹ (1969). Lebt als freier Schriftsteller in Wien.

DOMINIK STEIGER, geboren 1940 in Wien. War Fremdenlegionär in Algerien, Barkeeper in Paris, Gärtner in Nîmes, Auslandskorrespondent einer türkischen Gummifirma in Istanbul, Tee- und Kopraschmuggler in Belutschistan und Antiquitätenhändler in Wien. Werke: ›Die verbesserte Große Sozialistische Oktoberrevolution‹ (1967), ›Wunderpost für Copiloten‹ (1968), ›Hupen Jolly fährt Elektroauto‹ (1969). Lebt in Wien.

GABRIELE WOHMANN, geboren 1932 in Darmstadt. Universitätsstudium (Literatur). Seit 1960 Mitglied des P.E.N. und Zugehörigkeit zur Gruppe 47. 1965 Funkerzählungspreis des SDR und Georg-Mackensen-Preis für die beste deutsche Kurzgeschichte. Hörspiele: ›Komm donnerstags‹ (1964), ›Die Gäste‹ (1965), ›Norwegian wood‹ (1967), Fernsehspiele: ›Das Rendezvous‹ (1965), ›Große Liebe‹ (1966), Prosa: ›Jetzt und nie‹ (1958), ›Sieg über die Dämmerung‹ (1960), ›Theater von innen. Protokoll einer Inszenierung‹ (1966), ›Erzählungen‹ (1967), ›Die Bütows‹ (1968), ›Ländliches Fest und andere Erzählungen‹ (1968), ›Abschied für länger‹ (1969). Lebt in Darmstadt.

NEU
IM RESIDENZ VERLAG SALZBURG

Daheim ist daheim

Herausgegeben von ALOIS BRANDSTETTER

Neue Heimatgeschichten von: Ilse Aichinger / Gerhard Amanshauser / Rudolf Bayr / Jürgen Becker / Alois Brandstetter / Peter O. Chotjewitz / Christoph Derschau & Franz Buchrieser / Barbara Frischmuth / Reinhard P. Gruber / Peter Handke / Ludwig Harig / Günter Herburger / Adolf Muschg / Ernst Nowak / Peter Rosei / Jutta Schutting / Guntram Vesper / Christian Wallner

HEIMAT bedeutet den 19 Autoren aus Österreich, Deutschland und der Schweiz nicht nostalgische Melancholie, keine diffuse Sehnsucht nach Mutterschoß und Vaterstadt. Nach der Verlogenheit einstiger Bodenromantik und der bodenlosen Verweigerung des „negativen Heimatromans" sind in diesem Band konstruktive Versuche einer neuen kritischen „Heimatkunde" gesammelt.

Utopisches und Phantastisches

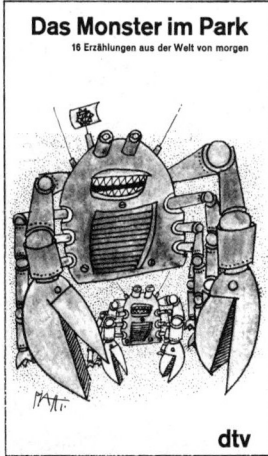

angelsächsische Erzähler

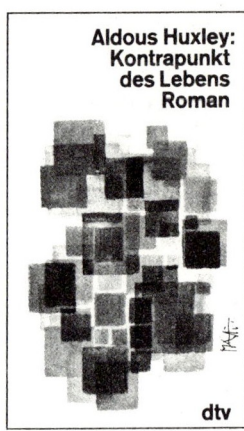

Aldous Huxley:
Kontrapunkt des
Lebens
Roman
1158
Parallelen der Liebe
Roman
1229

Chaim Bermant:
Tagebuch eines alten
Mannes
5420

Edna O'Brien:
Das Mädchen mit
den grünen Augen
Roman
1026

Francis Clifford:
Eine Schwäche
für das Leben
Roman
1073

Laurie Lee:
Des Sommers ganze
Fülle
Roman
589

Anne Morrow
Lindbergh:
Muscheln in meiner
Hand
Eine Antwort auf die
Konflikte unseres
Daseins
64
Die Hochzeit
258

Alan Sillitoe:
Die Lumpensammlers-
tochter
Erzählungen
1050

Daniel Keyes:
Wer fürchtet sich vor
Barney Stark?
Roman
968

Französische Erzähler

Cartoons

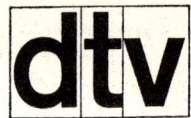

Thelwells
vollständiges
Hunde-Kompendium
Cartoons

dtv

Chaval:
Sie sollten
weniger rauchen
814

Don Dekker/
The Tjong Khing:
Der Rebbe
Deutsche Erstausgabe
1118

Paul Flora:
Auf in den Kampf
859

Gerard Hoffnung:
Hoffnungslos
514
Vögel, Bienen,
Klapperstörche
Hoffnungs Sprößlinge
630
Hoffnungs Potpourri
900

Der große Mordillo
Cartoons zum
Verlieben
1288

Ronald Searle:
Das eckige Ei
984

Sempé:
Um so schlimmer
784

Jules Stauber:
Leben und leben lassen
Originalausgabe
1225

Thelwells
vollständiges
Hunde-Kompendium
1046
Thelwells
Reitlehre
1175